CHLOÉ CÉSÀR

Tequila

Buch

Noella hat sich ihren Urlaub verdient. Endlich ein paar Wochen ausspannen, und zwar in einem Hotel in Key West, Florida. Ihre beste Freundin, die sexy Ärztin Claire, warnt sie vor dem Abflug lachend, sich nur ja nicht mit dem Barkeeper des Hotels einzulassen – man weiß doch, wie gefährlich diese Sorte Mann ist!

Und in Key West gibt es tatsächlich ein besonders attraktives Prachtexemplar dieser Gattung – Patrick, der ursprünglich aus Deutschland kommt, ein Meister seines Fachs ist und sehr genaue Vorstellungen von seiner Zukunft hat. Er will eine eigene Bar aufmachen, und er sucht seine »Herzensprinzessin«, die für ihn perfekte Frau. Da kann es nichts schaden, sich früh und ausgiebig genug umzuschauen, wozu er als Barkeeper natürlich auch alle Gelegenheit hat. Damit ihm nichts entgeht, führt er Buch über seine Eroberungen und beschreibt bis ins schlüpfrigste Detail die Frauen, die ihm seine Nächte versüßt haben. Und dann steigt Noella in dem Hotel ab, in dem er arbeitet. Es knistert sofort gewaltig zwischen den beiden, und die ersten Abende vergehen wie im Flug. Aber als Noella Patricks Tagebuch mit den intimen Aufzeichnungen in die Hand fällt, muss sie natürlich gleich wieder an Claires Warnung denken. Dem Casanova wird sie es zeigen!

Autorin

Chloé Césàr wurde in Rom geboren und kann väterlicherseits auf französisch-libanesische Vorfahren zurückblicken. Die Mutter ist Deutsche und entstammt einer Diplomatenfamilie.

Bereits mit dreizehn entdeckte Chloé im Bücherschrank ihres Vaters verborgene Schätze: Werke von Henry Miller und Anaïs Nin. Ihr Interesse an erotischer Literatur war schlagartig geweckt und führte nur wenige Jahre später zu ersten eigenen Veröffentlichungen in diesem Genre.

Als Blanvalet Taschenbuch von Chloé Césàr lieferbar:

Die Liebesgöttin (36513), Die Liebesgöttin erwacht (36585),
Die Liebesgöttin in Höchstform (36856)

Chloé Césàr

Tequila

Erotischer Roman

Originalausgabe

blanvalet
AVENUE

FSC
Mix
Produktgruppe aus vorbildlich bewirtschafteten Wäldern und anderen kontrollierten Herkünften

Zert.-Nr. SGS-COC-1940
www.fsc.org
© 1996 Forest Stewardship Council

Das für dieses Buch verwendete FSC-zertifizierte Papier *Holmen Book Cream* liefert Holmen Papier, Hallstavic, Schweden

1. Auflage

Umschlaggestaltung: HildenDesign München
Umschlagfoto: © Image Source Black/getty images
Redaktion: Theda Krohm-Linke
HK · Herstellung: Heidrun Nawrot
Satz: DTP Service Apel, Hannover
Druck und Einband: GGP Media GmbH, Pößneck
Printed in Germany
ISBN: 978-3-442-36819-8

www.blanvalet.de

1

»Mal ehrlich, wie oft am Tag denkst du eigentlich an Sex?«

Claire stellte die Frage völlig unerwartet. Mitten im Gespräch. Noella stand gerade an der Kaffeemaschine in der winzigen offenen Küche ihrer Wohnung in München-Schwabing und dachte an Key West. Sie dachte seit Tagen fast nur noch an Key West. Denn dorthin wollte sie in Kürze reisen. Was Claire, angehende Medizinerin und intimste Freundin, selbstverständlich wusste.

»Keine Ahnung!«

»Ach, komm schon, red keinen Stuss, Mädchen. Du denkst dauernd an Sex, mindestens dreimal die Stunde. Du denkst daran, wie er dich von hinten stößt, während du wie gerade eben in der Küche an der Kaffeemaschine stehst …«

»Er? Wer bitte soll denn dieser ominöse *Er* sein? Kenne ich ihn? Kennst du ihn? Wann wirst du ihn mir vorstellen?«

Noella füllte schmunzelnd die schwarze, heiße Flüssigkeit in zwei Kaffeetassen, die sie auf ein Tablett stellte, wo bereits eine Zuckerdose und ein silbernes Milchkännchen miteinander flirteten.

Claire räkelte sich – hinreißend anzusehen wie immer – auf dem Sofa unter dem Fenster. »Also, wie oft denkst du denn nun an Sex?«

»Sag ich dir gleich. Aber du zuerst, mein Schatz! Also los, eins, zwei …«

»Nein, du bist als Erste dran! Ich hab schließlich zuerst gefragt.«

»Und ich war anderweitig beschäftigt, während du dir in Ruhe die beste Antwort überlegen konntest.«

»Es gibt keine beste Antwort, Schäfchen. Es gibt nur eine einzige Antwort. Die Wahrheit nämlich. Also, wie oft?«

Noella stellte das Tablett »versehentlich« härter als nötig auf dem niedrigen Marmortischchen vor dem Sofa ab. Prompt schwappte aus beiden Tassen etwas Kaffee auf die Unterteller. Claire hasste dies wie die Pest, weil man sich beim Aufheben der Tasse beinahe unausweichlich widerlich braune Kaffeefleckenspritzer auf der Kleidung einhandelte.

Doch das geplante Ablenkungsmanöver funktionierte nicht. Claire griff sich eine Papierserviette vom Tisch, hob ihre Tasse hoch, betupfte sie sorgfältig von unten und trocknete anschließend auch noch die Untertasse damit. Die zusammengeknüllte und vor allem feuchte Serviette drückte sie Noella großzügig in die Hand. »Für deinen Restmüll, Schätzchen! Und jetzt zur Sache.«

»Claire, du nervst. Außerdem wirst du mir sowieso nicht glauben. Ich denke nämlich so gut wie nie an Sex.«

»Das ist völlig unmöglich!«, erklärte Claire ungerührt und hob die Kaffeetasse an die vollen, feuchten Lippen, die einer ihrer Ex-Liebhaber einmal als »Hot Lips« bezeichnet hatte.

»Jeder Mensch denkt sein Leben lang täglich häufiger an Sex als an alles andere«, fuhr Claire nun heiter und ungerührt fort. »Selbst bei der Arbeit denken die Leute im Schnitt mindestens dreimal in der Stunde daran. Das hat die wissenschaftliche Forschung zweifelsfrei nachgewiesen.«

Noella ließ sich mit einem leisen Seufzer neben die Freundin auf das Sofa fallen. *Vor drei Wochen habe ich hier mit einem gewissen Sven wie wild gevögelt. Zum ersten und letzten Mal, wie sich nachher herausstellte. Klassischer One-Night-Stand. Seitdem war nichts mehr, und eigentlich wäre es schon mal wieder an der Zeit*, schoss es ihr dabei durch den Kopf. Sie verbannte den Gedanken so schnell aus ihrem Denkzentrum, wie er darin urplötzlich erschienen war. Gleich einer schillernden Seifenblase, die schließlich zerplatzen musste, wie alle Seifenblasen dieser Welt.

Noella kam dafür allerdings sofort ein anderer Gedanke, den sie zuließ, ja sogar laut aussprach, damit auch die Freundin etwas davon hatte: »Stell dir bloß mal vor, der Chirurg, der dir gerade den durchgebrochenen Blinddarm in einer Notoperation rausholt, denkt dabei plötzlich an Sex anstatt an seinen lebensrettenden Job. Das alleine kann schon verdammt ins Auge gehen. Stell dir weiter vor, er bekommt währenddessen allein bei dem Gedanken daran einen Ständer, den wiederum die OP-Schwester bemerkt, die ihm gerade zur Hand gehen soll. Sie wird von dem Anblick vorübergehend irritiert und abgelenkt, bekommt ihrerseits ein feuchtes Höschen, und dann springt sie dem Arzt entweder Sekunden zu spät oder mit dem falschen Hilfsmittel in der Hand bei. Möchtest du da etwa Patient sein? Dir als angehender Medizinerin müsste dieses Fallbeispiel eigentlich besonders drastisch vor Augen führen, was ich meine.«

»Tut es nicht. Als angehende Medizinerin weiß ich, diese Situation ergibt sich gar nicht erst. Unter extremem Stress denken Menschen und Tiere ausnahmsweise mal nicht an Sex. Dann zählt nur noch der Überlebenstrieb, außerdem verhindert der erhöhte Adrenalinspiegel gleichzeitig die Ausschüttung anderer Hormone, etwa des Testosterons, das wiederum, zumindest bei der männlichen Libido, unverzichtbar ist für das Entstehen und die Aufrechterhaltung einer Erektion.«

Noella, die gerade die Kaffeetasse an die Lippen führte, prustete ungewollt los. Und bekleckerte sich natürlich, weil die schwarze Brühe – sie trank ihren Kaffee immer rabenschwarz – dadurch überschwappte.

»Jetzt guck dir diese Schweinerei an! Das habe ich nur dir und deinen seltsamen Ausführungen zum Thema zu verdanken.«

Claire zuckte nicht mit der Wimper, betrachtete dafür interessiert Noellas Nippel mit den großen, braunen Höfen, die sich unter der nun feuchten weißen Baumwollbluse deutlich abzuzeichnen begannen.

»Am besten weichst du das Ding sofort in heißer Seifenlauge ein, sonst kriegst du die Kaffeeflecken am Ende nicht mehr raus«, empfahl sie der Freundin schließlich. »Zieh dir nichts anderes über, wir sind schließlich unter uns, und warm genug ist es hier drinnen auch. Deine Tittchen sind absolut sehenswert, also gönne mir den Anblick noch ein wenig vor deiner Abreise.«

Als Noella, mittlerweile tatsächlich halb nackt, mit keck wippenden Brüsten auf die Couch zurückkehrte, nahm Claire den Faden sofort wieder auf. »In diesem Augenblick denkst du jetzt garantiert an Sex, stimmt's?«

»Ja. Und zwar vor allem daran, dass das letzte Mal schon einige Wochen her ist. Und das nächste Mal wer weiß wann stattfinden wird.«

»Ich sage nur Key West«, unterbrach Claire sie mit einem anzüglichen Lächeln auf den Lippen. »Denk an Kondome und Gleitmittel, Mäuschen, hörst du? Ich wette mit dir, von diesem Trip kehrst du als S-Bindestrich-Expertin heim.«

Natürlich musste Noella sofort gegen diese Unterstellung protestieren: »Ich will mich nur ein wenig erholen vom Prüfungsstress und außerdem nebenbei schon mal für meine Diplomarbeit recherchieren. Immerhin hat bereits Papa Hemingway seinerzeit die Bars in Key West ausgiebig studiert. Ein einleitendes Kapitel hierzu wird meine eigene Forschungsarbeit auflockern und amüsant einleiten. Hoffe ich zumindest.«

An dieser Stelle wechselte Claire tatsächlich das Thema. Vorerst wenigstens. »Bars und Cocktails. Die Kultur des gepflegten Trinkens und Ausgehens«, rezitierte sie aus dem Gedächtnis den Untertitel von Noellas bevorstehender Abschlussarbeit im Fach Kulturwissenschaften. Der volle wissenschaftliche Titel klang zum Schaudern nüchtern und geschraubt, allerdings verhielt es sich in der Medizin in dieser Hinsicht keineswegs anders.

»Genau!«, bestätigte Noella und nippte vorsichtig an ihrem abkühlenden Kaffee.

»Na ja, für deine geplante journalistische Laufbahn später mag das Thema ja sogar nützlich sein«, ließ sich Claire weiter aus. »Schreibst du eben für so ein hochglänzendes Lifestyle-Magazin. Das Thema *Sex* drängt sich in diesem Zusammenhang geradezu auf. Wow, deine Recherchen in Key West möchte ich miterleben, Mäuschen. Ich erinnere dich hiermit nochmals eindringlich an die Kondome!«

»Womit wir wieder beim Thema Nummer eins gelandet wären, trara-trara!« Noella verdrehte genervt die dunkelblauen Veilchenaugen.

Allerdings war Claire nun erst wirklich in Fahrt gekommen. Sie hielt einen kurzen, aber eindringlichen Vortrag zum Thema Geschlechtskrankheiten im Allgemeinen, männliche Ausreden und Lügen auf dem Gebiet des Kondomverzichts im Besonderen – und landete schließlich unweigerlich wieder bei einer Sache, die ihr, wie Noella bereits wusste, seit einiger Zeit besonders am Herzen lag: VIAGRA.

»Wie läuft es denn so in letzter Zeit mit deinem Bankdirektor?«

Claire hatte gerade eine Pause eingelegt in ihrem Vortrag. Ob zum Verschnaufen oder weil sie ihr Pulver endlich verschossen hatte, war eigentlich egal. Noella nutzte die Lücke, weil sie wirklich wissen wollte, wie der schon etwas ältere Lover der Freundin neuerdings *funktionierte*. Er hieß Hubert, aber Claire nannte ihn »Huppi«. Ob aus Zärtlichkeit oder Ironie, war nicht einmal Noella wirklich klar. Sie hoffte zu Gunsten der Freundin – und Huppis natürlich auch – auf Ersteres ...

Fest stand in dem Zusammenhang allerdings eines: Der Herr Bankdirektor litt unter gewissen Problemchen, die Claire per eigenhändiger Medikamentenverabreichung in der jüngsten Vergangenheit zu beheben versucht hatte. Nicht nur, weil sie dazu als angehende Medizinerin von Rechts wegen und fachlich in der Lage, sondern vor allem, weil besagter Huppi ein vermögender Junge war. »Vermögend« auch ohne Viagra-Gabe. Er verdiente nämlich ordentlich und hatte überdies vor vielen Jahren bereits ordentlich geerbt, ordentlich angelegt und ordentlich mit dem Schotter gewirtschaftet.

Zu Claires besonderer Ehrenrettung rief Noella sich bei dieser Gelegenheit auch wieder ins Gedächtnis zurück, dass die Freundin den unter seinem speziellen »Unvermögen« leidenden Mann quasi zum Selbstkostenpreis therapiert hatte. Dies war lobenswert, wenngleich auch nicht aus völlig uneigennützigen Motiven heraus geschehen.

Natürlich war Huppi auch schon lange verheiratet. Seine ebenfalls nicht mehr ganz taufrische Gattin war auf beiden x-Mal gelifteten Augen derart blind, dass sie nur noch das Glitzern des goldenen Käfigs wahrnahm, in dem sie gemütlich saß, und sonst gar nichts. Vor allem nicht das bläuliche Funkeln der chemischen Erektionshelfer ihres Göttergatten.

»Huppi hat vorzüglich auf die Behandlung angesprochen!« Claire saß da, die nackten Beine graziös übereinander geschlagen, lächelte vielsagend und wippte mit dem linken Fuß. Daran wiederum pendelte lässig, nur noch von den Zehenspitzen gehalten, ein sündteurer roter Leder-Pumps von Valentino.

Wäre ich ein Kerl, würde ich jetzt vermutlich einen Steifen kriegen bei dem Anblick …

»Jetzt denkst du aber an Sex!«, trumpfte in diesem Moment Claire auf. Sie lachte ein tiefes, glucksendes Lachen, das von ganz weit unten zu kommen schien: »Deine steifen Nippel verraten dich, du brauchst es gar nicht erst zu leugnen.«

Noella winkte ab und schüttelte lächelnd den Kopf. »Ist doch klar, wenn du die ganze Zeit von nichts anderem redest. Übrigens, deine neuen Schuhe sind toll. Huppi lässt sich nicht lumpen, das muss man ihm lassen.«

Ein völlig ungeniertes Nicken folgte, ehe Claire bemerkte: »Er ist so wahnsinnig dankbar, seitdem er regelmäßig wieder einen hochkriegt. Und ich erst, wie du dir denken kannst. Huppi wird sogar geradezu experimentierfreudig in letzter Zeit. Er macht willig die verschiedenen Rollenspiele mit, die ich vorschlage, erfindet sogar seine eigenen Variationen.«

»Und die wären? Halt, lass mich raten! Du spielst die strenge Oberärztin, er ist der hilflose Patient. Oder umgekehrt?«

»So ungefähr und doch auch wieder anders. Erst gestern wollte er seine Schamhaare rasiert haben, und zwar mit einem Skalpell. Wie du durch mich weißt, liebste Noella, ist so ein Skalpell ein besonders scharfes Instrument. Ein Ausrutscher und …«

»Igitt, hör auf! Ich kann kein Blut sehen, wie du wiederum weißt. Nicht mal mein eigenes. Ich nehme an, du hast die delikate Aufgabe mit Bravour gemeistert?«

»Absolut!«

»Und er? Spann mich nicht auf die Folter! Was ist bei ihm passiert, außer dass er jetzt unten herum Glatze trägt?«

»Nicht so ungeduldig, Schätzchen! Immerhin vollzog sich das Ganze wie in einer Filmszene, sorgfältig von mir inszeniert und zelebriert. Mach die Augen zu und lausche einfach meinen Ausführungen. Die Bilder dazu kommen dann ganz von selbst!«

Gehorsam lehnte Noella sich zurück, mit geschlossenen Augenlidern.

Mit sanfter Stimme begann Claire ihren Bericht.

»Zuerst schlüpfte ich in eine äußerst knappe Version einer Krankenschwesterntracht. Huppi hatte sie erst kürzlich in einem Sex-Shop entdeckt und sofort an mich gedacht. Als ich fertig war, lag er bereits nackt rücklings auf dem Bett. Sein Willi sah klein und schrumplig aus wie eine Dörrpflaume, ich erschrak bei dem kläglichen Anblick. Natürlich dachte ich, mein Direktorchen hätte vergessen, seine Pille zu schlucken. Aber dann sah ich: Er hielt das Skalpell in Händen und prüfte mit der Daumenkuppe dessen Schärfe. Natürlich hatte er sich auch bereits geschnitten. Wer niemals zuvor ein solches Ding in Händen gehalten hat, unterschätzt es einfach, das ist ganz selbstverständlich. Ebenso selbstverständlich war ich darauf vorbereitet! Bereits seit meinem ersten Semester Medizin. Rasch nahm ich Huppi das Skalpell weg und verband seinen Daumen. Wobei ich ihn natürlich tüchtig ausschimpfte wie einen kleinen Jungen. Schon das brachte Willi deutlich aus dem Dörrpflaumen-Stadium heraus, in die der Schreck ihn vorher versetzt hatte. Ich konnte den erfreulichen Fortgang des Prozesses aus den Augenwinkeln heraus gut beobachten.

›Ich glaube, ich muss dich noch viel härter bestrafen, damit du ein für alle Male lernst, nicht mit gefährlichen Sachen herumzuspielen!‹, sagte ich streng.

Huppi nickte eifrig und sah mich bettelnd an. Also befahl ich ihm als Nächstes, Arme und Beine zu grätschen. Und schon band ich die vier Gliedmaßen an den Bettpfosten fest. Als Fesseln benutzte ich kurzerhand Krawatten aus Huppis umfangreicher Sammlung, die er innen an der Tür des Kleiderschranks ordentlich aufgereiht hält.«

Noella riss die Augen auf vor Überraschung: »Ihr

wart doch nicht etwa bei ihm zu Hause, in seiner Villa? Ich dachte, seine holde Gemahlin …«

»Frederike weilt derzeit in der Nähe von Nizza. Sie lässt sich auf einer Beauty-Farm verwöhnen, sprich aufbretzeln.«

Noella entfuhr ein Stoßseufzer: »Die Glückliche führt ein beneidenswertes Dasein! Also weiter im Text – Huppi ist splitternackt und liegt gefesselt mit weit gegrätschten Beinen auf dem Bett. Was sagt denn nun Willi dazu?« Sie schloss rasch erneut die Augen, weil Claire ihr ein entsprechendes Zeichen machte.

»Willi zuckte sichtlich vor Freude, allerdings musste er noch weiter wachsen, bis er so groß und stark war, dass Schwester Claire ihn einer Sonderbehandlung unterziehen konnte. Huppi sagte: ›Schwester! Mich juckt es da unten so grausam, was machen wir denn da?‹ – dabei guckte er mich aus weit aufgerissenen Augen verschreckt an.

›Das sind die Filzläuse!‹, erwiderte ich spöttisch. ›Das hat man jetzt davon, wenn man einen auf dirty old man macht, mein Lieber!‹

Sofort jammerte Huppi los: ›O Gott, wenn das meine Frau erfährt! Was kann man denn da machen?‹

›Totalrasur!‹, sagte ich schnippisch und hielt das funkelnde Skalpell in die Höhe. Huppis Augen weiteten sich vor Schreck noch einen Tick mehr: ›Sie meinen wirklich, Schwester? Ist das nicht gefährlich, mit diesem scharfen Ding da?‹ – ›Durchaus‹, erwiderte ich kalt, ›aber das hätten Sie sich früher überlegen müssen, nicht wahr!‹

Huppi schluckte trocken, sein Adamsapfel bewegte sich dabei hektisch auf und ab, sein Atem ging heftiger: ›Fangen Sie schon an, Schwester! Damit wir es hinter uns bringen.‹

Alles war vorbereitet, der Rasierschaum im Schälchen stand bereit, daneben lag ein bedrohlich funkelndes zweites Skalpell. Und ein Krug mit Eiswasser, man könne nie wissen, erklärte ich dem immer verzagter dreinschauenden Huppi. Tja, Doktor Hubert Kerner war mittlerweile verzagt, wohingegen Doktor Willi Kerner – o Wunder! – von Sekunde zu Sekunde kerniger wurde. Kernig und stramm, wie wir Mädels es lieben. Und ich konnte nicht anders, ich musste einfach ein kleines Experiment mit dem Patienten durchführen: Ich griff in den Krug und holte einen Eiswürfel von der Größe eines Würfelzuckerstücks heraus. Damit fuhr ich zuerst an Willi rauf und runter, umrundete ihn, setzte schließlich das eisige Zuckerstück oben auf der Spitze ab, wo es immer stärker zu tropfen begann. Denn Willi war so heiß, darüber schmolz das Eis. Huppi stöhnte leise, dann wimmerte er: ›Bitte, Schwester, erlösen Sie mich von …‹ – er konnte die Bitte nicht mehr beenden, denn ich beugte mich über Willi und nahm ihn mitsamt dem schmelzenden Klümpchen in den Mund. Ich schleckte das Eis weg – mit hartem Zungenschlag –, und schon richtete ich mich wieder auf und lutschte sichtlich begeistert meine Belohnung.

Huppi stöhnte lauter und lustvoller als zuvor. Er hob den Kopf und starrte bewundernd hinunter, wo Willi eifrig wie lange nicht mehr strammstand.

›Schwester! Ist das normal?‹ – er schaute mich stolz und herausfordernd zugleich an.

›Nein!‹, antwortete ich heiser, ›das ist außergewöhnlich!‹

›Das macht dich an, Schwesterlein, was?‹, knurrte Huppi. ›Gib schon zu, der Anblick macht dich irre geil. So geil, deine Muschi läuft bestimmt gleich über?‹

Ich gab keine Antwort, schüttelte nur achselzuckend den Kopf.

›Du lügst doch, du geiles kleines Luder!‹, protestierte Huppi und zerrte – plötzlich wütend – an seinen Fesseln. ›Binde mich los, ich will mir das selbst anschauen, ich jag dir zuerst die Finger rein und dann meinen Schwanz, da in deine feuchte Möse!‹

›Zuerst müssen die Filzläuse beseitigt werden‹, sagte ich laut und böse. ›Keine Widerrede, schließlich will ich mir das Viehzeugs nicht auch noch einhandeln.‹

Ich fuchtelte mit dem Skalpell vor Huppis Nase herum, verschreckt ließ er den Kopf wieder in die Kissen sinken.

›Clairchen, tu mir das jetzt nicht an! Wir spielen ein anderes Mal an der Stelle weiter. Jetzt will ich dich bloß noch vögeln, so richtig durchvögeln. Bitte, bitte, so steif war er doch schon lange nicht mehr, Süße!‹

Ich antwortete nicht, nahm dafür einen Zweifingertest an Willi vor, indem ich ihn von ganz unten am Schaft bis oben zur Eichel hin drückte und durchknetete. Davon wurde er noch ein Stückchen härter, und dann war es tatsächlich so weit – es hätte losgehen können. Auch mein Döschen hätte nichts dagegen gehabt, es juckte nämlich immer heftiger, während ich meinen Patienten behandelte. Trotzdem schäumte ich sorgfältig zuerst die nähere Umgebung und dann den bebenden Willi selbst mit Rasierschaum ein, unter den ich vorher etwas steifgeschlagene Schlagsahne gemixt hatte. Ich benutzte dazu einen breiten Dachshaarpinsel erster Künstlerqualität. Teuer, klar. Aber für die Spesen – und mehr – ist ja Huppi zuständig, und dem macht das nichts aus, ganz im Gegenteil. Frederike schmeißt sein Geld ja auch mit beiden Händen in Südfrankreich auf der Beauty-Farm zum Fenster raus.

Die Eichel bepinselte ich besonders sorgfältig und hingebungsvoll. Die zusätzliche Mühe wurde umgehend belohnt.

Huppi bäumte sich knurrend auf, stieß mir sein Becken samt steifem Schwanz entgegen, der mittlerweile einem großen Eiszapfen ähnelte.

Ich pinselte noch ein bisschen weiter an der Spitze herum, trug noch ein wenig mehr Rasierschaum-Sahne-Creme auf – und Huppi stöhnte laut, schließlich röhrte er sogar eine Art Urschrei heraus. Der Schrei klang brünstig und nach – ja, tatsächlich nach Urwald.

›Fick mich, verdammt noch mal, du geiles Luder!‹, schrie er schließlich noch.

Er hatte ja Recht, ich wusste es auch, und wenn ich jetzt nicht zur Sache geschritten wäre, hätte Huppi das im Alleingang durchgezogen. Und ein zweites Mal wäre er an dem Tag so leicht nicht mehr zu dieser Topform aufgelaufen. Wegen seines hohen Blutdrucks nämlich darf er höchstens einmal am Tag die blaue Pille schlucken.

Ich legte also das Werkzeug zur Seite, drehte mich um und reckte Huppi mein Hinterteil entgegen. Dann lupfte ich langsam das ohnehin schon superkurze Röckchen der Schwesterntracht in die Höhe.

Huppi steht auf weibliche Hinterbacken, voll und fest, und auch das Loch dazwischen beguckte er sich mit äußerstem Vergnügen. Und ich bot ihm diesen Anblick jetzt für einige kostbare Sekunden.

Er begann zu hecheln wie ein Hund. An der Stelle beschloss ich: Es wurde endgültig höchste Zeit!

Ich kletterte aufs Bett und stieg sofort über ihn.

Willi verschwand glitschend und schmatzend in meiner tropfnassen Möse.

Ich wusste: Der schaumig-klebrige Rest von diesem Liebesspiel würde nachher überall sein, nicht nur in meiner triefenden Muschi oder auf Willi. Dafür würde ich schon sorgen, damit der gute Huppi später beim Beseitigen der Spuren noch mal schön alles durchleben konnte. Damit brannte ich ihm die Erinnerung an mich und meine heißen Spiele unlöschbar in die Hirnrinde ein, und das war wichtig für die Zukunft. Für meine und seine, wohlgemerkt.

Außerdem wusste ich, dass Huppi nicht mehr lange durchhalten würde, wenn er erst mal in mir steckte und ich ihn zu reiten begonnen hätte. Um aber selbst auch auf meine Kosten zu kommen in der Kürze der Zeit, brauchte ich diese köstliche Schweinerei da unten, es machte mich an, weil es sich schmutzig anfühlte und irgendwie auch war. Allerdings handelte es sich um hygienisch unbedenklichen Schmutz, und darauf legt die Medizinerin in mir naturgemäß großen Wert.

Es schmatzte laut, als meine Möse auf Willi auf und ab zu schubbern begann. Die Rasierschaum-Sahne stellte ein vorzügliches Gleitmittel dar, ich war stolz auf meine Erfindung.

Meine Pussi puckerte immer heftiger, die Geräusche klangen immer schöner, weil schmutziger, Huppi brüllte wie ein Stier unter mir und stieß sogar hart von unten nach oben zu. Härter, als selbst ich es für möglich gehalten hätte.

Vor freudiger Überraschung ging ich ab wie eine Rakete. Ich spürte noch, wie Huppi unter und in mir pumpte wie ein erschöpfter Maikäfer, dann war es auch für ihn vorbei.

Ich stieg von dem Hengst, rutschte aber noch für ein Weilchen genüsslich auf Huppi herum – kam dabei bis hinauf zu seinem Gesicht, damit er mich lecken konnte, mich und die köstliche Sahne-Gleitcreme. Er tat es freudig, das Zeug schien ihm zu schmecken. Schließlich glitt ich von ihm herunter und achtete darauf, auch die frisch gestärkten Laken so richtig schön einzuferkeln, ehe ich ganz vom Bett stieg und mich davor in Positur stellte.

Ich zeigte Huppi zum krönenden Abschluss noch meine verschmierte Muschi, ehe ich die Schwesterntracht züchtig sinken ließ und – als ob nichts geschehen wäre – nun tatsächlich begann, Huppis Schamhaare mit dem kleineren der beiden Skalpelle zu entfernen. Immerhin war er hinreichend eingeseift und das Zeug zusätzlich noch getränkt von meinem eigenen Saft.

Mühelos glitt das Skalpell wie von Zauberhand gelenkt dahin. Es floss kein Tröpfchen Blut, ich schwöre es – und doch: Willi, der eben noch halbsteif aufragte, schrumpelte während der Totalrasur unaufhaltsam zusammen. So ganz schien sein Besitzer meinen medizinischen Fertigkeiten also doch noch nicht zu trauen, aber immerhin protestierte er nicht, schloss nur vorsichtshalber die Augen. Sein Atem ging schwer, was aber vermutlich auf den stärksten Orgasmus zurückzuführen war, den der arme Huppi seit Jahren hatte erleben dürfen.

Schließlich war meine Arbeit beendet.

›Jetzt noch eine gründliche Desinfektion, dann sind die Filzläuse bestimmt besiegt‹, sagte ich und ging nach nebenan ins Bad, wo ich eine bereitstehende Waschschüssel füllte, einen frischen Waschlappen und ein Handtuch schnappte und wieder zu Huppi ans Bett trat.

Ich säuberte Willi gründlichst. Die etwas raue Oberfläche des Waschlappens reizte dabei natürlich die Eichel, und tatsächlich begann Huppis Schwanz sich wieder mit Blut zu füllen. Das Handtuch, das ich anschließend zum Abtrocknen benutzte, tat ein Übriges.

Allerdings, unter uns gesagt, der Ständer ist längst nicht das, wonach meiner Pussy normalerweise der Sinn steht, aber darum ging es mir in dem Augenblick auch gar nicht. Ich kann meine Bedürfnisse jederzeit ein Weilchen zurückstellen und bei passender Gelegenheit auch anderswo befriedigen lassen.

Für Huppi jedenfalls war das Ganze ein solch unglaubliches und vor allem unverhofftes Erfolgserlebnis – ihm liefen vor lauter Dankbarkeit die Tränen über die Wangen.

›Jetzt sieh dir das an, Clairchen‹, seufzte er leise, ›du bist eine wunderbare Lehrmeisterin. Du weißt gar nicht, wie dankbar ich dir bin, für alles.‹

›Ich binde dir jetzt eine Hand los‹, sagte ich nüchtern im Oberlehrerinnen-Ton. ›Mit dieser machst du es dir dann selbst. Damit der Schwanz trainiert wird, das ist wichtig, hörst du? Regelmäßiges Training und häufiger Einsatz sind unabdingbar. Die Pillen solltest du nicht ewig schlucken, schon wegen deines Blutdrucks nicht.‹

Huppi nickte gehorsam, schließlich bettelte er: ›Zeigst du mir dabei deinen Arsch, Clairchen?‹

Ich nickte großherzig, drehte mich um und lüpfte ein weiteres Mal das Röckchen, außerdem stellte ich ein Bein hoch auf den Stuhl neben dem Bett. Auf der Stuhllehne wiederum stützte ich mich mit beiden Händen ab. Dabei beugte ich mich auch noch nach vorne.

Der Anblick ließ Huppi wohlig aufstöhnen. Ein leise schmatzendes Geräusch in meinem Rücken bestätigte mir – er machte bereits fleißig seine Hausaufgaben.

Ich musste ungefähr fünf Minuten in dieser Stellung

ausharren, bis Huppi schließlich – wimmernd wie ein Kind – noch einmal an diesem denkwürdigen Nachmittag abspritzen konnte.

Als er fertig war, schlief er fast sofort ein, den Schwanz noch selig lächelnd in der Hand, wo Willi allerdings langsam wieder zur Dörrpflaume mutierte.

Huppi schnarchte laut, und ich verschwand nach nebenan im Bad und stieg unter die Dusche.

Das war's, du kannst die Augen jetzt wieder aufmachen, Noella!«, sagte Claire als Nächstes.

»Meine Güte, ich habe gar nicht geahnt, wie talentiert du bist. Strebst du tatsächlich immer noch eine Forschungs- und Dozentinnen-Karriere an der Uni an?« – Noella konnte sich ein Lachen nicht verkneifen, wusste sie doch, der Freundin gefielen solche Frotzeleien.

Doch dieses Mal blieb Claire tatsächlich vollkommen ernst. »Die Lehrerinnen-Rolle macht mir Spaß, tatsächlich. Und auf dem Gebiet der medizinischen Forschung verfüge ich geradezu über ein eingebautes Sendungsbewusstsein. Ich werde mein Berufsleben der Erforschung von Infektionskrankheiten widmen. Und darüber lehren. So viel steht felsenfest.«

Noella richtete sich auf, wobei ihre harten Nippel sich erwartungsvoll reckten, aber Claire hatte in diesem Moment keinen Blick dafür, sie wirkte plötzlich wie ausgewechselt, ernsthaft, nachdenklich und in sich gekehrt, fast abweisend.

»He, ich hab's nicht so gemeint eben! Ich wollte doch nur flachsen, Claire.«

»Das weiß ich, darum geht es nicht. Ich habe bloß mal wieder über meine verflixte Situation nachgedacht. Du weißt ja selbst, was man bei einer Uni-Laufbahn verdienen kann. Ganz ordentlich, aber nie wirklich genug. Jedenfalls nicht, wenn man wie ich im Privatleben einem gewissen Luxus frönt.«

Noella nickte, nun ebenfalls ernst geworden. Sie fuhr sich mit einer Hand durch ihre langen, schwarzen Locken: »Wie gedenkst du, mit diesem Zwiespalt fertig zu werden? Reich heiraten?«

»Gott bewahre, bloß das nicht! Männer, nicht nur reiche, können es nicht ertragen, eine wirklich erfolgreiche und hochintelligente Frau an ihrer Seite zu haben. Jedenfalls nicht als Ehefrau. Als Kurtisane im Hintergrund dagegen ...« – Claire brach mit einem vielsagenden Lächeln um die Lippen ab.

Natürlich fiel der Groschen jetzt bei Noella. »Du spielst die Kurtisane bei Huppi! Er belohnt dich dafür mit luxuriösen Geschenken, teuren Restaurants und heimlichen First-Class-Hotelwochenenden. All den Dingen, die du dir selbst nicht leisten kannst.«

»Es ist ein Tauschgeschäft, Mäuschen. Wie in der wahren Geschichte, die ich dir eben noch erzählt habe. Huppi hat mir einiges zu verdanken, findest du nicht? Der ganze Kerl ist absolut aufgeblüht in der letzten Zeit. Ich verarzte ihn und bringe ihm gleichzeitig Dinge bei, von denen er vorher keine Ahnung hatte. Beides gehört ohnehin zu meinem Berufsbild. Und dann denk daran, Noella: Ein von Natur aus guter, erfahrener Liebhaber weiß um seine Fähigkeiten. Er verzehrt sich nicht nach dir, sondern ihm gelingt mit Leichtigkeit das Kunststück, dass du dich nach ihm verzehrst. Dann hat er dich an der Angel, lässt dich zappeln, und du sitzt in der emotionalen Falle. Während er anderswo auf Pirsch ist. Mit einem Huppi kann dir das niemals passieren. Der verlangt nach dir, wird es immer tun. Den Typ Huppi hast du in der Hand, Mäuschen! Und das ist wichtig, wenn du die alleinige Kontrolle über dein Leben und deinen beruflichen Erfolg behalten willst. Verstanden, das Prinzip?«

Noella zog das Näschen kraus. »Ich denke schon! Allerdings frage ich mich auf der anderen Seite, ob man bei dieser Vorgehensweise nicht auch auf vieles durchaus Lebenswerte verzichten muss.«

»Finde es heraus. Zeit genug dazu hast du ja auf deinem Trip nach Key West und während deiner weiteren Bar-Recherchen. Hör mal auf dein Herz, und dann wieder für eine Weile nur auf deinen Verstand. Versuch beides miteinander zu kombinieren! Falls dir dieses Kunststückchen gelingt, wirst du einen großen Schritt weiter sein. Falls nicht, musst du früher oder später eine klare Entscheidung treffen. Für das eine oder das andere. Versprich mir bloß eines, Noella: Pass auf jeden Fall auf, dass du dein Herz nicht ausgerechnet an irgend so einen kleinen Barkeeper verlierst. Die gehören mit zur schlimmsten Sorte Mann, glaube mir.«

»Wieso das denn?«

»Weil sie auch alles das wissen, wovon ich gerade gesprochen habe. Sie kennen die Frauen und das Leben. Dafür haben sie nie oder wenigstens nur selten wirklich Geld in der Tasche. Brauchen sie auch nicht! Sie sind so eine Art männliche Kurtisanen, davon lässt es sich prima und bequem leben. Und in dieser Rolle kriegen sie *dich* selbstredend in den Griff, und nicht etwa umgekehrt. Findet so einer auch noch heraus, dass die kleine, süße Noella einen wohlhabenden Papi im Hintergrund hat, der Studium und Reisen finanziert, so bist du verloren. Du wirst *ihm* nichts beibringen können, weder im Leben noch im Bett. Er weiß schon alles, er ist dir immer um mindestens einen Schritt voraus, er wird dich tanzen lassen. Nach der Melodie *seiner* Pfeife wirst du tanzen. Und du wirst verloren haben, ehe du es überhaupt merkst!«

»So wie Huppi?« – Noella konnte sich die kleine Spitze beim besten Willen nicht verkneifen. Immerhin hatte Claire mit der Bemerkung hinsichtlich des reichen Papis im Hintergrund auch eine von *ihren* wunden Stellen getroffen.

»So wie Huppi!«, bekräftigte Claire todernst. Sie griff nach ihren roten Leder-Pumps und zog sie sich wieder ordentlich an. Dann stand sie auf: »Ich muss los, meine Schöne, Huppi führt mich zum Candlelightdinner aus. Ohnehin wollte ich nur auf einen Sprung vorbeischauen, um dir eine gute Reise zu wünschen.«

Noella sprang ebenfalls auf und warf die Arme um die Freundin, dabei schmiegte sie ihre nackten, aufreizend hübschen Apfelbrüste an deren elegante Seidenbluse.

»Ich werde dich sooo vermissen«, schnurrte sie,

»mit mindestens fünf großen O daran. Versprich mir, all meine E-Mails immer sofort zu lesen und baldmöglichst zu beantworten, hörst du? Vielleicht brauche ich ja mittendrin deine klugen Ratschläge. Vor allem deine ironisch-sarkastischen Bemerkungen kann ich nicht entbehren, ohne sie wäre ich schon oft auf irgendwelche dummen männlichen Tricks reingesaust. Außerdem will ich natürlich unbedingt wissen, wie die Geschichte mit dir und Huppi weitergeht. Oder den anderen Kerlen, denen du in den nächsten Wochen den Kopf verdrehen wirst. Ich will alles wissen, hörst du? Jedes kleinste pikante Detail!«

Claire, die Noella nun ihrerseits drückte und herzte, musste lachen: »Damit du später einmal irgendwelche schmutzigen Artikel daraus zimmern kannst? Du bist durchschaut, mein Engel! Im Übrigen will ich ebenfalls in allen Details als Erste von deinen Abenteuern unterrichtet werden, klar? Notfalls auch telefonisch. Selbst wenn es teuer ist, hin und wieder muss ich einfach deine liebreizende Stimme hören. Und pass mir wirklich gut auf in den Bars, versprochen? Wenn es schon sein muss, dann halte dich an betucht aussehende männliche Gäste mittleren Alters. Beobachte, ob einer der Barkeeper den Auserwählten kennt, das ist sicherer. Es gibt dann in jedem Fall einen Zeugen. Lass die Finger von einsamen ›Strangers in the Night‹, okay? Und auf jeden Fall von den Kerlen hinter der Bar, ohne Ausnahme!«

»Alles fest versprochen, obwohl du beinahe wie mein Vater klingst, wenn nicht noch schlimmer.«

Noella küsste die Freundin zum Abschied herzhaft auf die Lippen, während Claire mit einem wohligen Seufzer die Apfelbrüste mit ihren Händen umfing und zärtlich drückte, ehe sie sich schließlich abrupt aus der innigen Umarmung löste. Sekunden später fiel die Wohnungstür ins Schloss.

Noella ging nach nebenan ins Schlafzimmer und sah den Inhalt ihres Kleiderschranks durch. Es war allmählich an der Zeit, die passende Reisegarderobe zusammenzustellen.

2

Patrick räkelte sich genüsslich im warmen Sand. Die Sonne stach bereits seit Stunden auf Key West herunter, obwohl es noch relativ früh am Tag war. Kein Wölkchen ließ sich am tiefblauen Himmel blicken, das Meer schimmerte türkisgrün, die Wellen rauschten verheißungsvoll.

Er war erst eine halbe Stunde zuvor überhaupt aus den Federn gekommen, die Nacht war lang und heiß gewesen, an Schlaf war in einem Klima wie diesem vor fünf Uhr morgens ohnehin nicht zu denken. Zumindest wenn man wie Patrick aus kälteren Gefilden stammte und noch nicht an die hiesigen Verhältnisse angepasst war.

Außerdem dauerte sein Dienst letzte Nacht wieder einmal bis weit nach drei Uhr. Die letzten *Barfliegen* hatten sich einfach nicht verscheuchen lassen, die von Patrick gekonnt gemixte Margarita »Hemingway« hatte weiblichen wie männlichen Gästen gleichermaßen geschmeckt.

Obwohl er erst seit wenigen Wochen in der *Crocodile-Bar* arbeitete, hatten Patricks Margaritas bereits einen gewissen Bekanntheitsgrad erlangt. Es gab Leute, die am späten Nachmittag zur Happy Hour eigens rasch vorbeikamen, um eine Margarita dieser Güte zum halben Preis zu ergattern. Hinterher mussten sie dann häufig nochmals ins Geschäft oder Büro zurück oder in den nächsten Supermarkt, um das Abendessen für die Familie einzukaufen.

Patrick konnte über solche Verrücktheiten der Amerikaner nur lächelnd den Kopf schütteln. Er war kein Trinker, vor allem aber stand er nicht auf Cocktails, auch wenn er sie gerne und absolut gekonnt mixte. Zum einen gefielen ihm die Farben, die dabei entstanden. Zum anderen liebte er es, immer neue Variationen von wohl bekannten »klassischen« Drinks – wie der Margarita – zu kreieren und seine Gäste damit zu überraschen.

Die entzückten Mienen beim ersten Schluck, die Nachbestellungen – »Hey, Patrick! Superjob, Mann. Noch so einen für die Straße!« – sowie die meist großzügigen Trinkgelder – im Amerikanischen Tip genannt – machten seinen Job für ihn so liebenswert.

Er fühlte sich ohnehin wie der geborene Barkeeper. Patrick hatte, solange er sich zurückerinnern konnte, nie etwas anderes werden wollen.

Als Junge hatte ihn sein Vater an Samstagabenden manchmal mitgenommen, wenn er in der einzigen Bar der Kleinstadt, in der sie wohnten, am Klavier saß und für die Gäste, die sich fast alle untereinander kannten, Chopin spielte.

Eigentlich war der Vater ein mittlerer Beamter bei der Post, aber sein Traum war stets Konzertpianist gewesen. Dafür hatte es nicht gereicht, die Bar in der bayerischen Kleinstadt war ein Ersatz und tat es auch.

Patricks Vater war nicht unglücklich, der Postjob ernährte die Familie, die er liebte, und das Klavierspiel am Samstagabend – zwei Stunden lang – brachte ein nettes Zubrot ein.

Die Mutter billigte das Hobby ihres Mannes, allerdings hielt sie wenig davon, ihren Sohn in so jungen Jahren bereits »in diesen Kreisen« zu wissen. Und um Punkt zwanzig nach zehn hatten die beiden zu Hause zu sein. Der Auftritt endete stets um zehn in der Nacht – danach sang eine junge Frau Chansons –, der Heimweg dauerte zehn Minuten, fünf Minuten brauchte der Vater, um das Klavier zu schließen, aufzustehen und sich zu verbeugen, den mageren Applaus und anschließend sein mageres Honorar vom Besitzer der Bar in Empfang zu nehmen.

In den beiden Piano-Stunden bekam Patrick von dem Barbesitzer stets zwei Pepsi-Colas spendiert, eine für jede Stunde, die der Vater Chopin oder auch so manchen alten, schnulzigen Schlager spielte: *Gehm Se dem Mann am Klavier noch 'n Bier, noch 'n Bier!* – was auch prompt und immer funktionierte. Der Vater bekam vom Barbesitzer seinerseits pro Stunde Auftritt ein Gläschen Bier auf den Flügel gestellt. Zusätzlich zum vereinbarten Honorar. Der Chef war ein netter Kerl und mochte sich nicht lumpen lassen.

Natürlich gab es in dem Etablissement auch einen Barkeeper. Er hieß Oskar, war mittleren Alters, trug ein freches Schnurrbärtchen, konnte es gut mit den Damen und erzählte hinreißend lustige Geschichten.

Patrick mochte Oskar, und umgekehrt verhielt es

sich genauso. Der Junge beobachtete den Barkeeper gerne bei seiner Arbeit. Was er sah, gefiel ihm immer besser. Irgendwann begann er den Mann zu bewundern.

Patrick erkannte im Laufe der Zeit, dass es eine Kunst für sich war, ein wirklich guter Barkeeper zu sein. Das Mixen und Einschenken von diversen Getränken war dabei nur ein Teil des Jobs. Viel wichtiger schien zu sein, wie souverän Oskar mit Menschen umging. Freundlich-zurückhaltend und lässig-heiter, oder fürsorglich, aufmerksam, tröstend, zuhörend, je nachdem, welcher Typ Gast am Tresen auftauchte. Und in welcher Stimmung der Besucher sich gerade befand.

Oskar erkannte stets blitzschnell, was Sache war.

Hatte jemand Kummer und wollte nur reden, reden, reden, dann hörte Oskar einfach zu. Brauchte jemand Ansprache, so quasselte Oskar munter drauflos.

Sein Vorrat an schrägen Witzen schien unerschöpflich, für jeden war etwas dabei.

Und die Frauen – ach, die hübschen Frauen!

Sie liebten ihn alle, den Oskar. Er brachte sie zum Lachen. Und es gelang ihm mühelos, jeder einzelnen von ihnen das tolle Gefühl zu geben, schön und begehrenswert und charmant zu sein. Die Königin des Abends.

Und mehr wollten sie ja meist auch gar nicht. Ein paar Stunden dem Alltag entfliehen, sich ein wenig amüsieren, ein nettes Gespräch mit dem Mann hinter der Bar, ein kleiner Flirt, ein bisschen Alkohol für den besseren Schlaf später, das war's!

Der Mann am Klavier – Patricks Vater also – interessierte die Damen ebenfalls. Aber er war beschäftigt mit seinem Spiel, hatte keine oder nicht viel Zeit für die Schönen der Nacht – die Zeit hatte Oskar. Und sie arbeitete prompt für ihn.

Also beschloss der junge Patrick eines schönen Samstagabends: Der einzige Beruf, der jemals für ihn in Frage käme, war Barkeeper.

Als Erstem vertraute er sich natürlich Oskar an. Der strahlte vor Stolz und Freude, wusste er doch ganz genau, dass er dem hübschen und intelligenten Jungen als Vorbild diente.

»Gute Wahl, Bub!« sagte Oskar und schenkte ihm noch eine Pepsi ein. »Ein Sunnyboy bist du schon von Natur aus, den Rest lernst du mit Links. Die hübschesten Mädels werden dir später zu Füßen liegen. Das ist unbezahlbar, damit kommst du prima durchs Leben, wenn du schlau bist. Und du bist es, ich weiß das.«

Der Vater war weniger begeistert von den Zukunftsplänen seines Sprösslings.

»Lass das bloß nicht deine Mamma hören, Sohn!«, sagte er und räusperte sich ausgiebig. »Die reißt mir den Kopf ab dafür, und außerdem lässt sie dich dann auch nicht mehr mit mir in die Bar gehen.«

Das verstand Patrick intuitiv, er wusste nur zu gut: In dem Punkt lag der Vater richtig. Und noch eines wusste er von da an: Sein Erzeuger selbst fand den Plan des Sohnes nicht gerade umwerfend. Bloß hielt er sich mehr zurück, dachte er doch an seine eigenen Jugendträume: eben Konzertpianist, und vorher Schornsteinfeger.

»Träume sind Schäume!«, sagte der Vater und setzte sich mit einem leisen Seufzer wieder ans Klavier. Später, auf dem Heimweg, sprachen sie über andere Dinge, Fußball und die Schule, die bevorstehenden Ferien.

Der Junge lernte etwas Neues an diesem Tag und hielt also in Zukunft lieber seinen Mund über das offenbar heikle Thema. Aber der Entschluss war dennoch unumstößlich gefasst.

Patrick wollte nur noch eines werden und sein für den Rest seines Lebens: BARKEEPER.

Nicht weit von ihm entfernt ließen sich jetzt zwei Touristinnen in farbenfrohen, knappen Bikinis auf ihren Badelaken am Strand nieder.

Die blondierten Haare waren neckisch hochgesteckt, riesige und sündhaft teure Designer-Sonnenbrillen glänzten auf gebräunten Näschen. Zigeunerohrringe klimperten verheißungsvoll und einladend.

Sorgfältig manikürte Füße staken in weichen Ledersandalen mit Goldriemchen, um die Fesseln schlängelten sich zarte Fußkettchen ... Jedes einzelne Accessoire schien sorgfältigst ausgewählt, um so sexy und anziehend wie möglich durch einen sonnigen Strandtag zu flattern – wie ein beschwipster Schmetterling.

Patrick beobachtete die Szene amüsiert. Sie war nichts Neues für ihn, lediglich die weiblichen Darsteller wechselten von Woche zu Woche.

Jede Wette: Auch diese Ladys hier werden nicht ein-

mal die große Zehe ins Meer halten! Immerhin könnte eine vorwitzige Welle jederzeit und urplötzlich den schönen Schein einfach wegspülen. Man hat doch sicher andere Pläne und Absichten als zu schwimmen, oder?

Die Damen warfen verstohlene Seitenblicke in seine Richtung, und Patrick musste unwillkürlich breit grinsen.

Das alte, immer gleiche Spielchen. Ah – sieh an, wusste ich es doch! Schon gesehen, das verräterische Blinken des Goldes in der gleißenden Sonne, Ladys ... Ihr tragt eure Eheringe wie heilige Symbole, ihr beiden Hübschen. Als könnten sie euch vor euren eigenen schlüpfrigen Wünschen und begehrlichen Gedanken schützen. Die Sonnenbrillen nützen auch nicht viel, ich kann trotzdem genau erkennen, wohin ihr eure Äuglein wandern lasst.

Zu gerne würdet ihr jetzt mit euren Händchen über meinen trainierten Body streicheln, ihn behutsam erforschen bis hinunter zu der prallen, verheißungsvollen Ausbuchtung in meiner knappen Badehose.

Ich kann eure Wünsche und Gelüste körperlich spüren, Ladys! Denn ich bin genau der Typ Sunnyboy, den ihr euch herbeisehnt für eure Urlaubsbettchen.

Zu Hause den treusorgenden, hart arbeitenden Ehemann – und hier auf den Keys den knusprigen, unverbrauchten Loverboy. Zum Vergnügen und zur Ablenkung von der langweiligen Routine eures Alltagslebens.

Frauen wie euch gibt es überall auf der Welt. In

Scharen. Sie kommen zu mir an die Bar, sie trinken, lachen, reden und flirten mit mir. Ich helfe ihnen dabei, sich gut zu fühlen, oft über diesen Abend hinaus. Manche hat mir schon am anderen Tag verschämt gestanden, geträumt zu haben in der Nacht, einen feuchten Traum, mit mir in der Hauptrolle. Und am Tag darauf auch noch weiter geträumt zu haben im warmen Sand, irgendwo am Meer.

Ich bin längst viel besser in dem Job, als Oskar es jemals war. Aber um fair zu sein – mir hat das Leben auch viel bessere Chancen geboten als ihm.

Ich konnte unsere kleine Stadt verlassen, in München, Düsseldorf, Berlin, und später sogar in Rom, Paris und London arbeiten.

Ich spreche fünf Sprachen, mixe sämtliche berühmten Cocktails aus dem Effeff und habe sogar eine Weile Schauspielunterricht genommen, um zu lernen, wie man sich am besten bewegt und verhält – je nachdem, in welcher Rolle man gesehen werden möchte.

So habe ich zum Beispiel auch den Part des »bösen Jungen« drauf! Bei manchen von euch Mädels zieht das nämlich besser als alles andere.

»Frauen sind merkwürdige Geschöpfe. Je schlechter ein Mann sie behandelt, desto mehr fressen sie ihm aus der Hand!« – diesen denkwürdigen Satz sprach einst mein Onkel zu meinem Vater, seinem Bruder.

Ich war vielleicht zwölf, dreizehn, kapierte aber bereits, was Onkel Theo meinte! Konnte ich dieses Phänomen doch sogar an meiner Schule in der Pause täglich beobachten.

Die Jungs, die sich am rüpelhaftesten und großspurigsten aufführten, ernteten das Lächeln und die Blicke der hübschesten Mädchen.

Ich aber bildete eine Ausnahme. Sie hatten mir den Spitznamen Sunnyboy verpasst. Beziehungsweise um bei der Wahrheit zu bleiben: Es war Oskars Werk gewesen. Vater erzählte es zu Hause, Mama und Großmama übernahmen es willig, irgendwie sprach es sich herum bis in die Schule.

Sie nannten mich nicht so, oder jedenfalls nur selten. Aber sie sprachen von mir, dem »Sunnyboy«, unserem Patrick. Hinter meinem Rücken, aber ich wusste es natürlich.

Es machte mir nichts aus, weil ich mich angenommen und gemocht fühlte. Ich besaß viele Freunde, auch die Lehrer mochten mich und triezten mich deshalb nicht. Sogar die Mädels schienen auf mich zu stehen, obwohl ich sie nicht an den Haaren zog oder ähnlich dummes Zeug anstellte.

Erst später im Leben probierte ich es dann doch aus und machte die Erfahrung, dass es durchaus von Vorteil sein kann, den »bösen Jungen« ebenfalls im Repertoire zu haben. Insbesondere auf sexuellem Gebiet!

Manche wunderschöne Frau bekommt man todsicher ins Bett, wenn man sie nur herablassend genug behandelt.

Erniedrige sie mit Blicken oder zusätzlich sogar mit Worten, und sie wird es kaum erwarten können, ihr Höschen auszuziehen. Und es dir blitzschnell über den Bartresen hinweg zu reichen. In den Augen dieses hungrige Betteln, das dir alles verspricht, was du dir als Mann nur wünschen kannst.

Und im Bett die harte Nummer weiter abzuziehen – das gibt den besonderen Kick. Auch dies durfte ich im Laufe der Zeit lernen. Natürlich nur innerhalb bestimmter Grenzen, tief drinnen muss das Mädchen nämlich immer spüren, dass es dir trotzdem vertrauen kann. Du wirst ihr nichts Schlimmes antun, auch wenn du sie brutal fesselst und ihr den süßen Hintern versohlst, bis die Haut sich rötet und brennt.

Wenn du es ihr hinterher nur gut genug besorgst, kannst du später alles, wirklich alles von ihr haben.

Auch außerhalb des Bettes …

Oskar hatte ja so Recht damals, bloß wusste ich zu der Zeit natürlich noch nicht genau, was er gemeint hatte. Seine Worte hatten harmlos geklungen, jedoch exakt dieselbe Botschaft verkündet.

Ich frage mich ohnehin manchmal, wie viele Damen der »oberen Tausend« in unserem Städtchen Oskar wohl versorgt haben mag?

Es müssen etliche gewesen sein … es gab sogar Gerüchte, jemand hätte ihn eines Tages auf einer lauschigen, versteckten Bank im Stadtpark mit der Frau des Bürgermeisters gesehen.

Meine Mutter brachte die Geschichte vom Bäcker heim und erzählte sie flüsternd meinem Vater.

Ich spitzte die Ohren und bekam natürlich alles mit. Außerdem hatte ich die Frau des Bürgermeisters einige Male alleine mit einer Freundin in der Bar gesehen. Nie an den Abenden, wenn mein Vater spielte – also samstags –, aber unter der Woche, wenn der Bürgermeister Versammlungen besuchte, zu denen Vater auch zu gehen pflegte, und ich allein durchs Städtchen streifte und in Fenster oder Türen lugte.

Ich war ein frühreifes, aufgewecktes und neugieriges Kerlchen gewesen, am meisten interessierten mich die Menschen und ihr Verhalten.

An jenem Sommertag – es war ein warmer Abend und die Tür zur Bar stand halb offen – hörte ich drinnen Oskars Bass dröhnen. Und die Gattin des Bürgermeisters und ihre Freundin kicherten albern dazu.

Irgendwie erregte mich das, und ich schlich nach Hause in mein Zimmer, wo ich auf dem Bett liegend genüsslich masturbierte. Wobei ich mir vorstellte, wie Oskar es mit der nackten Bürgermeistersgattin auf dem Boden hinter dem Tresen trieb. In derselben Stellung wie die Hunde im Park, die ich am Tag zuvor beobachtet hatte.

Die beiden Frauen neben ihm am Strand lachten plötzlich schrill und taten so, als ob sie sich prächtig über irgendetwas amüsierten.

Das Gekreische riss Patrick für einen Moment aus seinen Erinnerungen. Weil er wusste, worum es den Ladys in Wirklichkeit ging, drehte er den Kopf in ihre Richtung und schenkte ihnen ein siegessicheres Lächeln.

Strahlend weiße Zähne in einem gebräunten, markant geschnittenen Gesicht, wilde dunkelblonde Locken bis in den Nacken, filmreifer stahlblauer Blick: Die Wirkung trat schlagartig ein, das Gelächter verstummte, dafür wurde die Körpersprache intensiviert.

Da verrutschte der einen das Bikinioberteil doch so unglücklich – eine feste, runde Brust zeigte sich plötzlich völlig entblößt.

Der anderen ging das seitliche Bändchen am ohnehin schon winzigen Tangaslip auf, ein Windstoß und hui – die Lady besaß ja wirklich ein herzallerliebstes zartes und total rasiertes Venus-Mäuschen, das auch noch sprechen konnte: *Komm zu mir, Katerchen, und schleck mein Honigtöpfchen leer!*

Patrick tat so, als hätte er die beiden kleinen Malheurs gar nicht bemerkt. Das war der sicherste Garant dafür, bald mehr fürs Auge geboten zu bekommen. Die Ladys würden sich sicher etwas einfallen lassen. Allerdings vergeudeten sie damit ihre Energie, aber das konnten sie natürlich nicht wissen. Er rollte sich auf den Bauch, legte den Kopf auf die verschränkten Arme und schloss die Augen.

Er konnte die begehrlichen Blicke von nebenan auf seinem wohltrainierten Knackarsch spüren, wo sie brannten wie Feuer. Die Sonne meinte es heute wirklich gut. Einen Moment lang regte sich sein Schwanz: eine rein instinktive, völlig natürliche, quasi vollautomatische Reaktion auf das weibliche Angebot in nächster Nachbarschaft – immerhin war *er* ebenso gut trainiert und in Schuss wie alles andere an ihm.

Wer über ein derart reges Sexleben verfügte, brauchte sich bis ins hohe Alter hinein keine Sorgen zu machen wegen seiner Potenz. So ein Männerschwanz reagierte wie jeder normale Muskel auf ein gesteigertes Trainingsprogramm. Nur nie nachlassen, faul und häuslich werden, oder gar monogam!

Treue mochte für den Charakter ein Vorzug sein. Auf die Potenz wirkte sie sich langfristig verheerend aus.

Wissenschaftler hatten das sogar bei Ratten nachgewiesen, erst neulich war da dieser Artikel im Internet erschienen.

Zu Versuchsbeginn rammelten die Rattenmännchen noch voller Begeisterung und so oft wie möglich mit ihren neuen Partnerinnen. Doch irgendwann wurde das langweilig, waren die Rattenweibchen zu vertraut geworden. Prompt schadete das dem Trieb. Die Männchen fraßen lieber doppelte Portionen und wurden fett, Sex gab es viel seltener, wenn überhaupt.

Aber dann setzten die schlauen Forscher besagte Männchen in einen Käfig voll neuer, fremder Weibchen. Und sofort wurde eine heiße Sexorgie gefeiert. Tagelang. Bis die Männchen zwar erschöpft, aber dafür wieder schlank und rank und potent waren wie ehedem.

Aber nur knapp eine Woche später stellte sich der alte Schlendrian wieder ein: Sex? Nein danke, langweilig. Her mit dem Zusatzfutter und die Bäuche gemästet, Jungs!

Patricks Schwanz zuckte in der Badehose, wohlweislich lag sein Herr und Meister aber bereits auf dem Bauch. Er kannte sich selbst schließlich gut genug –

der Anblick einer nackten Frauenbrust oder gar einer rasierten Muschi – meine Güte, da ging die Post halt einfach ab, wenn ein Mann ein echter Kerl war! Selbst wenn ihm momentan gar nicht der Sinn nach einer heißen Nummer stand, zumindest nicht bei dem Angebot von nebenan, die Welt hatte schon Besseres gesehen, immerhin.

Seht euch nur in Ruhe satt, Mädels! Mehr bekommt ihr nicht geboten. Ihr seid leider zu offensichtlich auf der Pirsch, lange verheiratet, ziemlich gefrustet, und das sieht man euren Gesichtern zu deutlich an.

Ich warte lieber auf meine Herzensprinzessin …

Unter geschlossenen Augenlidern versuchte er, sie sich vorzustellen: wie sie aussah, sich bewegte, roch, sprach, lächelte, wie sie ihn ansah.

Geheimnisvoll und verräterisch zugleich ihre Blicke aus tiefdunkel veilchenblauen Augen … Blicke, die nur ihm galten, ihm ganz allein.

Schwarze Locken hatte sie, blond war er schließlich selbst, er stand mehr auf dunkle Frauentypen, seit jeher. Und wenn schon blond, dann mit zarter, fast durchscheinender Haut, nicht so gegerbt wie seine beiden Strandnachbarinnen dort.

Seiner Herzensprinzessin würde er für ein Weilchen absolut treu sein, so lange, bis die Bindung hinreichend gefestigt wäre, bis sie ihn so sehr liebte, dass sie ihm alles verzeihen würde.

Oder – noch besser – alles glauben würde, was er ihr erzählte, denn so würde sie gar nicht erst Verdacht schöpfen.

Er wollte ihr nämlich um keinen Preis wehtun, der Herzensprinzessin, wäre sie nur endlich aufgetaucht in seinem Leben, an seiner Seite.

Andererseits wollte und konnte er auch nicht riskieren, das Schicksal eines seiner Gefährtin schließlich überdrüssigen Rattenmännchens zu erleiden!

Vor allem nicht, weil der Traum noch in die zweite Vollrunde gehen sollte, wenn die Herzensprinzessin erst aufgetaucht wäre.

Denn Lebensziel Nummer zwei war die eigene Bar!

Eine hochkarätige Bar, kein billiger Schuppen. Ein Ort, wo sich die Reichen, Schönen und Berühmten die Klinke in die Hand gaben, ein *In-Tempel.* Nicht mehr und nicht weniger.

PATRICK'S

Die Herzensprinzessin sollte die Sache krönen und schmücken, sie sollte auf Wolke sieben hoch über den Dingen schweben, sorgenfrei und glücklich. Ganz Lady, ganz sein. Patrick's.

Später – wenn er vom Strand in sein kleines Apartment käme und noch vor der abendlichen Dusche, mit der er sich auf die lange Bar-Nacht vorbereitete – wollte Patrick diese beiden Wunschziele endlich schriftlich in seinem Tagebuch festhalten.

Selbstmotivation nannte sich der Trick.

Patrick hatte sich auch für kurze Zeit neben dem Schauspielunterricht einen Coach geleistet, von ihm stammte die Weisheit.

Laut Coaching musste man die wichtigsten Lebensziele klar, aber so kurz und knapp wie möglich formulieren: also etwa *Herzensprinzessin* und *In-Bar Patrick's.* Und schon hatte man seine private Gebetsmühle für ein erfolgreiches, glückliches Leben gebastelt.

Zwei heilige Mantras, die helfen würden, diese Wünsche in die Realität umzusetzen.

3

Er schlenderte über den Sunset Pier und die Havanna Docks heimwärts, ließ dabei Mallory Dock hinter sich, wo auch heute Abend wieder pünktlich zum Sonnenuntergang die berühmt-berüchtigte Party, Sunset Celebration genannt, steigen würde. Mit Live-Musik und Margaritas.

Patrick würde das Spektakel auch heute Abend wieder verpassen, weil er in der *Crocodile-Bar* seinen Dienst antreten musste.

Es machte ihm nichts aus, ganz im Gegenteil. Er brauchte keine Menschenansammlungen, ihm waren die allabendlichen Stammgäste genug, die den Sonnenuntergang schon hunderte Male gesehen hatten und mittlerweile nichts mehr darauf gaben. Sie hingen lieber in der *Crocodile-Bar* ab und erzählten Patrick ihre teilweise skurrilen Lebensgeschichten, die er sich gerne anhörte.

Es war darin viel von heißem Sex und schönen, exotischen Frauen die Rede.

Eines schönen, fernen Tages werde ich die schicke Bar für gutes Geld verkaufen und mich mit der Herzensprinzessin auf die Bahamas oder nach Mexiko begeben. Wir werden uns in einem schönen Hotel auf Dauer einmieten, und dann werde ich aus meinen ei-

genen heißen Bar-Erlebnissen und den vielen pikanten Storys, die ich im Laufe der Zeit zu hören bekam, ein Buch machen. Einen Bestseller!

Ich werde auspacken, über das Leben, die Liebe, die Frauen, den Sex.

Die Wahrheit werde ich erzählen und nichts als die Wahrheit. Das Buch wird gleichzeitig Roman, Lebenshilfe-Ratgeber und Sex-Fibel sein. Und Tatsachenbericht.

Patrick war von der Idee so angetan, er ging unweigerlich schneller, obwohl es noch ziemlich heiß war und sein nackter, gebräunter Oberkörper von Schweiß glänzte.

Weibliche Blicke trafen und lockten ihn, während er beschwingt heimwärts eilte. Ein Typ »Herzensprinzessin« schien nicht darunter, aber der Abend fing ja erst an.

Eine neue Nacht, ein neues Spiel.

Ich habe Zeit, sie wird kommen, bald schon. Tief drinnen spüre ich das, ich habe es immer gespürt, wenn sich etwas Wichtiges anbahnte in meinem Leben, meine innere Stimme weiß es lange vorher …

Patrick bog in die Duval Street ein, wo sich heute der *Sloopy Joe* befand. Jene Bar, in der Papa Hemingway bevorzugt zu bechern pflegte. Zu seinen Zeiten allerdings befand sich *Sloopy Joe* noch in 428 Greene Street, heute nannte sich jenes Original von damals *Captain Tony's*.

Patricks Apartment lag nicht weit davon entfernt, in einer schmalen Seitenstraße mit altem Baumbestand und fast ebenso alten kunterbunten Häusern im hiesigen Zuckerbäckerstil.

Die Wohnung war winzig, aber hell und luftig und verfügte über einen schönen, altmodischen Balkon im Verandastil, der noch dazu nach hinten auf den üppigen Garten hinausging.

Die Miete war nicht gerade preiswert. Er sparte jedoch ohnehin lieber an anderen Dingen. Außerdem gab es für den Aufpreis eine Sondervereinbarung mit dem Vermieter: Auszug war täglich möglich, die verbleibenden Tage bis zum Monatsende wurden ausbezahlt. Für einen wie Patrick zählte diese Form von Freiheit viel mehr als Geld.

Die kreative Atmosphäre, die über dem ganzen Haus lag, hatte ihn zudem verzaubert und ansteckend gewirkt. Das fiel ihm auf, als er sich eines Tages die Einträge in seinem Tagebuch (das eigentlich Wochenbuch, oder noch besser Episodenbuch hätte heißen müssen, denn er schrieb nicht regelmäßig, nur wenn besondere Dinge vorgefallen waren) nochmals durchlas, die seit seinem Einzug hier entstanden waren.

Es hieß, der Schriftsteller Truman Capote hätte einmal für einige Wochen in dem Haus gewohnt und geschrieben, vielleicht hing es damit zusammen.

Patrick pfiff vergnügt, als er eintrat. Die Balkontür stand offen, eine leichte Brise vertrieb die Hitze des Tages aus dem Raum.

Das Tagebuch lag im Schrank unter einem Stapel Handtücher begraben, wie immer. Patrick zog es heraus und setzte sich damit an den runden Tisch auf dem Balkon. Er schlug es auf und blätterte vor bis zu dem Eintrag, den er am Vortag gleich nach dem Aufstehen geschrieben hatte. Noch vor dem Frühstück und der Dusche. Weil er sichergehen wollte, auch ja alles festzuhalten, was in der Nacht zuvor passiert war.

Heute im hellen Sonnenschein am Strand war ihm alles bereits so weit weg erschienen – fast wie ein Traum.

Ausnahmsweise war er in der Nacht zuvor auch ein wenig betrunken gewesen. Was eindeutig die Schuld von Gabrielle gewesen war, sie hatte unbedingt dem Sixpack Heineken den Garaus machen wollen. *Vorher.* Also waren sie auf die offene Ladefläche ihres Pickups geklettert und hatten das Bier getrunken und dabei lachend die Sterne zu zählen versucht. Nach dem dritten Bier schließlich hatte das Mädel dann den alten, halb verrosteten Revolver aus einer Blechkiste hervorgezogen.

Patrick schüttelte sich noch bei der Erinnerung daran.

Key West, 16. September

Das schwarze Mädel kam aus Jamaika, sie hieß Gabrielle. Hübsches Gesicht, wacher Verstand, hübsche Titten. Es war schon reichlich nach Mitternacht, als sie hereinkam. Sämtliche Kerle reckten die Hälse. Manche hatten bereits bezahlt und wollten gerade gehen. Bei dem Anblick überlegten sie es sich anders und bestellten noch einen.

Sie sah mich an, nur mich, aus schwarzen Augen, in denen ich nichts lesen konnte, so tief waren sie. Geradezu unheimlich. Aber es gefiel mir durchaus, wie sie mich anguckte. Daraus konnte mehr werden, wenn ich es richtig anstellte.

»Wie heißt du, Mädchen?«, fragte ich. »Ich bin übrigens Patrick.«

»Gabrielle. Woher kommst du, Mann?«

»Deutschland.«

»Zum ersten Mal in den Staaten?«

Hey, die benahm sich ja, als wäre sie der Barkeeper, und nicht ich!

»Nein, ich hab in New Orleans und in New York gearbeitet. Zwischendurch in der Schweiz, in großen Hotels, bis es mich zurückzog in die Staaten. Einen Drink, Gabrielle?«

»Margarita. Hab gehört, du machst die beste in der Stadt!«

»Thanks, Madame. Wer hat dir das denn erzählt?«

»Mein Dad, neulich am Telefon. Ihm gehört der Schuppen hier.« Sie schüttelte sich vor Lachen, als sie meinen verdutzten Gesichtsausdruck bemerkte. Bill, der Besitzer des Crocodile, war weiß, geradezu bleich und hatte feuerrote Haare, er stammte ursprünglich aus Schottland. Seine Frau Sara sah aus wie seine jüngere Schwester.

»Ich bin eine Adoptivtochter, Honey. Die McCraigs haben mich als Baby in Jamaika quasi von der Straße aufgelesen und mitgenommen. God bless them!«

Gabrielle besaß herrlich weiße Zähne, ihr Lachen

war so ansteckend und herzlich, sie vernebelte mir in dieser Sekunde glatt den Verstand. Anders kann ich mir nicht erklären, wieso ich anstatt einer Prise Salz ein ordentliches Häufchen Zucker in die Margarita mixte. Jede Menge Tequila übrigens auch, mehr, als ich normalerweise verwende.

Das mit dem Zucker fiel mir noch nicht mal im Nachhinein auf, sonst hätte ich anders reagiert in der folgenden Szene!

Ich stellte also die fertige Margarita vor Gabrielle auf die Theke. Sie nahm einen kräftigen Schluck, schüttelte sich plötzlich wie ein nasses Hündchen und spuckte dann auch noch theatralisch auf den Boden.

»Das schmeckt wie Scheiße, Mann!«

Meine Wangen brannten, ich spürte es deutlich. Dazu kam noch das dröhnende Gelächter einiger Stammgäste, denen das Blut längst aus dem Hirn in einen ganz anderen Körperteil abgeflossen war. Sie alle starrten das schöne, schwarze Mädchen mit hängenden Lefzen an. Fehlten nur noch die Sabberfäden in den Mundwinkeln.

»So spricht eine billige Straßendirne, Gabrielle!«, entgegnete ich kühl. »Weißt du, ein hübsches Gesicht, pralle Möpse und ein Knackpo machen noch keine Lady. Meinst du im Ernst, du hättest es nötig, dich so aufzuführen?«

»Du hast ja keine Ahnung, Mann!«, sagte sie kalt, drehte sich um und marschierte grußlos aus der Bar, in der plötzlich eisiges Schweigen herrschte. Das mir galt, ganz klar. Schließlich hatte ich mich wie ein Chauvi

aufgeführt und die Kleine in die Flucht getrieben. Armes Kind …

Ich nahm einen Schluck von der verschmähten Margarita.

»Das hier schmeckt tatsächlich Scheiße!«, sagte ich laut und spuckte aus, ebenfalls auf den Boden. »Meine Schuld.«

Der alte Ronald, der überall mit seinem Kakadu Joe auf der Schulter und einer schwarzen Klappe auf dem rechten Auge aufkreuzte, sagte: »Ist schon gut, Patrick. Sie hat dir den Kopf verdreht. Ich hab genau gesehen, wie du den Zucker in den Drink gekippt hast. Deine Augen hingen in ihrem Ausschnitt. Du hast danebengegriffen, Mann. Kann doch mal passieren.«

»Danke dir, Ron!«, sagte ich. »Trotzdem darf es nicht passieren, nicht einem Profi wie mir.«

Er grinste nur und wackelte mit den Ohren, sein Kakadu Joe kreischte einmal kurz und durchdringend. Ich hatte sozusagen meine Absolution erhalten.

Sie wartete um die Ecke, als ich die Crocodile-Bar knapp zwei Stunden später abschloss. Bill und Sara waren übers Wochenende nach New York geflogen, deshalb hatte ich noch die Kassenabrechnung machen müssen.

»Hi, Gabrielle! Schön, dich zu sehen. Es tut mir leid, das mit vorhin. War eindeutig meine Schuld. Ich hätte mich nicht von deinen Reizen ablenken lassen dürfen!«

Ich meinte es durchaus ehrlich, allerdings konnte ich ein freches Grinsen nicht unterdrücken.

Dieses Grinsen hat mich noch immer gerettet. Mir ist noch keine Frau begegnet, die nicht darauf abgefahren wäre. Wenn die Schauspielstunden zu nichts anderem nütze waren, das immerhin ist unbezahlbar.

»Ich bin hier, um dich abzuholen«, war ihre Antwort.

»Aha! Wer hat dich geschickt, doch nicht dein Vater?«

»Der weiß gar nicht, dass ich hier bin. Ich wollte ihn und Mum überraschen, konnte ja nicht ahnen, dass die beiden sich einen New York-Trip gönnen. Die Bar läuft, scheint's, nicht schlecht, was?«

Ich grinste gleich noch einmal dreckig. »Na ja, bei den Wahnsinns-Margaritas …«

Sie lachte nicht, sondern musterte mich bloß ausgiebig von Kopf bis Fuß. »Hast du eine Freundin oder Frau?«, fragte sie dann.

»Nichts Festes derzeit.«

Mit dem Kinn deutete Gabrielle hinüber zur anderen Straßenseite. Ich folgte der Bewegung mit den Augen.

Jetzt erst bemerkte ich dort unter einem riesigen Baum den alten, schwarzen Pick-up. »Ist das deiner?«

»Klar, Mann. Steig ein. Wir fahren ein bisschen in der Gegend herum.«

»Warum?«, wagte ich zu fragen.

»Ich hab sonst nichts Besseres vor, Mann!«

Aha, na dann …

Wir sprachen kaum etwas, während sie fuhr. Sie starrte nur konzentriert geradeaus, das Licht des Pick-

ups war bloß eine mickrige Funzel, man sah schlecht, hatte man das Lichtermeer der Stadt erst einmal hinter sich gelassen. Mir gefiel es allerdings ganz gut so, im Halbdunkel, neben dem warmen, duftenden Mädchenkörper.

Ich nutzte natürlich auch die günstige Gelegenheit und musterte Gabrielle ausgiebig von der Seite her.

Das kurze Röckchen bedeckte im Sitzen tatsächlich nur noch knapp die Scham. Bei jedem Schlagloch hegte ich die Hoffnung, es würde dieses Mal reichen …

Unter dem knappen, tief ausgeschnittenen und ärmellosen Stretchshirt schien sie absolut nichts zu tragen. In der Bar hatte ich das noch gar nicht bemerkt, denn das Oberteil war nicht wirklich durchsichtig. Solange sich nichts regte unter dem roten Fummel, war alles paletti.

Ich weiß nicht, ob sie meine Blicke spürte oder ob die Schlaglöcher, über die wir dann und wann holperten, daran schuld waren: Jedenfalls versteiften sich ihre riesigen Nippel immer mehr. Und da fiel es mir auf.

Gabrielles Brüste waren ohnehin bemerkenswert, aber nun hüpften sie auch noch wie elastische Bälle auf und ab bei jeder größeren Unebenheit in der Straßendecke.

Klar bekam ich einen Steifen bei dem Anblick, das war beim besten Willen nicht zu vermeiden.

Irgendwann langte meine Fahrerin rüber und legte ihre rechte Hand auf die riesige Beule. Schweigend und völlig selbstverständlich.

Ich revanchierte mich und langte meinerseits nach

links und zielsicher unter das Röckchen. Schließlich hatte sie angefangen, also brauchte ich auch nicht mehr lange nachzudenken, oder?

Der Sitz unter Gabrielle war bereits reichlich feucht von ihrem Saft. Der dünne Seidenstoff des Slips sogar völlig durchnässt.

»Sag nicht, du stehst auf mich«, sagte ich und lachte leise.

Sie knetete einen Moment lang die Beule in meiner Jeans konzentriert weiter, bis mir ein verräterischer Seufzer entfuhr.

»Sag nicht, du stehst auf mich, Mann!«, sagte sie rau. »Du hast mich gesehen und wolltest mich ficken.«

»Wollen das denn nicht alle?«, fragte ich vorsichtig. »Vor allem, wenn du in einem Aufzug wie diesem herumläufst, Babe. Du kennst die Wirkung doch ganz genau. Männer können nicht anders, keiner. Von Natur aus. Wir sind so gepolt. Hey, du bist doch nicht naiv!«

Sie seufzte, deutlich gelangweilt, schließlich sagte sie – und es klang durchaus nicht freundlich, noch nicht mal so, als ob sie tatsächlich erregt wäre: »Ich werde dich ficken, und nicht umgekehrt, verstanden!«

Das Wörtchen »dich« spuckte sie regelrecht aus. Wie vorhin in der Bar meine köstliche Zucker-Margarita.

»Klar, einverstanden!«, sagte ich.

Ich meine, ich weiß schon, dass ich manchmal wie ein kleines, arrogantes Chauvi-Schwein klinge, aber – hey! – wie würde ein anderer Mann wohl in so einer Situation reagieren, hm?

Sie nahm abrupt das Händchen von meinem Penis

und zog meine Linke unter ihrem Rock hervor. Dabei hatte ich doch gerade noch darüber nachgedacht, ihr einen Finger in die nasse Möse zu schieben.

»Ooocch!«, machte ich enttäuscht.

Gabrielle sagte wieder mal für eine ganze Weile gar nichts und fuhr nur immer weiter und weiter.

Wir kamen schließlich irgendwann durch Pig Pine Key, ließen es hinter uns und nahmen geradewegs Kurs auf Marathon.

Mitten auf der Strecke befahl sie mir dann plötzlich: »Mach deine Hose auf und hol ihn raus!«

Er war vorher längst wieder auf höchstens Halbmast geschrumpft, erwachte aber sofort zu neuem Leben, als er den harschen Befehlston unserer Chauffeuse vernehmen durfte.

Ich knöpfte meine Jeans auf und führte die Order aus.

Er war bereits wieder steif und zuckte vor Vergnügen und freudiger Erwartung. Was ich ihm nicht verdenken konnte, immerhin ging es mir ebenso. Das Spiel, das Gabrielle mit uns spielte, hatte was. Zumindest machte es Lust auf mehr.

Sie fuhr noch einige Kilometer weiter: mit der linken Hand. Während die rechte meinen Lümmel abtastete und knetete, als wolle sie ihn neu modellieren.

Er fühlte sich wohl bei dieser Behandlung und begann prompt, sich einzunässen.

Natürlich bemerkte Gabrielle das sofort, und anscheinend beschloss sie an diesem Punkt, völlig überraschend unsere kleine Spritztour zu beenden.

Sie fuhr einfach nach links über die ganze Fahrbahn hinweg von der Hauptstraße ab, und wir rumpelten eine Art breiten Bootssteg entlang, bis es nicht mehr weiterging.

Vor uns war Wasser, links und rechts neben uns war Wasser. Wir würden später rückwärts fahren müssen, wenn wir zurück auf den Highway wollten.

Kaum war der Motor aus, kletterten wir auch schon nach hinten auf die Ladefläche des Pick-ups, wo einige Decken herumlagen und eben jener Sixpack Heineken.

Mein Schwanz ragte während der Aktion weiter frech aus dem offenen Hosenstall hervor und hielt die Stellung wie ein tapferer Soldat. Ich war wirklich stolz auf ihn.

Gabrielle drückte mir eine Dose Heineken in die Hand und trank selbst einen kräftigen Schluck aus einer zweiten, die sie bereits aufgerissen hatte. Anscheinend war das Mädel ziemlich durstig.

Im nächsten Moment beugte sie sich über meinen Schoß und begann meinen Schwanz zu lutschen. Nach allen Regeln der Kunst, sie hatte es wirklich drauf. Selbst den dünnen Faden fand sie und leckte ihn. Das kleine Loch in der Mitte, oben auf der Spitze, ließ sie auch nicht aus.

Zwischendurch machte sie immer wieder mal Pause und trank mit durstigen Zügen ihr Bier. Dasselbe verlangte sie von mir: »Trink, Patrick! Entspann dich!«

»Ich bin entspannt«, wagte ich zu behaupten, was ja auch stimmte. Entspannt und gleichzeitig wahnsinnig geil. Erregt wie schon lange nicht mehr.

»Halt die Klappe, bist du nicht! Trink!«

Ich tat, wie Madame mir befohlen ...

Schließlich kam sie auf die Idee, ich sollte Sterne zählen, laut. Während sie wieder am Lollilutschen war.

Es hörte sich doof an: »Eins, zwei ... Uuuaaah ... drei, viiierrhhh, ohaaaah, jaaah, fünf, Sssseexxx, sieben, acht, ich will dich jetzt vööögeln, ohooooh, neun ...« – oder so ähnlich jedenfalls.

Sie behauptete plötzlich, ich sei zu blöd zum Zählen und sie wolle es jetzt mal selbst versuchen.

Sie legte sich auf den Rücken und spreizte die Beine. Während sie zu zählen begann, streifte ich ihr den Minislip ab und machte mich an die Arbeit.

Das kleine Biest zählte und zählte, ohne zu stocken oder gar zu stöhnen. Und dabei weiß ich auch bestens, wie man eine Möse leckt. Und wo. Also wirklich!

Allerdings kicherte Gabrielle immer wieder mal zwischendurch laut und hemmungslos.

Ich fragte sie, ob sie das beim Sex auch mache, das Gekichere, weil ... manche Männer törne das nämlich eher ab, mich zum Beispiel. Da wurde sie böse und stieß mich zurück. Obwohl ihr Möschen in der frischen Nachtluft vor Feuchtigkeit dampfte. Und der Geruch erst: Venusmoschusmäßig einladend!

Ich glaube, vorher und nebenher und zwischendurch tranken wir die jeweils drei Bierdosen innerhalb von fünfzehn Minuten leer, vielleicht waren es auch zwanzig. Minuten, meine ich.

Die ganze Zeit über hielt mein Schwanz die Stel-

lung, ich kann mich wirklich jederzeit voll auf mein bestes Stück verlassen.

Er stand auch noch weiterhin steif und stramm aufrecht, als Gabrielle bereits wütend geworden war und plötzlich diese alte Blechkiste von Gott weiß woher ranzog, an deren Schloss sie ein bisschen hektisch herumfummelte, bis das Ding endlich aufsprang.

Dann ging alles blitzschnell. Sie zog diesen uralten Trommelrevolver heraus. Sichtlich triumphierend und glücklich über ihren halbverrosteten Besitz.

Nicht, dass ich mich mit so was besonders gut auskenne, aber einen Trommelrevolver erkennt man als alter Westernfilmfan doch recht schnell.

Sie hob das Ding, ehe ich reagieren konnte, hoch über ihren Kopf und drückte ab.

Es machte »Klick« – Gabrielle nickte und setzte das Ding auch schon mit der Mündung an meine Schläfe und drückte wieder ab. Wieder machte es nur laut und trocken »Klick«, das war alles, was passierte.

Trotzdem regte ich mich jetzt auf. Es war ja alles bisher blitzschnell gegangen, und ich hatte gar keine Zeit gehabt zum Reagieren. Aber jetzt reichte es mir, und ich riss dem schwarzen Mädel die Waffe aus der Hand.

»Spinnst du? Fick mich lieber. Mach endlich deine Drohung wahr, Babe! Was glaubst du wohl, wie lang so ein Riesenkolben ein Riesenkolben bleibt, wenn du mit seinem Besitzer russisches Roulette spielst?«

Sie warf sich auf mich, wir rangelten um den Waffenbesitz. Ich spürte dabei ihren dichten Haarbusch, der gegen meinen Kolben drückte. Irgendwie schaffte ich es instinktiv, das Becken zielgerichtet nach vorne und gleichzeitig nach oben zu stoßen – schon konnte ich spüren, wie die Eichel zwischen die fleischigen Lippen stieß, gleich würde ich tief da drinnen stecken ... vor Lust und Geilheit trieb es mir die Tränen in die Augen.

Und dann krachte es auf einmal ganz fürchterlich ganz in der Nähe. Direkt neben oder über unseren Köpfen, um genau zu sein. Mehr oder weniger jedenfalls. Ungeheuer nah, trommelfellzerreißend nah. Gleichzeitig – wahrscheinlich weil Gabrielle ebenso erschrak wie ich – schob sich ihre Muschi, vor Feuchtigkeit schmatzend, über meinen Kolben.

Einen Moment lang war ich wie erstarrt vor Schreck und gleichzeitig grenzenloser Lust. Erst dann realisierte ich allmählich, was gerade eben passiert war: in der verdammten Trommel musste tatsächlich noch eine Revolverkugel gesteckt haben!

Dieses verdammte schwarze Biest hatte wirklich – wissentlich oder nicht – russisches Roulette mit meinem einzigen kostbaren Leben gespielt!!

Voller Wut und Geilheit zugleich rammelte ich wie verrückt drauflos – zumindest versuchte ich es. Gabrielle warf sich jetzt nämlich mit ihrem ganzen und erstaunlich kräftigen Körper wieder flach auf mich, ich konnte ihre erigierten Brustwarzen deutlich unter dem Stretchtop spüren, und fast kam es mir dabei bereits – da bewegte sie ihr Becken ruckartig nach oben, und mein Schwanz flutschte unten raus.

Ich protestierte, schrie irgendwas, ich weiß nicht

mehr was, ich glaube nämlich, ich stand unter Schock, und sie nestelte an ihrem verfluchten Top und zwischen ihren riesigen Titten herum, bis sie das kleine, zusammengefaltete Päckchen gefunden hatte. Sie musste es sich beim Anziehen da hineingesteckt haben, als eiserne Reserve.

Gabrielle streifte mir das Kondom so geschickt und rasch über, ich war tatsächlich beeindruckt. Ich hätte es nicht besser gekonnt, ehrlich.

»So«, sagte sie noch. »Jetzt!« – ehe sie ihre Muschi wieder über meinen verpackten Schwanz schob. Auf mir sitzend, begann sie mich in wildem Galopp, dessen Tempo sie alleine bestimmte, zu reiten. Ich konnte spüren, wie sie in wilden Zuckungen kam, und nur zwei Sekunden später war es auch bei mir so weit: ich ergoss mich in das Reservoire am Ende des blöden Gummis.

»Du bist völlig durchgeknallt, Mädel«, knurrte ich kurz darauf. »Um ein Haar hättest du mich umgebracht. Setzt die einfach einen geladenen Revolver an meine Schläfe. Aber dann safe Sex zelebrieren, du hast sie wirklich nicht alle beisammen.«

»Shit happens«, sagte sie doch tatsächlich und lachte. Dann stieg sie ab und nahm dankenswerterweise auch das klebrige Zeug von meinem Lümmel. Sie warf das gebrauchte Kondom anschließend einfach aus dem Pick-up nebenan ins Meer.

»So eine Vergeudung!«, sagte ich, und »die armen Fische!«, aber natürlich lachte sie an dieser Stelle nicht. Biest.

Sie wollte zurückfahren, also fuhren wir zurück.

Sie erzählte, sie habe den Wagen erst kürzlich gebraucht gekauft, die Blechkiste samt Revolver sei da bereits an Bord gewesen. Musste wohl beides diesem Mexikaner gehört haben, der ihr den Pick-up billig verscherbelt hatte.

Ich schwieg und dachte ein Weilchen darüber nach, wie nahe Sex und Tod doch zusammenlagen im Leben. Wie viele Schriftsteller hatten über das Thema schon geschrieben?

Egal, ich jedenfalls würde eine weitere und auch noch selbst erlebte Episode hinzufügen können. Später, in meinen gesammelten »Barkeeper-Memoiren.«

Ich beschloss, sofort morgen früh alles schriftlich in meinem Tagebuch zu fixieren.

Dann waren wir auf einmal wieder in Key West, in der Nähe der Duval Street.

»Wo soll ich dich absetzen?«, fragte Gabrielle.

»Hier ist es okay, meine Bude ist gleich um die Ecke. Kommst du denn nicht mehr mit zu mir?« Ich war nicht überrascht, nur neugierig.

»Nein, ich will heute Nacht noch weiter. Bin auf dem Weg nach L. A. Über New Orleans. Ich kann singen, weißt du, Barkeeper. Vielleicht finde ich einen Schuppen, wo ich auf die Bühne darf. Erzähl meinen Adoptiveltern nichts von meinem Besuch, wollte sie überraschen, haben uns lange nicht gesehen. Mit diesem Plan ist es nun ja Essig, weil sie nicht da sind. Macht nix, ich melde mich irgendwann mal später bei Bill und Sara, wenn ich Land gewonnen hab. Und jetzt raus mit dir, Sportsfreund!«

Ich sprang aus dem Pick-up und wollte schon gehen, da steckte Gabrielle ihren Kopf aus dem Fenster: »Du hast es nicht leichter im Leben als andere Männer, auch wenn du das glauben solltest. In Wahrheit hast du es sogar schwerer. Pass gut auf, eines Tages begegnet dir vielleicht mal deine Traumfrau, aber vermutlich wirst du sie nicht halten können.«

Damit gab sie Gas, der Pick-up schoss nach vorne und verschwand kurz darauf an der nächsten Kreuzung um die Ecke.

Ich ging nach Hause, legte mich in mein Bett und schlief sofort ein. Ich schlief wie ein Stein, bis die Sonne schon hoch am Himmel stand und es heiß wurde im Zimmer.

Ich schwitzte beim Aufwachen, trotzdem setzte ich mich sofort mit dem Tagebuch auf den Balkon.

»Träume sind Schäume, Patrick!«, hatte mein Vater oft gesagt. Nun, wir würden sehen.

4

Diagnose: Akute Geilheit.
Noella starrte entgeistert auf diese letzte Notiz, die sie eben, anscheinend geistesabwesend, niedergeschrieben hatte.

Was war bloß in ihrem Kopf derzeit los? Wieso dachte sie immerzu nur an Sex, Sex, Sex?

Sie versuchte zur Abwechslung, sich auf ihre Umgebung zu konzentrieren, auf das Hier und Jetzt. Mit unangenehmen Folgen: Die Triebwerksgeräusche dröhnten plötzlich schmerzhaft in den Ohren, und jetzt wurde der Airbus auch noch heftig durchgeschüttelt. Das fühlte sich ganz und gar nicht gut an, vor allem, wenn man sich dabei vor Angst verkrampfte. Dann schon lieber abschweifen und feuchten Gedanken nachhängen.

»Turbulenzen«, hatte der Flugkapitän vorher übers Bordmikrofon angekündigt und die Passagiere gebeten, sich wieder anzuschnallen.

Noella hatte gar nicht richtig hingehört, sie öffnete ohnehin nur selten den Gurt während eines Langstreckenflugs. Angeschnallt fühlte sie sich sicherer. Sie flog nur »ohne«, wenn sie aufs Klo musste oder sich kurz die Beine vertreten wollte.

Meistens – so auch heute – nutzte sie die langweilige

und oft endlose Zeit im Flieger, um für die Uni zu arbeiten. Einen Großteil ihrer Seminararbeiten der letzten Jahre hatte sie in irgendeinem Flugzeug zumindest skizziert und grob entworfen.

Beim Reisen war sie stets erstaunlich kreativ, aber die exakte wissenschaftliche Forschungsarbeit fand natürlich später in der Unibibliothek statt.

Wenn Noella aus den Ferien – vom Vater finanziert, er besaß unter anderem Häuser auf Antigua und auf den Bahamas – zurückkehrte, verfügte sie jedoch immer über einen genauen Fahrplan für das Gesamtwerk. Das Skelett, um das herum sie nur noch den Körper zu modellieren brauchte. Fleißarbeit war das, nichts weiter. Kein Problem, nach den Ferien.

Heute, auf dem Flug von München nach Miami/Florida, wollte sie eigentlich ihre Abschlussarbeit in den wichtigsten Zügen grob fixieren.

Im Kopf stand bereits eine mögliche Einleitung, aber noch war die Idee ein wenig zu vage. Deshalb steckte auch der Laptop noch in seiner Ledertasche unter dem Vordersitz.

Am Anfang der Arbeit zog Noella Papier und Kugelschreiber einem Computer vor. Es half ihr beim Denken, wenn sie nebenher Kringel und Kleckse malte, manchmal auch winzige Tierchen, die an eine Kreuzung zwischen Wühlmaus und Ferkel erinnerten, eine spezielle »Noella-Kreation« – vielleicht sollte sie nach dem Studium lieber Comic-Zeichnerin werden statt Journalistin.

Wenn sie sich den Stuss so betrachtete, den sie eben

noch aufs Papier geschrieben hatte, grundgütiger Himmel!

Diagnose: Akute Geilheit.

Andererseits: Der Satz entsprach der verdammten Wahrheit. Sie hatte ihren intimsten momentanen Wunsch niedergeschrieben. Der Satz hätte auch lauten können: *Ich brauche Sex, verdammt noch mal.*

Wie sagte man in Amerika in einem solchen Fall?

I'am so horny, horny, horny … es gab sogar einen Song mit dieser Zeile darin, aber weder der genaue Titel noch der Name der Sängerin fielen Noella momentan ein.

Vermutlich war die Künstlerin schwarz, ihre Stimme klang so, voll und tief aus dem Bauch heraus. Erotisch.

Nur schwarze Frauen – mit Ausnahme von Madonna vielleicht – trauten sich außerdem zu, ihre intimsten Gefühle und Wünsche so überdeutlich und aus der Seele kommend zu besingen. Vielleicht weil sie daran gewöhnt waren, von Jugend an, für ihre Rechte und ihre Identität kämpfen zu müssen.

Wohingegen weiße Frauen, selbst gebildete, reiche und einflussreiche, allzu oft immer noch glaubten, lieb und nett sein zu müssen. Was im Klartext nichts anderes hieß, als sich den männlichen Prinzipien zu beugen. Im Leben wie im Bett.

Auch beim Sex wollten die Männer schließlich den Ton angeben, die Oberhand behalten. Damit er ihnen nicht zusammenfiel bei der Konfrontation mit einer schönen, klugen und noch dazu erotisch herausfordernden Frau.

Noella musste unwillkürlich an Claire denken. In vielerlei Hinsicht bewunderte sie die Freundin rückhaltlos.

Claire verwechselte niemals Sex mit Liebe. Dafür bekam sie beim Sex, was sie wollte, und die Liebe verschob sie auf später, wenn sie dafür wirklich reif wäre.

Noella hatte einige Male den Fehler begangen, erotische Anziehungskraft mit Liebe gleichzusetzen, war prompt sexuell ausgebeutet worden und hatte sich hinterher jedes Mal die Augen ausgeheult. Bis zum nächsten Mal.

Claire hatte ihr immer und immer wieder zu verstehen gegeben: »Mädchen, du brauchst lediglich einen Kerl zwischen den Beinen. Für die Liebe bist du noch gar nicht bereit. Du hast auch keine Zeit dafür, du studierst und bereitest dich auf eine exzellente Karriere vor. Lass dich doch um Himmels willen nicht immer wieder blenden von irgendeinem Kerl. Zerr ihn ins Bett, streif ihm einen Gummi über, fick ihn durch, bis ihr beide nicht mehr könnt, und am Morgen schmeißt du ihn raus, am besten noch vor dem Frühstück. Er braucht dir auch nicht leid zu tun, er ist bis dahin schon reichlich auf seine Kosten gekommen, so viel ist sicher.«

Aber Noella hatte einen strengen Vater und eine ebensolche Erziehung genossen, sie wagte sich nicht einzugestehen, dass Claire verdammt Recht hatte!

Es ging um Sex, immer wieder um Sex und nur um Sex!

Männer wussten das natürlich von jeher, deshalb

waren sie ja auch so daran interessiert, die Frauen, die ihnen nahe standen – Ehefrau, Tochter, Schwester – in dem Punkt schön klein und an der Kandare zu halten.

Der eigene Harem zu Hause musste vor dem »Schmutz« bewahrt bleiben. Fürs Animalische im Manne, für wilden, puren, schieren Sex ohne Schuldgefühle, gab es Frauen, die man eigens für ihre Dienste bezahlte.

Claire und Noella hatten erst kürzlich wilde Spekulationen darüber angestellt, wie Huppi wohl reagieren würde, falls seine Frederike plötzlich Gelüste zeigte und einen Callboy anheuerte. Von Huppis Geld noch dazu.

Sie hatten sich schließlich ausgeschüttet vor Lachen. Bis Noella nicht anders konnte, sie musste einfach ein wenig pieksen: »Ich dachte wirklich, du hättest deinen Huppi wenigstens ein bisschen gerne, Claire. Pfui, du bist ein böses Mädchen!«

Und Claire hatte Huppi gerne, wegen seiner Großzügigkeit! Das Spielchen klappte auch andersherum ganz vorzüglich. Solange beide sich einig waren über Sinn und Zweck. Und nicht über die Stränge schlugen, niemals.

Sex ist Sex. Geld ist Geld. Liebe ist Liebe.

Und die Ehe ist ein Geschäft, das im besten Falle von den drei Punkten zwei als Rendite ausschüttet.

»O ja!« Claire war aufgesprungen und barfuss und halbnackt übermütig auf ihrem Balkon herumgetanzt. »Und weißt du was? Ich verrate dir jetzt ein offenes Geheimnis – böse Mädchen haben jede Menge guten

Sex! Während Schäfchen wie du sich kränken und demütigen lassen, und ihm zum Dank dafür sogar noch einen blasen. Bevor er sie vor die Tür setzt mit dem uralten Doofgeschwätz in der Art: *Es liegt wirklich nicht an dir! Aber sexuell gesehen fehlt es dir einfach noch an Reife, dafür bist du aber eine ganz Liebe. Wenn ich schon bereit für eine feste Beziehung wäre, dann wärst du genau die Richtige!* Blablabla.«

Doch, Claire sprach die Wahrheit, nichts als die volle Wahrheit, auch wenn es irgendwie brutal klang.

Nun, der Aufenthalt in Key West sollte und würde auch für Noella die Wende bringen, in vielerlei Hinsicht. Dieses Ziel hatte sie sich gesetzt, und sie würde es nicht aus den Augen verlieren.

Dem Vater hatte sie nur das Nötigste bezüglich der Reise anvertraut: eben die Abschlussarbeit, kombiniert mit etwas Erholung, fremder, nie vorher besuchter Ort, gut für die kreative Ader, sich sammeln für den baldigen Eintritt ins Berufsleben, blablabla. Der Vater hätte sie lieber auf den Bahamas gesehen, in der schneeweißen Villa mit Pool und zwei Bediensteten, wie so oft zuvor. *Kind, wozu habe ich denn das Geld investiert, doch auch für dich! In der Villa stört dich doch keiner, weder beim Arbeiten noch beim Erholen …*

Neben ihr wurde es plötzlich lebendig. Das junge Pärchen – sie neben Noella auf dem mittleren Sitz, er am Fenster – kuschelte gemeinsam unter der Decke, die sie vorher aus dem Gepäckfach über ihren Köpfen gefischt hatten.

Aus den Augenwinkeln heraus beobachtete Noella interessiert die Szene: vier Hände, die sich unter dem vermeintlichen Schutz der dünnen Decke am Körper des jeweils anderen zu schaffen machten.

Sie konnte deutlich erkennen: Die Kleine packte gerade den offenbar erigierten Penis ihres Freundes aus. Er bohrte ein allerliebstes Zeltdach in die Decke.

Der junge Mann war unterdessen auch nicht faul: Seine Hand verschwand zwischen den Oberschenkeln des Mädchens. Sie trug einen weiten, kurzen Rock – sehr praktisch auf Reisen, wie man sah.

Heftiges Atmen setzte ein, unter der Decke ging es plötzlich zu wie in einem Sack voller Mäuse mit Flöhen im Fell.

Deutlich konnte Noella sehen, wie der Schwanz des Jungen größer und größer wurde, während das zarte Händchen seiner Freundin heftig am Schaft auf und ab fuhr. Was unter ihrem Röckchen passierte, war weniger gut zu beurteilen, die doppelte Lage Stoff bot einigen Schutz. Der Junge schien aber gut zu sein in Fingerübungen, denn das Mädchen bekam hektische rote Wangenflecke, begann zu schwitzen und kurz darauf ekstatisch zu zucken.

Kaum aber flaute ihr Höhepunkt ab, da kamen erneut der Freund und sein Schwanz an die Reihe.

Noella konnte in der räumlichen Enge der Dreiersitzreihe förmlich die Hitze spüren, die von den beiden erregten Körpern ausging. Eine Hitze, die nach Entladung schrie. Dumm nur, wenn man als Dritter im Bunde am Spiel nicht teilhaben konnte, sich nicht einmal die Rolle des unfreiwilligen Voyeurs anmerken lassen durfte.

Sie beschloss, der Waschkabine einen Besuch abzustatten, vielleicht hatte die Verkehrslage in Sitzreihe 23 sich bis zu ihrer Rückkehr ja beruhigt.

Beim Gehen merkte sie bereits: Auch ihr Höschen war feucht geworden während des dargebotenen Schauspiels, viel zu feucht.

Noellas Möse juckte heftig, das gestand sie sich ebenfalls im nächsten Moment ein.

Und noch eine Tatsache dämmerte ihr: Zu gerne hätte sie bei dem flotten Spielchen selbst ein wenig mitgemischt. So wäre, mit dem jungen Mann in der Mitte, auch eine ganz neue pikante Konstellation entstanden.

Er hätte beide Muschis gleichzeitig bedienen können, wohingegen es derjenigen Dame im Spiel, die näher am Explosionspunkt stand, gestattet wäre, in diesem heiligen Moment sich völlig auf die eigene Lust zu konzentrieren.

Die Fingerübungen am Schaft würde in diesem Moment alleine die andere ausführen, mit Vergnügen ausführen. Und dann wieder umgekehrt.

So würden alle drei schließlich auf ihre Kosten kommen. Weder Turbulenzen noch störende Triebwerksgeräusche würden zu ihnen vordringen, alles würde sich in Lust und Wohlgefallen auflösen.

Vor den Waschraumkabinen hatte sich eine kleine Warteschlange gebildet, was Noella in ihrer gegenwärtigen Verfassung gar nicht in den Kram passte.

Himmel, Möschen, hör zu puckern und zu toben auf! Ich kann momentan nichts für dich tun! Soll ich mir etwa hier einfach vor allen Passagieren zwei Finger unter den Rock und ins Höschen schieben, oder wie stellst du dir das vor?

»Geh zurück zu deinem Sitz. Dann presse die Oberschenkel zusammen, immer schön rhythmisch. Mach dasselbe mit deinen Muskeln innen, du weißt schon, was ich meine, du hast das doch beim Autofahren auch schon gemacht! Viel an Stimulans brauche ich nicht mehr, es geht uns beiden hinterher so viel besser. Geh zurück, geh schon. Aufs Klo kannst du später.«

Wie automatisch ferngesteuert kehrte sie tatsächlich zur Sitzreihe zurück.

Die Augen des Jungen blickten mittlerweile glasig, aber er schaute auf und Noella direkt ins Gesicht, als sie wieder Platz nahm.

Seine Freundin bemerkte nichts von dem Blickkontakt, sie war viel zu beschäftigt, dem Liebsten Genuss zu bereiten, wie es sich gehörte für ein braves und vor allem frisch verliebtes Mädchen.

So konnten der Mann und Noella unbemerkt und ungestört ein kleines, frivoles Techtelmechtel miteinander eingehen, während die dritte Person im Bunde alle Arbeit verrichtete.

Sein Atem ging jetzt stoßweise und leise pfeifend, die Pupillen verschleierten sich immer mehr, aber um seine Mundwinkeln lag ein – halb freches, halb entschuldigendes – Grinsen, während er gleichzeitig Noella anschmachtete.

Ihr war natürlich klar, dass sie durch ihre Anteilnahme seine Lust noch verstärkte. Denn er genoss es ganz und gar, von einer schönen, jungen Frau dabei beobachtet zu werden, wie seine Freundin ihn bis zum Abspritzen masturbierte.

Und dann war der große Augenblick da – er biss die Zähne zusammen und bäumte sich leicht im Sicherheitsgurt auf, knurrte leise, und das Mädchen machte sofort angstvoll »Pscht!« und hielt ihm rasch die andere, freie Hand über den Mund. Er riss die Augen noch weiter auf und kam unter dem Schutz der Decke.

Und mit ihm kam auch Noella, die rein intuitiv während der ganzen Zeit des Beobachtens und Flirtens brav ihre Beckenmuskelübungen gemacht hatte.

Erleichtert gleich in zweierlei Hinsicht, ließ sie sich nun endlich wieder gemütlich in ihren Sitz zurücksinken, schloss den Gurt um ihre Hüften, legte den Kopf an die Lehne und war im nächsten Moment auch schon in einen süßen Schlummer gefallen.

Die jungen Herrschaften neben ihr machten dasselbe. Als ein Weilchen später eine Stewardess mit dem Getränkewagen vorbeikam, rührte sich keiner in Reihe 23, links vom Gang, in Richtung Cockpit gesehen.

Die Flugbegleiterin räusperte sich leise, es erfolgte jedoch keinerlei Reaktion. Also ließ sie die Reihe einfach weiterschlafen, immerhin dauerte der Flug nach Miami noch mehrere Stunden.

Noella erwachte bereits nach zwanzig Minuten aus ihrem Schlummer. Sie fühlte sich zwar körperlich erfrischt, aber weiterhin nicht in der Lage, geistig konzentriert an ihrer Abschlussarbeit zu feilen. Stattdessen malte sie sich lieber aus, was sie in Key West alles anstellen wollte, wenn sie nach einigen Stunden Fahrt im Leihwagen zu den Florida-Keys hinaus endlich dort angekommen wäre. Bis an deren äußersten Zipfel, um genau zu sein. Von hier wären es nur noch neunzig Meilen bis hinüber nach Kuba, aber das sollte sie jetzt nicht kümmern. Key West war ihr Ziel, nicht Fidel Castros Inselreich.

Key West: blaues Meer, Sandstrände, Palmen, Sonne, Hotels, Motels und Bars, unzählige Bars. Schicke und mondäne ebenso wie rustikale und jene Sorte, die Noellas Vater schlichtweg als Spelunken zu bezeichnen pflegte. Nichts für sein hübsches, gescheites und gebildetes Töchterlein jedenfalls, eine Lady betrat solche Schuppen einfach nicht. Basta.

Dieses Mal aber würde sie es tun!

Am liebsten eine, in der die einheimischen Fischer verkehrten, wo es stank – nach Männerschweiß, Fisch, Öl und Bier. Wo die echten Kerle hingingen, nach verrichteter harter Arbeit. Nicht die hippen schicken und schlappschwänzigen Yuppies, die man auch in München überall finden konnte. Und in London, und in New York, in Tokio sowieso … sie musste leise kichern bei diesen ketzerischen Ideen, die ihr da kamen. Rasch kehrte sie in Gedanken nach Key West und zu seinen Spelunken zurück.

Männer, die noch Männer sind, Noella. Schau sie dir zumindest mal an. Vielleicht ist alles nur Klischee, hollywoodmäßiges Klischee, vielleicht aber auch nicht, und sie existieren wirklich noch, die wilden Kerle. Hart im Überlebenskampf und unter ihresgleichen. Männer, groß und derb wie ihre Fäuste auf den Theken. Und tief drinnen weich und gutherzig und treu wie Hunde. Gute und vor allem ausdauernde Liebhaber mit großen Schwänzen, die genau wissen, wie man eine Frau zum Schwitzen und zum Schreien bringt.

Kerle, die nicht lange fackeln, sondern zugreifen, mit beiden Pranken an knackige, ausladende Frauenärsche greifen.

An dieser Stelle rief Noella gleich ein zweites Mal ihre Gedanken zur Ordnung: *He, jetzt ist es aber genug! Was ist denn bloß los, das passiert mir doch sonst nicht?*

Dafür schweiften die Gedanken jetzt aber ab zu einem anderen, ebenfalls durchaus nicht unverfänglichen Thema: *Claire.* Die Freundin schien vor allem in letzter Zeit auf ihrer Stirn ein Schild kleben zu haben mit der Aufforderung

FICK MICH!

Kaum ein Mann, der es nicht bemerkte, Claires Anziehungskraft schien auf fast jeden Typus zu wirken.

Noella konnte sich nicht helfen, und gestand es sich jetzt im Flugzeug zum ersten Mal ehrlich ein: In letzter Zeit war sie deswegen zunehmend neidisch gewesen. Nicht missgönnend neidisch – sie liebte die Freundin und genoss deren Gegenwart –, aber doch immerhin *spürbar* neidisch. Unangenehm prickelnd neidisch.

Dabei war sie selbst nicht nur hübsch, sondern

schön mit ihren dunklen veilchenblauen Augen und den fast blauschwarzen langen Locken. Und sie wusste selbstverständlich um ihre Schönheit.

Es war nicht das Aussehen, gestand sie sich im nächsten Moment ebenfalls ein – Claire hatte etwas an sich, was sie einfach unwiderstehlich wirken ließ. Jedenfalls auf Männer. Eine besondere Form von sexuellem Charisma. Das war es. Natürlich.

Vielleicht trug ihre ausgesprochene Schamlosigkeit auf erotischem Gebiet zu dieser unvergleichlichen Ausstrahlung bei. Vielleicht witterte der Urwolf im Mann das unwillkürlich, weil instinktiv, dieses Urweib, die wilde Frau in Claires tiefster Seele.

Das Urweib mit all seinen schimmernden Facetten schlummerte in jeder Frau, das hatte Noella erst kürzlich in einem Buch gelesen. Nur wurde es bei den meisten Mädchen bereits in sehr jungen Jahren unter der Decke aus einengender Erziehung und zweifelhaften moralischen Geboten erstickt. Da mochten die Zeiten heute noch so moderner und aufgeklärter sein als früher: So sehr viel hatte sich im Grunde nicht geändert. Große Veränderungen brauchten nun einmal viele kleine und langsame Schritte, bis sie in der Gesellschaft griffen und erste äußere Wirkung zeigten.

Bei einer gemeinsamen Diskussion über dieses Buch und seine tieferen Botschaften behauptete Claire, das wilde Urweib ließe sich jederzeit und in nahezu jeder Frau wieder zum Leben erwecken, wenn diese es nur zuließe.

Und plötzlich dämmerte Noella beim Nachdenken

über diese Aussage der Freundin die tiefere Wahrheit: Nämlich, warum sie selbst sich auf diese Reise nach Key West eingelassen hatte – die Abschlussarbeit war ein äußerer Vorwand gewesen, nichts weiter! Eher dazu geeignet, das Angenehme mit dem Nützlichen zu verbinden. Und den Vater zu beruhigen, natürlich. Ihm vorzuspielen, dass die Erziehung erfolgreich gewesen wäre und das wilde Urweib für alle Zeiten in seine Schranken verwiesen hätte. Dass das Töchterlein hinreichend domestiziert wäre, um schon in naher Zukunft – nach Abschluss der Uni nämlich – eine gute Ehefrau und noch bessere Mutter abzugeben.

Claire würde sich jetzt ausschütten vor Lachen, wenn sie in diesem Moment an Noellas Gedankengängen hätte teilnehmen können …

Ich bin auf der Suche nach dem wilden Urweib in mir! rief auch die innere Stimme plötzlich, und zwar so laut, dass Noella fast annehmen musste, andere Leute hätten es ebenfalls gehört. Sie schrak unwillkürlich zusammen und schaute sich vorsichtig um. Aber das junge Pärchen neben ihr schlief weiter, und auch sonst zeigte niemand in den nächsten Sitzreihen irgendeine Reaktion. Daraufhin begann die innere Stimme vergnügt zu trällern, ein übermütiges, frivoles Liedchen, das sich in Noella ausbreitete wie ein heller Glockenton und ihr unwillkürlich ein Lächeln entlockte.

Die Stewardess, die gerade hatte vorbeihuschen wollen, lächelte zurück und beugte sich dann zu ihr herunter: »Möchten Sie vielleicht jetzt etwas trinken?

Als ich vorher mit dem Getränkewagen kam, da schliefen Sie, und da dachte ich ...«

»Das ist sehr nett, danke, ja! Bringen Sie mir bitte eine Flasche Champagner!«, bat Noella.

Es war Zeit, sich etwas Gutes zu tun, den Eintritt ins wirkliche Leben gebührend zu feiern.

5

Gabrielle taugt definitiv nicht zur »Herzensprinzessin«. Viel zu erfahren und durchtrieben, das Biest. Die kann jeden Mann fertigmachen, wenn sie nur will.

Heiße Titten, heiße Möse, heißer Arsch – das war's!

Bin trotzdem gespannt, ob sie sich irgendwann noch einmal bei mir meldet, meine Handynummer hat sie, dafür habe ich gesorgt. Ich würde sie zu gerne wenigstens ein einziges Mal nach meinen Regeln durchvögeln und kommen lassen ... letzte Nacht habe ich geträumt, wir stünden in einem scheußlichen, heruntergekommenen Mietbunker im spärlich beleuchteten Treppenhaus. Wir waren auf dem Weg nach oben zu irgendeinem verlausten Apartment, zu dem wir den Schlüssel von einem Kerl bekommen hatten, den Gabrielle als »ein guter Freund« bezeichnete.

Sie trug dann plötzlich wie aus dem Nichts eine leuchtendrote Henkersmaske über Kopf und Gesicht, nur die Augen und die Lippen waren unter drei länglichen Schlitzen zu sehen.

Klar fühlte ich mich ein bisschen unbehaglich, nach der Szene mit dem Revolver neulich traute ich dem schwarzen Biest beinahe alles zu.

Ich war aber auch bereits wieder viel zu geil und er-

picht darauf sie zu nageln, also protestierte ich nicht, fragte auch nichts, sondern stieg gehorsam hinter ihrem wogenden Hinterteil her die Treppe immer höher.

Auf einmal blieb sie stehen und sagte: »Nach dir, Sunnyboy! Du gehst da besser als Erster rein, könnte ja sein, dass die Bude schon besetzt ist.«

Ich überholte sie und stand jetzt breitbeinig auf dem Treppenabsatz über ihr, sie musste also zur Abwechslung mal zu mir aufschauen (ich vergaß zu erwähnen, dass sie mich um fast einen Kopf überragt, dabei bin ich keineswegs klein!).

»Warum muss es denn hier sein, mir gefällt dieses Haus nicht. Schlechte Lage und überhaupt«, beschwerte ich mich und verschränkte die Arme vor der Brust.

Sie sagte gar nichts, da wusste ich, sie hatte die Ausbuchtung in meiner engen Jeans entdeckt.

»Du darfst ihn rausholen, wenn du die alberne Maskenhaube abnimmst! Das Ding steht dir nicht, Süße.« Ich nahm den Mund absichtlich voll, um sie zu provozieren. Keine Ahnung warum, aber sie – ihre ganze Person – fordert mich ständig dazu heraus. Sie hat so etwas Rebellisches, Unbezähmbares an sich, dazu diese motzige Lässigkeit. Ich glaube, ich mag sie eigentlich nicht besonders, und trotzdem …

Sie schwieg weiterhin, die Haube blieb auch auf, dafür packte Gabrielle aber meinen Ständer trotzdem aus. Über unseren Köpfen rummste es jetzt irgendwo besorgniserregend, eine Männerstimme fluchte laut dazu, und eine Frau kreischte hysterisch. Schließlich kläffte auch noch ein Hund wie blöde, dann war endlich wieder Stille im Haus. Allerdings eine ziemlich unheimliche Stille, die schmerzte. Wenigstens empfand ich es so.

Gabrielle nahm ungerührt meinen Schwanz in den Mund, sie saugte ihn regelrecht ein, als wäre ihr riesiger Mund ein Staubsaugerrohr. Dazu ließ sie meine Hoden zuerst in ihrer hohlen Hand vibrieren, ehe sie sie auch noch gleichzeitig nach unten zog. Es hätte wehtun können, dieses Ziehen, tat es aber nicht, im Gegenteil. Meine Henkerin wusste genau, was sie da tat. Und wieder zog sie an meinen Beuteln …

Ich sah förmlich Sterne an dieser Stelle, meine Oberschenkel begannen unkontrolliert zu zittern, meine Lenden zogen sich kurz und heftig zusammen.

Gabrielle wollte den Lolli in ihrem Mund nicht mehr und fing stattdessen an, an den Hoden gierig zu lecken. Mein Schwanz bäumte sich während dieser Aktion auf wie ein wildes Tier. Ich spürte den klebrigen Lusttropfen austreten, gleichzeitig zog sich in meinem Becken auch schon wieder alles zusammen.

Oben klappte jetzt eine Tür, ich erschrak heftig, aber das verhinderte nicht mehr die gigantische Explosion, die in der nächsten Sekunde abging.

Es war, als wäre bei mir ein Schlauch geplatzt, ich spritzte einfach überallhin ab. Auf die Treppe und das schmierige Geländer, auch Gabrielles Narrenkappe bekam einiges ab, ich konnte die Richtung nicht beeinflussen, konnte gar nichts tun, nur die Zähne zusammenbeißen, um nicht loszubrüllen wie ein Stier – und warten, bis die feuerroten Schleier und Nebel hinter meinen Augäpfeln sich gelegt hatten.

Und dann schrie dieser Kerl von oben auf uns herunter: »Verdammte Wichser! Treiben es hier in unserem Treppenhaus. Was fällt euch eigentlich ein, haut gefälligst ab in eure eigene Bude, ihr Penner!«

Und dann krachte auch schon ein Schuss, und Putz rieselte auf uns herunter, der Kerl hatte anscheinend in die Decke gefeuert. Es klang nach einem Pistolenschuss, genau wie in jener Nacht auf der Ladefläche des Pick-ups, ich erkannte das Geräusch eindeutig wieder.

Der nächste Schuss schlug dann allerdings schon direkt neben meinen Füßen auf dem Treppenabsatz ein, und da kriegten wir es wirklich mit der Panik.

Gabrielle flog die Stiegen hinunter und löste sich dann vor meinen entsetzten Augen in rotem Nebel einfach auf. Ich versuchte noch, meinen Schwanz hektisch wieder zu verpacken, was schwierig war, weil er immer noch riesig und hart aufragte, ich versuchte es verzweifelt wieder und wieder, wurde davon dummerweise aber wieder so geil, ich musste mir einfach einen runterholen, aber da krachte der nächste Schuss und pfiff mir direkt am Ohr vorbei. Ich war zu Tode erschrocken und wachte endgültig auf aus diesem mittlerweile unerquicklich gewordenen Traum.

Die Laken waren schweißnass, obwohl ich nackt geschlafen hatte. Mein Schwanz zuckte in meiner Faust und war eisenhart. Es brauchte nicht mehr viel, und er schleuderte das Sperma fast wie zuvor im Traum he-

raus, verspritzte meinen kostbaren Samen über die zerknüllten Betttücher.

Hinterher stand ich auf, duschte lauwarm und bezog das Bett frisch. Dabei ärgerte ich mich, von der Hexe Gabrielle geträumt zu haben und nicht von meiner ersehnten Herzensprinzessin.

Es war ganz und gar nicht gut, dass das schwarze Biest mich jetzt schon in meinen Träumen heimsuchte, dort hatte eine wie sie absolut nichts verloren.

Es ist höchste Zeit für das Erscheinen der anderen, der wahren Herzensprinzessin!

Einige Stunden später, nachdem er diesen Eintrag in sein Tagebuch geschrieben hatte, sperrte Patrick vergnügt pfeifend und bester Laune die *Crocodile-Bar* auf.

Bill und Sara blieben noch ein wenig länger in New York, das hatten sie ihm kurz zuvor erst per SMS auf seinem Handy mitgeteilt. Das wiederum bedeutete eine besonders lange Nacht für ihn, da er nun bleiben musste, bis der letzte Gast gegangen war, ehe er sich um die Kasse kümmern konnte. Eine Aufgabe, die normalerweise von Bill erledigt wurde. Meistens war dann auch Sara anwesend, und Patrick erhielt den Lohn für den Abend gleich bar auf die Kralle und konnte fröhlich seiner Wege gehen.

Er empfand es allerdings als gut so, wie es momentan lief. Immerhin konnte er sich damit schon mal an den Arbeitsrhythmus gewöhnen, der ihm blühte, wenn er erst einmal seine eigene *Schicki-Bar besäße.*

Aber natürlich wäre dann auch die Herzensprinzessin an seiner Seite, und früher oder später würde er sich einen Manager leisten können, der ihm die lästigsten Arbeiten abnähme.

Patrick grinste zufrieden bei dem bloßen Gedanken, und er betrat die Bar durch den Hintereingang mit dem erfreulichen Gefühl, sein Leben und seine Zukunft gut geplant und im Griff zu haben.

Drinnen öffnete er sämtliche Schiebefenster, stieß die hölzernen, blau bemalten Fensterläden dahinter auf und ließ erst mal frische Luft ins »Körbchen«, wie er es nannte.

Die Hintertür, die zum Garten hinausführte, blieb ebenfalls sperrangelweit offen stehen, wie immer. Manche Gäste zogen es vor, dort draußen »im Dschungel« zu trinken und zu plaudern. Es gab gemütliche Sitzecken mit Rattanmöbeln und großen Sonnenschirmen aus Stroh, die Schatten spendeten. Und einen kleinen Teich nebst einer Unmenge wildwuchernder tropischer Pflanzen darum herum, die Sara hegte und pflegte wie ihre Augäpfel. Es war üppig grün hier draußen, schattig und angenehm ruhig.

Patrick machte sich als Nächstes an der Stereoanlage zu schaffen. Kurz darauf erfüllten jazzige Rhythmen den Raum. Später würde er auf flotten Reggae umstellen, wenn die ersten Gäste zur Happy Hour kamen. Happy Musik zur blauen Stunde, wie es sich gehörte. Die passende Musikauswahl zeichnete einen perfekten Barkeeper immerhin beinahe genauso aus wie seine Geschicklichkeit beim Mixen und Shaken.

Er leerte die Spülmaschine, die über Nacht noch die letzten Gläser der hartnäckigsten Stammgäste gesäubert hatte, dann inspizierte er den Getränkevorrat: Bier musste dringend nachbestellt werden, stellte er dabei fest, vor allem der Heineken-Vorrat wurde allmählich knapp.

Er machte sich eine kurze Notiz und heftete sie mit einem Magneten in der Form einer Leberwurst an die Kühlschranktür. So behielt er die Notiz samt Leberwurst zwangsläufig im Auge, bis er Zeit fand, den Getränkevertrieb anzurufen und die Order aufzugeben.

Er füllte flache Glasschälchen mit Erdnüssen, Chips und Schokobohnen und stellte sie in regelmäßigen Abständen auf den ovalen Tresen, der die Mitte des Raumes beherrschte.

Anschließend warf er einige Stangen tiefgefrorenes Baguette in die Mikrowelle zum Auftauen, holte die fertige Knoblauch- und Kräuterbutter aus dem Kühlschrank, damit sie streichfähig wurde, und hobelte nebenan in der winzigen Küche an einem Käselaib herum, bis er eine ausreichend große Menge würfelförmiger Käseecken hergestellt hatte.

Auf dem rustikalen Holzbrett, das Bill eigenen Angaben zufolge vor Jahren in einem Landgasthof in Tirol als Souvenir hatte mitgehen lassen, schichtete Patrick die Käsewürfel appetitlich zu einem Berg auf und steckte in einige ganz oben auf dem Gipfel bunte Zahnstocher aus Plastik.

Die Gäste liebten solchen Schnickschnack und auch die Tatsache, hier in der *Crocodile-Bar* von Patrick mit kleinen Snacks verwöhnt zu werden, die man automatisch gratis zu den Drinks gereicht bekam.

Es war Patricks Idee gewesen: Er hatte Bill rasch überzeugen können, indem er ihm vorrechnete, wie ein minimaler Aufpreis auf jedem ausgegebenen Getränk leicht die Snacks mittrug, die ihrerseits die Gäste an die Bar binden und zur Rückkehr veranlassen würden. Was bei der Bar-Dichte in Key West durchaus entscheidend war, vor allem, wenn man auch nur geringfügig abseits vom größten Rummel lag.

Natürlich behielt Patrick Recht, schon nach einer Woche war klar, wie ausgezeichnet seine Idee einschlug. Und jetzt, nur wenige Monate später, zum Ende des Sommers hin, konnten Bill und Sara sich bereits freie Tage in New York gönnen, zum Shoppen.

Was Patrick allerdings nicht wissen konnte: Es war letztendlich Sara gewesen, die Bill überzeugt hatte. Indem sie sagte: »Lass den Jungen arbeiten, wie er es für richtig hält. Wenn ihm der Job bei uns Spaß macht, bleibt er wenigstens eine Saison, vielleicht auch länger. Hast du die Augen der Frauen gesehen bei seinem Anblick? Die geweiteten Pupillen … Ich sag dir was, Billy! Der Junge hat einen Stich bei den Weibern, die kommen alle Nase lang in unsere Bar gerannt, bloß um Patrick anzuschmachten. Und wo die Weiber hinlaufen, da folgen automatisch die Kerle nach, nicht wahr? Mit den vollen, spendablen Brieftaschen in der Hose oder im Jackett. Was ebenso automatisch unseren Umsatz steigert. Kapiert?«

»Klar«, sagte Bill und grinste, »ich bin ja nicht blöd!«

Der erste Gast des heutigen Abends kam hereingeschlurft, Kakadu Joe auf der Schulter, die Augenklappe verwegen auf dem rechten Auge.

Ronald war seit Jahren auf »Brautschau«, das wusste Patrick von Sara, die alles zu wissen schien, was in Key West so abging.

Seit seiner Scheidung war Ronald allabendlich zum Balzen unterwegs, die Frau war ihm angeblich in Orlando durchgebrannt mit einem Italiener auf Durchreise.

»Dem Auge fehlt gar nichts«, kicherte Sara im Anschluss an ihren indiskreten Bericht. »Ron bildet sich bloß ein, mit der Augenklappe verwegen und interessant zu wirken. Er will was Junges, Knackiges, allerhöchstens halb so alt wie er selbst. Deshalb ist er auch nach Key West heruntergezogen, der Rest von Florida ist ihm von der Bevölkerungsstruktur her überaltert, sagt er. Und Miami kann er sich nicht leisten.«

Als Mann verstand Patrick durchaus die Art und Weise, wie Ronalds Gedankenwelt funktionierte. Ihm war sie nicht verkehrt oder gar abartig erschienen, Sara hingegen offensichtlich schon. Deshalb hatte Patrick auch wohlweislich seinen Mund gehalten und keinen Kommentar zu den spitzen Bemerkungen seiner Chefin abgegeben.

Sara war eben eine Frau, wofür sie nichts konnte, aber daran lag es.

»Hi, Ron! Wie immer?«

»Hi, Patrick! Klar, Mann. Ich sitz heute aber lieber

mal draußen, will in Ruhe nachdenken über dies und das.«

»Alles klar. Dein Bier kommt gleich.«

»Eh, das nehm ich schon selbst mit, Mann!« – und schon kletterte Ronald auf einen der Barhocker.

Kakadu Joe trippelte unruhig auf seiner Schulter herum, legte dann den Kopf schief und fixierte Patrick aus unbeweglich-starren Papageienaugen. Der wusste mittlerweile aus Erfahrung, was das bedeutete: Joe wollte seinen Kopf seitlich gekrault haben.

Für einige Sekunden tat Patrick dem Kakadu den Gefallen. Die Augenlider des Vogels schlossen sich dabei voller Wohlbehagen.

»So, Schluss jetzt!«, sagte Patrick. »Dein Herrchen verdurstet uns ja.«

Ronald nuschelte etwas Unverständliches, aber schließlich ließ er es dann doch heraus: »Sag mal, Mann, was ich dich fragen wollte ... wie lief es denn mit der Kleinen neulich nachts, du weißt schon?«

Patrick stellte sich erst mal absichtlich dumm. »Welche Kleine denn, Ron?«

»Na, die Schwarze mit den enormen Titten!«, platzte es aus dem älteren Mann heraus. »Der du den Zucker in die Margarita gekippt hattest. Hast du sie ... ich meine, hey, unter uns Männern, mir kannst du es doch erzählen. Wir sind ganz unter uns, ist doch keiner da im Moment. Und ich erzähl's auch bestimmt nicht weiter, Ehrensache, Mann!«

Patrick unterdrückte mit Mühe ein Grinsen: »Was genau willst du denn nun wissen, Ron?«

»Wie sie war, will ich wissen, Herrgott noch mal. In der Kiste. Scharf, was? Man hat ihr doch förmlich angesehen, welches Wespennest der im Hintern steckt. Und sie ist voll auf dich abgefahren, das konnte auch jeder Blinde sehen. Da hast du doch sicher zugegriffen, voll rein in die Buletten, Mann, oder?«

»War alles bloß halb so wild, Ron, ehrlich!« Patrick gab sich betont gleichmütig. *Ich mag den armen alten Kerl nicht noch neidischer machen, als er ohnehin schon ist. Erotischer Neid ist der schmerzhafteste Neid, ganz egal in welchem Alter er einen anfliegt.*

»Hat sie's dir ordentlich gegeben, Mann?« – Ron konnte einfach nicht lockerlassen, sein linkes, klappenloses Auge hing wie gebannt an Patricks Lippen, sein Mund stand dabei halb offen und ließ die breite Zahnlücke sehen. Sogar seine Körperhaltung zeigte, wie sehr er auf eine die Fantasie anheizende Antwort gierte.

Ehe sich in seinen geplagten Gehirnwindungen noch eine halbwegs humorvolle Bemerkung formen konnte, wurde Patrick völlig unerwartet von den Qualen erlöst.

Unter der vorderen Eingangstür stand plötzlich eine reglose Schattengestalt. Eindeutig weiblicher Natur.

Die Gestalt räusperte sich vernehmlich. Sollte wohl heißen, dass sie zumindest den allerletzten Teil des an sich harmlosen Männergesprächs mitbekommen hatte. Na, sie würde es überleben.

»Nur hereinspaziert«, rief Patrick jovial. »Das

Körbchen ist aufgeräumt und sauber.« – Frauen mochten solche witzigen Einladungen, wenn sie alleine unterwegs waren. Für die meisten war es nämlich immer noch nicht selbstverständlich, ohne Begleitung eine Bar zu betreten. Ein guter Barkeeper wusste das und reagierte entsprechend.

Die Gestalt löste sich aus ihrer Erstarrung und trat aus dem Schatten des Türrahmens heraus. Mit einigen Schritten war sie an der Theke angelangt.

Und in diesem Moment blieb Patrick beinahe das Herz stehen:

die Haarfarbe, die Augen, der intelligente, wache Gesichtsausdruck, es passte alles zusammen. Und war doch wieder ganz anders als im Traum.

»Hi, Lady!«, hörte Patrick den alten Ron sagen. »Frisch angelandet, was? Aus welcher Ecke der Welt kommen Sie denn, wenn man fragen darf?«

»Germany!«, sagte ihre klare Stimme.

»Hey, Patrick hier ebenfalls. Ihr seid Landsleute. Hast du das gehört, Mann?«

»Ja, Ron!«, sagte Patrick, plötzlich ungeduldig. »Geh nach draußen, Mann, in den Garten, ich bring dir gleich dein Heineken nach hinten, okay?«

Die Herzensprinzessin hatte begonnen, Kakadu Joe den schiefgelegten Kopf zu kraulen. Trotzdem gehorchte dessen Besitzer jetzt Patricks Aufforderung.

Ron rutschte vom Barhocker und schlurfte tatsächlich nach draußen. Einen empört krächzenden Joe auf der Schulter, der nicht kapieren wollte, warum sein Herrchen das tat, mitten in der schönsten Kraul-Session des ganzen Tages. Der Kakadu konnte schließlich nicht wissen, dass auch im Menschenreich die Männchen auf eindeutige Weise ihr Revier markierten ... Der Schwächere musste weichen, wenn er sich keinen Ärger einhandeln wollte.

»Hi und herzlich willkommen!«, sagte Patrick. »Ich heiße Patrick.«

»Hi, ich bin Noella«, sagte sie. »Ich habe gehört, man bekommt hier eine der besten Margaritas von Key West.«

Sie lächelte ihn an, und in diesem Moment war es ihm endgültig und unwiderruflich klar: *Hier ist sie. Sie ist endlich aufgetaucht, wie ein Geschenk des Himmels. Verpatz es nicht, Patrick!*

6

Der Erste geht auf mich, Prinzessin«, hörte er sich kurz darauf doch tatsächlich sagen. Und am liebsten hätte er sich dafür auf der Stelle die Zunge abgebissen.

Verdammt, das war nicht besonders gut eben, Junge! Reiß dich zusammen, du hast keinen Typ Gabrielle vor dir. Bei der hier zieht die Marke Schnodderschnauze nicht, auch keine plumpe Anmache, keine Einladung zum Drink. Das hier ist eine Lady, und so muss es auch sein. Das ist es, was du willst. Das muss sie von Natur aus mitbringen, denn das kannst du ihr nicht beibringen. Alles andere schon.

»Sicher«, sie nickte bloß und lachte auf diese wissende und zugleich aufreizend spöttische Art. Dann zog sie langsam den Gutschein aus ihrer Handtasche und legte ihn auf die Theke. »Den da habe ich im Motel bekommen, gleich beim Einchecken an der Rezeption. Gute Idee. Von alleine wäre ich kaum hier vorbeigekommen.«

Bill hatte diese uramerikanische Werbung in allen größeren Hotels und Motels auf den Keys von Studenten verteilen lassen: »Besuchen Sie die *Crocodile-Bar* in Key West! Gleich um die Ecke von der Duval-Street gelegen. Flotte Musik und entspannte Atmosphäre abseits vom größten Rummel. Dieser Coupon gilt als Gutschein für einen Willkommens-Drink. Wählen Sie die beste Margarita im Ort!«

Patrick drehte den Bon um, denn auf der Rückseite musste das Hotel seinen Stempel hinterlassen haben.

Aha, das RAMADA-Inn also ...

»Nett da«, sagte er. »Gute Wahl. Große Zimmer, eine schöne Poolanlage mit gut geführter Bar. Nicht billig, das Ramada, aber es lohnt sich. Komfortabel.«

Er machte sich daran, ihre Margarita zu mixen. Dabei erzählte er von seinem Missgeschick neulich, mit dem Zucker im Tequila.

Natürlich lachte sie zuerst einmal, wie es sich als wohlerzogene Lady gehörte, wenn ein Gentleman ganz offensichtlich bemüht war, sie zu unterhalten.

»Was hat sie nach dem ersten Schluck getan? Ihnen den Drink über den Kopf gekippt?«

»Sie hat ihn mir vor die Füße gespuckt, um genau zu sein.«

»Gesunde, spontane Reaktion. Hätte ich wahrscheinlich auch getan.«

An dieser Stelle lachte er: aus tiefster Kehle – was beinahe schon heiser klang – und mit blitzend weißen Zähnen. *Der Tiger im Mann fletschte das Gebiss ...* Er fand es eigentlich albern, wusste andererseits aber, dass die Frauen sowohl auf das kehlige Lachen als auch auf die blitzend weißen Zähne standen. Hier war nun beides auf einmal angebracht, sie hatte das volle Programm verdient. Versuchte ihn doch glatt zu veralbern, die Kleine!

Eine Lady wie du schluckt das Zeug ruhig runter, winkt den Barkeeper diskret heran und bittet ihn, den Drink zu probieren. Diese Vorgehensweise gibt ihm ebenfalls die Gelegenheit, das Gesicht zu wahren und seinen Fehler absolut diskret zu beheben. Natürlich geht der frische Drink anschließend auf seine Kosten. Das war's, Vorhang zu, Licht aus auf der Bühne.

»Und anschließend haben Sie dann die Nacht mit ihr verbracht«, fuhr Noella ungerührt fort. »Der Erfolg könnte Sie glatt übermütig machen. Aber Vorsicht! Nicht jede Frau kommt zu demselben Schluss.«

Was soll das jetzt wieder heißen? Nimmst du mich also tatsächlich auf den Arm, Schätzchen? Oder machst du mich an?

Er sagte vorsichtshalber gar nichts, dafür ließ er seine blauen Augen aufblitzen. Das war genug *Ansage.*

Sie erwiderte seinen Blick ungeniert. Man hätte sagen können: *offen*. Allerdings war er sich unsicher, ob sie nicht lediglich darauf aus war, ihn mehr und mehr zu provozieren.

Warum, wozu? Herzensprinzessin, was hast du vor?

Hey, das hier läuft ganz und gar nicht so ab, wie ich mir unsere erste Begegnung immer vorgestellt habe …

»Patrick! Vergiss mein Bier nicht, Mann!«, ertönte von draußen jetzt Rons Stimme.

»Entschuldigung, ich bin gleich zurück!« Er nahm aus dem Kühlschrank eine Flasche Heineken, vom Board über der Theke ein Bierglas und spurtete los.

Als er zurückkam, hatte sie eine Art Kladde vor sich auf dem Tresen liegen und machte sich Notizen.

Er gab einen weiteren kräftigen Schuss Tequila in die Margarita. *Mal sehen, wie sie reagiert, wenn sie die Stärke des Drinks registriert … jetzt noch eine Limonenscheibe und etwas gestoßenes Eis hinein – und fertig ist das Kunstwerk.*

»Bitte schön«, sagte er artig und stellte das Glas vor ihr ab.

Sie hob es an die Lippen, probierte den ersten Schluck, wobei sie ihm fest in die Augen blickte. Schließlich sagte sie genießerisch: »Mmmmh, lecker!«

Das stolze, frohe Lächeln als Reaktion auf ihr Lob konnte er beim besten Willen nicht verhindern. Dabei fühlte er sich wie damals als kleiner Junge in der Schule, als die hübsche neue Lehrerin ihn eines Tages vor der gesamten Klasse gelobt hatte. Da war er auch rot geworden und hatte doch breit lächeln müssen vor stolzer Freude.

Ich muss aufpassen, dass mir hier nicht etwas gleich zu Beginn aus der Hand gleitet. Ich bin der Lehrer, nicht sie die Lehrerin …

»Kein Zucker?« – er lächelte nicht, während er die Frage sozusagen aus dem Hinterhalt stellte. Aller Ausdruck lag in den jetzt stahlblauen Augen und in der einen Augenbraue, der linken, die leicht spöttisch nach oben gezogen war. Er beherrschte das gut, seit dem Schauspielunterricht …

Eine leichte Röte breitete sich auf ihren Wangenknochen aus. Auch auf dem Hals bildeten sich rötlich schimmernde, kreisförmige Areale.

Bingo! Voll ins Schwarze getroffen. Damit hat sie nicht gerechnet, die Prinzessin.

»Den gleichen Fehler gleich noch einmal zu machen zeugt von Dummheit. Den gleichen Trick gleich noch einmal anzuwenden von Fantasielosigkeit.«

Ah, ich bekomme hier eine kostenlose Lektion?!

Bravo, Prinzessin! Du hast dich schnell wieder gefasst, wie es sich für eine Lady gehört. Die Antwort ist auch nicht schlecht, nur leider an der Wahrheit vorbei. Von dieser Art von Wahrheit hast du nämlich keine Ahnung, mein schönes Kind. Zumindest noch nicht. Da, wo du herkommst, gibt man Frauen normalerweise nicht die Gelegenheit, allzu tief einzutauchen in gewisse Lebenserfahrungen. Ich bin wesentlich gerissener als du, auch wenn du das nicht glaubst.

»Es war kein Trick«, sagte Patrick laut. Sein Blick, mit dem er Noella nun fixierte, war wieder offen und freundlich. Ohne jeden Spott. »Ich habe den Zucker wirklich aus purem Versehen reingekippt. Sie hatte so etwas Spezielles an sich. Alle Männer in der Bar haben sie angestarrt in jener Nacht. Aber sie hat nur Augen für mich gehabt, das ist mir sofort aufgefallen, wie es mir immer sofort auffällt, wenn es passiert. Sie hat mich verwirrt, abgelenkt, was weiß ich. Sollte sie es darauf angelegt haben, war sie durchaus erfolgreich.«

»Und wie ist die Sache ausgegangen?« Noella erwiderte seinen Blick ebenso offen. Wie es Freunde tun, die einander gerade etwas Intimes anvertrauen. »Natürlich seid ihr miteinander in die Kiste gestiegen, das meine ich aber nicht. Es hat ein Ende gehabt, an einem bestimmten Punkt, nicht wahr? Mich interessiert dieser ganz spezielle Punkt!«

»Ich bin mir nicht einmal sicher, ob es tatsächlich ein Endpunkt war. Es könnte ein Punkt auf einer Geraden gewesen sein oder auf einer kreisförmigen Linie.«

Verflucht, Patrick! Warum sagst du so was? Woher kommt denn eine solche Idee? Und wieso sprichst du sie ausgerechnet aus, wenn du dich Angesicht zu Angesicht mit deiner Herzensprinzessin befindest? Du kannst sie nicht mehr alle haben, Mann!

»Egal. Was zählt ist ... es war ein bestimmter Punkt erreicht. Ob ein Endpunkt oder aber ein Ausgangspunkt, muss ohnehin noch offen bleiben. Wie fast immer im Leben. Mich interessiert vorerst nur dieser eine, spezielle Punkt. Am Ende jener Nacht.«

»Warum?« – Patrick legte eine Hand auf ihre, die wiederum neben dem Glas auf der Theke lag. Sie zog die Hand nicht sofort unter seiner weg. Da beschloss er: *Jetzt ist der Punkt erreicht, wo ich es wagen sollte. Wir sind schon so weit gegangen, es ist also egal. Sie hat Recht, ob End- oder letztendlich Ausgangspunkt kann derzeit keiner von uns wissen oder entscheiden.*

»Sie hätte mich um ein Haar fast umgebracht«, sagte er leise, fast im Flüsterton. »Sie hat auf mich geschossen. Ob aus Versehen oder purem Übermut oder gar Absicht, das ist mir keineswegs klar. Vielleicht aus einer Mischung von allen drei Beweggründen heraus.«

»Das kann ich kaum glauben.«

»Es ist aber so! Welchen Grund sollte ich haben, dich anzulügen, ausgerechnet dich, hm?«

Er duzte Noella jetzt absichtlich, außerdem war das Gesieze hier in Key West unter deutschen Landsleuten ohnehin nicht üblich, hier herrschte zu jeder Zeit im Jahr eine Atmosphäre wie auf einem Campus. Oder in einem Hippie-Dorf, was letzten Endes nicht viel Unterschied machte.

»Hör mal«, sagte sie, »du musst mir die ganze Geschichte erzählen, sie interessiert mich brennend. Nicht privat, sondern sozusagen beruflich. Ich schreibe nämlich eine Abschlussarbeit in Kulturwissenschaften. Thema Bar und Nachtleben. Zu besagtem Barleben gehören natürlich auch die Leute, die hinter der Theke stehen. Und deren Erlebnisse. Das ist mir gerade vollkommen klar geworden. Ich habe wie verrückt nach einer Einleitung, nach einem passenden Einstieg ins Thema gesucht, und jetzt habe ich ihn gefunden. Keine Angst, ich werde alles Gehörte verschlüsseln, selbstverständlich keine Namen preisgeben oder sonst irgendwelche Indiskretionen begehen. Denk dir einfach, ich wäre irgendeine Journalistin, die dich interviewt, sagen wir für ein Lifestyle-Magazin.«

»Ich erzähle dir alles heute Nacht, wenn du hier bleibst, bis ich die Bar schließe«, versprach Patrick.

»Gnade, ich bin erst gestern angekommen und leide noch unter dem Jetlag.«

»Kannst du dir in dem Job nicht leisten, Prinzessin. Entweder heute Nacht, oder nie! Okay?«

»Okay!«

Er beugte sich vor und drückte – ohne zu zögern – seinen Mund auf den ihren. Die Attacke passierte so schnell, es blieb ihr keine Zeit zum rechtzeitigen Rückzug. Selbst wenn sie das gewollt hätte, was nicht der Fall war.

Sie spürte, wie seine Zungenspitze erst über die volle Ober- und dann anschließend über die empfindliche Unterlippe strich, kurz den linken Mundwinkel zärtlich leckte – und sich auch bereits wieder zurückzog.

Schon war Patrick mit etwas anderem beschäftigt, Gläserpolieren oder ähnlichem Schnickschnack. Er drehte Noella dabei den Rücken zu, benahm sich, als wäre nichts gewesen. Während ihr der Schweiß ausbrach von … ja, wovon eigentlich?

Okay, er hat etwas an sich, was mich anmacht! Und ja, er ist sexy, umwerfend sexy sogar. Er sieht gut aus, er hat diesen … diesen Sunnyboy-Charme, genau passend zu seinem Berufsbild. Er ist ein Frauentyp, auch das … Okay, sonst noch was? – Ah ja, natürlich! CLAIRE. Er ist absolut der Typ, vor dem Claire mich kurz vor der Abreise noch gewarnt hat. Der Typ am anderen Ende der Wippe, genau gegenüber dem Typus »Huppi«. Was ich von ihm will? Nichts natürlich. Nur seine Storys! Seine Berufserfahrung, seine Kenntnisse in punkto Bars und Cocktails … an dieser Stelle zögerte Noella jetzt kurz, der Gedankengang aber wollte zu Ende geführt werden … *und Frauen, Männer und Sex!*

Bald darauf war die *Crocodile-Bar* rappelvoll. Auch der Garten schien weitestgehend bevölkert. Vor allem ältere Männer hatten sich zu Ron und seinem Kakadu gesellt, um eine Runde Karten zu spielen.

Von ihrem Platz an der Theke aus konnte Noella alles gut beobachten. Und sie registrierte sämtliche Details, gestochen scharf wie unter einer Lupe: Vielleicht trug ihre jetlagbedingte Übermüdung dazu bei, aber es kam ihr tatsächlich so vor, als spielten sich gewisse Dinge vor ihren Augen quasi in Zeitlupe ab. Damit ihr nur ja nichts entging.

So bemerkte sie sofort die braungebrannte Blondine im superkurzen, weit ausgeschnittenen Hängerkleidchen, die im Vorbeigehen – die Toiletten befanden sich schräg links hinter dem Tresen – provozierend langsam an Patrick vorbeistrich, der gerade einen der Stammgäste mit einem kurzen Witzchen beglückte.

Da es voll und eng war, pressten sich die üppigen Brüste natürlich unvermeidlich an den Barkeeper, ihr aufdringliches Parfüm musste ihn dabei ziemlich in der Nase kitzeln, ihr Venushügel die Ausbuchtung vorne in seiner Jeans streifen. Der rote Mund lockte mit einem breiten Lächeln, eine rosa Zungenspitze fuhr langsam und absichtlich provozierend über die Oberlippe, befeuchtete diese und versteckte sich dann wieder hinter einer Reihe allerliebster Beißerchen.

Die kleine Szene jagte Noella einen Stromstoß direkt zwischen die Schenkel und zauberte augenblicklich die Erinnerung zurück an Patricks Kuss von vorhin.

Gleichzeitig war da aber auch dieser andere, kurze und überraschend schmerzhafte Stich in der Herzgegend: Sie hätte der Blondine liebend gerne und auf der Stelle eine geklebt! Ein reiner und instinktiver Reflex der Revierverteidigung, und gerade deswegen so beunruhigend.

Andere Frauen verfügten über andere Tricks. Sie drängten sich zwar an ihre Begleiter, nutzten aber jede sich bietende Gelegenheit, um vermeintlich unbemerkt schamlos mit Patrick zu flirten.

Und der Barkeeper flirtete ebenso ungeniert zurück.

Claire, liebste Freundin, du hattest Recht, wie meistens, wenn es um Männer geht! Der hier zieht schonungslos sämtliche Register. Zwischendurch schenkt er dann mir einen schelmischen Blick aus unverschämt blauen Augen ... einen unschuldsvollen Blick Marke »Hey, ich kann doch nichts dafür! Gehört zum Job, das ganze Getue ...« – und dabei ist er ein Womanizer erster Sahne. Und er weiß das auch, er kennt sich selbst sehr genau. Seine Menschenkenntnis und daraus resultierend die Art, wie er mit Männlein und Weiblein gleichermaßen zielsicher umzugehen weiß – das ist durchaus beeindruckend. Er befindet sich sichtlich in seinem Element, besäße ich eine eigene Bar, ich würde ihn glatt einstellen. Einer wie der hebt den Umsatz unter Garantie, die Leute kommen hauptsächlich wegen ihm, das kann man sehen und spüren.

Ich muss außerdem gestehen, er hat was an sich, was auf mich ebenfalls wirkt: ich hätte nicht schlecht Lust darauf, dieses gewisse Etwas auszuloten. Aus rein wissenschaftlichem Interesse natürlich, hahaha!

Ein Typ Huppi mag ja seine Vorzüge haben, liebste Claire. Aber ehrlich gesagt, mein Möschen zum Überfließen brächte dein Bankdirektor sicher nicht. Das bringt eher einer vom Typ Patrick fertig, wie ich eben bestürzt merke.

Hey, keine Sorge, Clairchen: Ich will ihn ja nicht heiraten, ganz gewiss nicht. Wenigstens kann ich bei ihm sicher sein, nicht zuerst eine deiner blauen Wunderpillen einwerfen und dann mindestens ein halbes Stündchen auf das Ergebnis warten zu müssen …

Noella kicherte ein wenig in sich hinein bei dem letzten Gedanken. Sie fühlte sich außerdem so leicht und unbeschwert wie eine Feder. Letzteres führte sie auf die endlich einsetzende Urlaubsstimmung zurück. Die kam bei ihr immer mit Verzögerung, daran war sie gewöhnt.

Sie hatte mittlerweile ihre dritte Margarita – »Geht auf mich, Prinzessin!« – vor sich stehen, die Stunden vergingen wie im Flug, und allmählich leerte sich die *Crocodile-Bar*.

Und Patricks Augen wurden immer blauer, und sein Lächeln immer vielversprechender.

7

Es war gar nicht so einfach, vom Barhocker zu rutschen. Verflixt! – Hoppla, war das Ding etwa während der letzten Nachtstunden gewachsen …?

»Huups!«, sagte Noella und kicherte mal wieder. Da war Patrick auch schon an ihrer Seite und hievte sie kurzerhand wieder zurück auf ihren Hochsitz. Er roch nach Mann, herb und frisch zugleich, und das Schwindelgefühl in ihrem Kopf nahm prompt noch zu.

»Du brauchst einen starken Kaffee«, sagte er und machte sich auch schon an der Espressomaschine zu schaffen.

»Wosssuu?«

Er grinste. »Zucker im Tequila! Trink deinen Kaffee, Prinzessin, dann geht es dir besser. Die Gutenachtgeschichte erzähle ich dir morgen, du brauchst deine Heia, glaub mir.«

»Du … du hasssess aber verssplochen!« – *Dumme Zunge, was musst du dich so verhaspeln? Klingt doch albern!*

Natürlich musste er jetzt lachen an dieser Stelle.

Sie nahm es ihm auch nicht übel, immerhin merkte sie selbst, wie ihre Zunge sich beim Sprechen so merkwürdig einrollte! Aber im Kopf war trotzdem alles okay, der funktionierte. Sie dachte klar, lallte nur eben ein bisschen, konnte vorkommen. Jetlag!

»Du … du flirtest auch mit jeder, was?« – *Ha, zumindest das ist fehlerfrei artikuliert! Bravo, Noella!*

Er beugte sich über den Tresen und schob ihr eine Hand unters Kinn. So zwang er sie, ihren Kopf so weit zu heben, bis sein blauer, nüchterner Blick sich in ihren dunkel veilchenblauen beschwipsten senken konnte.

»Hör gut zu, Prinzessin, was ich dir hier und jetzt anvertraue! Wenn du mich willst, kannst du mich haben. Nichts könnte mir lieber sein. Aber hör auf, mich ständig zu beobachten. Deine Augen sind den ganzen Abend meinen Blicken gefolgt. Jede Frau, die mich auch nur anguckte, ereilte ein ähnliches Schicksal. Es ist mein Job, Engelchen, das alles gehört mit zum Spiel. Ob es dir nun passt, oder nicht. Außerdem brauche ich keine Aufpasserin.«

»Ich reee-schiere doch bloß!«

»Jaja, ich weiß.« Natürlich lachte er jetzt hörbar unverschämt und ließ ihr Kinn los. Dabei hätte sie nichts gegen einen weiteren intim-innigen Mund-zu-Mund-Kontakt gehabt.

Sie trank brav den starken, heißen Kaffee, den er ihr jetzt brachte, anschließend führte er sie aus der Bar, indem er sie fest mit einem Arm um die Hüften packte und ihre schwankenden Schritte dirigierte, während er sie zum Hinterausgang hinausführte.

»Mein Wagen steht um die Ecke. Ich fahre dich ins Ramada zurück. Du bist dazu nicht mehr in der Lage«, erklärte Patrick. Er bugsierte sie auf den Beifahrersitz und legte ihr sogar den Sicherheitsgurt um. Während dieser Prozedur kam er ihr zwangsläufig sehr nahe, er hätte sie leicht küssen können.

Aber er tat es nicht … sie pustete ihm dafür strafend einmal kräftig in die Locken, musste dummerweise erneut kichern und gleich darauf auch noch husten, weil sie sich bei dem Gegackere verschluckt hatte.

Er sagte nichts dazu, zog sich zurück, warf die Tür zu, ging um den Wagen herum und warf sich hinters Steuer. Dann fuhren sie auch schon los. In nördlicher Richtung zuerst, was richtig war, denn dort lag irgendwo das Ramada.

Er bog aber bald darauf ab in eine schmale Seitenstraße und stoppte unerwartet vor einer hübschen Zuckerbäckervilla im typischen Südstaatenstil.

Das Haus erinnerte Noella an »Vom Winde verweht« – Rhett Butler hatte ihn auch besessen, diesen gewissen verwegenen Charme, fiel ihr daraufhin als Nächstes ein. Sorgen machte sie sich keine, sie war bloß neugierig, was nun passieren würde. Falls er sie küssen wollte, bitte schön, der Herr, bedienen Sie sich ruhig …

»Sssieht nicht aus wie das Llamada!«, nuschelte sie schließlich, weil sie witzig sein wollte – »aber es gefällt mir trotzdem hier!« – sie machte Anstalten, sich aus dem Sicherheitsgurt zu nesteln.

»Warte im Wagen, ich bin gleich zurück«, sagte Patrick in einem Tonfall, der klarmachte, wie ernst es ihm mit der Aufforderung war.

Kaum war er weg, führte Noella ein stummes Zwiegespräch mit Claire: *Was soll denn das jetzt? Kannst du Besserwisserin in Sachen Mann mir das mal erklären? Ist der vielleicht schwul, oder stimmt mit mir was nicht? Außer, dass ich ein bisschen betrunken bin, mein Gott, aber das waren doch eben in der Bar noch fast alle Anwesenden, daran kann es doch wohl nicht liegen?*

Schon kam Patrick zurück. Er riss die Beifahrertür auf und warf ihr etwas in den Schoß. Sah aus wie ein Buch.

Beim Losfahren lieferte er die Erklärung nach: »Ich nenne es mein *Episodenbuch*, Prinzessin. Ich vertraue es dir für eine Nacht an, diese Nacht! Morgen, am späten Nachmittag, wenn ich die Bar aufsperre, will ich es zurückhaben. Ich denke, die Lektüre wird deine Recherche bereichern. Außerdem erspart es mir später, dir endlos Schwänke aus meiner Vergangenheit zu erzählen, damit du mich besser kennen lernen kannst.«

Mit einem Mal war Noella wieder völlig klar im Kopf. Der Alkoholschleier war verschwunden, wohin auch immer.

»Bist du sicher?«, hakte sie nach. Sie konnte nicht begreifen, wie jemand so weit gehen konnte. Er lieferte sich ihr ja geradezu aus.

Das ist intimer, als miteinander ins Bett zu steigen, du lieber Himmel!

»Ganz sicher. Du musst dich unbedingt an gewisse Dinge gewöhnen, sie nicht ernst nehmen, vor allem aber nicht eifersüchtig sein. In meinem Job lernst du die Menschen kennen wie sonst nirgends. Kein Psychiater weiß mehr als unsereiner. Was du jemals über Sex wissen wolltest, frag nicht Woody Allen, frag einen Barkeeper.«

»Ich will aber nur alles übers Barleben wissen, ehrlich.«

»Eben!«, unterbrach er sie. »Die Episoden im Tagebuch gehören dazu. Alles weitere Wissenswerte zeige ich dir, sollten wir eines schönen Tages zusammen auf Reisen gehen. Was ich von Herzen hoffe. Es gibt auf der ganzen Welt eine Menge interessanter Arbeitsplätze für mich. Voller Menschen und Geschichten. Mehr als genug Stoff für deine Abschlussarbeit. Du kannst hinterher noch einen Doktortitel dranhängen, wenn du willst.«

Er küsste sie auch zum Abschied nicht. Er beugte sich nur über sie, um ihr die Autotür von innen aufzustoßen. Von dem warmen, frischen Duft seines Körpers wurde ihr erneut schwindlig. Sie spürte die Feuchtigkeit zwischen ihren Schenkeln und ärgerte sich über die Vergeudung ihrer kostbaren Liebessäfte. Das hier lief ganz und gar nicht so, wie es laut Claires Warnungen hätte eigentlich laufen müssen. Mit dieser Sorte Mann.

Noella stieg aus und beugte sich dann noch einmal ins Wageninnere. »Die Geschichte vom Zucker im Tequila, steht die etwa auch hier drin?«

Er verzog keine Miene. »Darauf kannst du wetten. Episode *Sechzehnter September.* Ich seh dich morgen, Prinzessin, zur Margarita-Time.«

»Gute Nacht, Patrick.« Sie warf die Tür zu, und er gab Gas.

Im Zimmer schaltete sie den Fernsehapparat ein, wählte die Funktion »Radio« und suchte so lange, bis leise Blues-Klänge den Raum füllten. Sie spürte den Blues tief in ihrer Seele, es war wie eine Liebkosung. Die Musik würde ihr die Lektüre von Patricks Episoden versüßen, so oder so.

Sie duschte ausgiebig, dann schaltete sie die Klimaanlage ab und öffnete die Balkontüre weit. Ein Schwall feuchtwarmer Nachtluft drang ins Zimmer und breitete sich aus wie eine kuschelige Decke. Es roch nach tropischen Blüten und Früchten, aber vielleicht bildete sie sich das nur ein.

Noellas Müdigkeit war während der warmen Dusche verflogen. Sie legte sich nackt aufs Bett, man brauchte keine Laken in der Wärme einer Nacht wie dieser. Das befreiende Körpergefühl war einfach herrlich.

Eine Runde heißer Sex vor dem Einschlafen wäre jetzt das Richtige ... Verdammter Barkeeper! Meine zweite Nacht in Key West, endlich Urlaub vom Uni-Stress – und du lässt mich glatt am ausgestreckten Arm verhungern. Nächstes Mal nehme ich mir auch einen Bankdirektor mit in die Ferien wie Clairchen. Mit Viagra ist immer noch besser als gar kein Schwanz.

Sie musste ein weiteres Mal kichern – die Margarita zeigte erneut Wirkung, die lächerlicherweise in Wellen zu kommen und zu gehen schien –, dann griff Noella nach dem *Episodenbuch* und schlug es ganz vorne auf.

Patricks Fünf Lebens-Gebote für Job und SEX

wichtig – immer zu befolgen, also täglich! Da unerlässlich für den Lebenserfolg.

Ausnahmen: KEINE

Erstes Gebot: Go big or go home!

Zweites Gebot: Sei leidenschaftlich!

Drittes Gebot: Wage viel und habe dabei keine Angst vor Fehlern!

Viertes Gebot: Sei offen für alles – und gerade auch für das, was du zunächst ablehnst!

Fünftes Gebot: Sei so frei, du selbst zu sein, denn das ist es, was man unter Stil versteht!

Hoppla, das klingt vielversprechend, Mister! Ich hoffe bloß, Sie können Ihren eigenen Ansprüchen genügen … im Leben und beim Sex!

Noella blätterte durch das Tagebuch, bis sie ziemlich weit hinten – es war eine der letzten Eintragungen überhaupt – auf die »Episode 16. September« stieß. Mit wachsender Erregung verschlang sie Patricks handgeschriebene Zeilen. Sie waren leicht zu lesen, große, klare, geschwungene Buchstaben, aber das fiel ihr erst hinterher auf. Und eigentlich war es auch nicht wirklich wichtig.

Die Wirkung, die von der Geschichte selbst auf sie ausging, war so stark, dass sie darüber alles andere vergaß, nicht einmal mehr die Musik wahrnahm, die den Raum erfüllte.

Noella war erregt, fasziniert und verärgert zugleich!

Verdammt, er hat sich tatsächlich von diesem

schwarzen Flittchen vernaschen lassen! Wieso hat er mir das Tagebuch gegeben? Um mich zu schockieren, oder was? Wieso will er, dass ich das lese? Das ist doch nicht normal. Denkt der, das macht mich an …?

Sie las trotzdem weiter, hinterher. Sie hätte gar nicht aufhören können, selbst wenn sie gewollt hätte.

Verdammter Mistkerl! Es macht mich an, ja. Zufrieden?

Sie blätterte weiter nach vorne und stieß auf eine andere unglaubliche Geschichte, strotzend vor Sex und Lebenslust und irgendwie genauso schräg wie die Gabrielle-Episode.

10. Juli 2000

Berlin ist faszinierend, ich glaube, ich habe die richtige Wahl getroffen, jetzt brauche ich nur noch einen passenden Job … dieser Gedanke kam mir gestern während eines kleinen Stadtbummels am späten Nachmittag, nach der Ankunft.

Ich beschloss spontan, gleich an diesem allerersten Abend einen Zug durch einige der angesagtesten Kneipen und Bars zu unternehmen, vielleicht fand sich ja sogar auf Anhieb etwas.

Mir ist momentan nicht so nach einer weiteren großen Hotelbar. Ich brauche weder einen Manager, der mich herumkommandiert, noch tausend schriftliche Regeln nebst Uniformzwang. Den Sommer über bin ich gerne freier und ungezwungener, eine In-Kneipe mit jeder Menge junger, hübscher und vor allem freizügiger Girls wäre mir am liebsten.

Es muss so gegen 22 Uhr gewesen sein, als ich loszog. Zu Fuß, wie ich es gerne mache, wenn ich mich sozusagen auf Pirsch befinde.

Plötzlich gingen da vor mir diese beiden offensichtlich unternehmungslustigen Frauen auf dem Bürgersteig her. Ich heftete mich an ihre Fersen, sie waren ziemlich aufgestylt und würden mich also logischerweise zu einem interessanten Plätzchen führen. Nach Hause ins Körbchen wollten die Süßen jedenfalls nicht, so viel war klar. Sogar ihre kleinen, festen Ärsche wippten so schön unternehmungslustig – sie hypnotisierten mich geradezu.

»Bin verdammt gespannt auf die Party«, sagte plötzlich die Blondine zu der anderen, die dunkelhaarig und deutlich zierlicher war. »Bei Bruno soll ja früher immer mächtig was los gewesen sein …« – der Rest der Unterhaltung ging in Gekicher unter.

Eine Party also, aha!

Ich überlegte kurz, entschloss mich dann aber, den Dingen ihren Lauf zu lassen. Wenn auf besagter Party interessante Leute herumstanden, mochte dies ebenfalls zu nützlichen Kontakten führen, man konnte nie wissen.

Ich beschloss, die beiden sexy Mäuschen vor mir für einen Wink des Schicksals zu halten und mir selbst die Chance nicht entgehen zu lassen.

Ich war von jeher ein Meister in der Disziplin, uneingeladen auf fremder Herren (oder Damen) Feste zu wildern. Als Sohn eines einfachen Beamten und noch dazu in einer Kleinstadt geboren und aufgewachsen, hat man auch gar keine andere Wahl im City-Dschungel. Zumindest nicht bei der Sorte Partys, auf die einer wie ich normalerweise nicht freiwillig eingeladen wird. Mir fehlt zumindest der Doktortitel, die dezente Visitenkarte mit dem richtigen Familiennamen darauf oder etcetera, etcetera … Ausnahmen bestätigen auch hier bloß die Regel!

Für mich gab und gibt es auf der richtigen Party zumindest immer einen heißen Flirt abzustauben, dazu natürlich einige schmackhafte Häppchen und gepflegte Getränke.

Wenn ich es darauf anlegte, würde ich es wahrscheinlich sogar schaffen, ohne Einladung an einem Staatsbankett teilzunehmen. Man würde mir einen Ehrenplatz anbieten, davon bin ich überzeugt. Die Leute trauen mir nichts Böses zu, das war schon auf der Penne so. Warum also sollte ich meine diesbezüglichen Talente nicht nutzen?

»Hallo«, rief ich gutgelaunt hinter dem Rücken meiner ahnungslosen Begleiterinnen in Spe. »Geht ihr auch zur Party?«

Zwei gut frisierte Köpfe drehten sich nach mir um.

»Ja«, antwortete die Blonde, »du etwa auch?« – ihr Blick musterte mich von oben bis unten und bekam dabei etwas ausgesprochen Hungriges. Sie war nicht direkt mein Typ, zu platinblond, aber es gab Schlimmeres.

Ich nickte. »Ich bin Patrick!«

»Sabina«, sagte die Blonde, »und das ist Maren!« Das dunkelhaarige Girl lächelte mich an. Es lief alles wie am Schnürchen. Anscheinend kannte ich auch den Namen des Gastgebers bereits, es musste dieser Bruno sein.

»Wir sind gleich da«, verkündete Maren. Erst jetzt fiel mir auf, dass sie und Sabina kleine Geschenkpäckchen dabei hatten – alles edel aufgemacht, versteht sich. Ich würde natürlich mit leeren Händen dastehen, aber daran war unter den gegebenen Umständen nichts zu machen. Mein sprichwörtlicher Sunnyboy-Charme würde ausreichen müssen! Außerdem beschloss ich, mich am besten dicht an die dauerlächelnde Maren zu halten. Das hatte gleich zwei Vorteile – zum Ersten würde sie dadurch vielleicht ihren durchaus sehenswerten Arsch an meinem Kolben reiben, ihr Lächeln war entsprechend vielversprechend ausgefallen –, und zum Zweiten würde dann jeder denken, wir gehörten zusammen, wären also auch gemeinsam und sozusagen automatisch für das Mitbringsel verantwortlich.

Wir betraten die Aula eines vierstöckigen Gebäudes (ich schreibe absichtlich Aula, denn genauso wirkte die Eingangshalle auf mich), alles Marmor und Glas und Grünpflanzen.

Das Ambiente war schon mal vielversprechend.

Der gläserne Lift kam, wir fuhren ganz nach oben. Wieder Marmor und Glas und Grünpflanzen, dazwischen eine einladend offenstehende Tür. Stimmen, Gelächter und Musik schlugen uns entgegen.

Bei der Wohnung handelte es sich um ein Penthaus der Luxusklasse, eine riesige Dachterrasse selbstredend eingeschlossen. Wie gemacht für eine hochkarätige Party.

Es war alles ganz einfach, von Anfang an. Ich war froh, dass ich mir gar nicht erst Sorgen gemacht hatte, das ist schlecht für die Nerven und wäre auch völlig überflüssig gewesen. Niemand fragte mich, was ich hier zu suchen habe. Meine Anwesenheit wurde ebenso selbstverständlich zur Kenntnis genommen wie die von Sabina und Maren.

Erstere stürzte sich plötzlich auf einen Knaben in der Nähe der offen und großzügig angelegten Luxusküche, wo auch das Büfett aufgebaut war. Sabina drückte dem Knaben einen Kuss auf die Backe.

Bruno?

»Hallo, Sergio. Schön, dich wiederzusehen.« – Also nicht Bruno, Sergio! Auch gut.

Sergio grinste, murmelte etwas Unverständliches und linste gleichzeitig mit gierigen, aber kalten Fischaugen in das Dekolleté von Sabina.

Als sie zu ihrem nächsten Opfer weitereilte, postierte ich mich neben Sergio.

Kapitel zwei aus dem Handbuch für Party-Schnorrer: Hast du den Eintritt erst geschafft, halte rasch Ausschau nach unverfänglichen Plaudereien mit anderen Gästen, eventuell tut es auch ein kleiner Flirt in einer stillen Ecke, falls sich auf die Schnelle bereits eine Gelegenheit dazu ergibt, versteht sich. Wenn der Gastgeber dich entdeckt, wird er denken: Ah, Gitta hat tatsächlich bereits einen Neuen! Oder auch: Hat sie den schon mitgebracht, oder ist er mit jemand anderem gekommen, na, egal, jeder kann ja eine Begleitung mitbringen laut Einladung, das gehört sich so!

Sergio war nicht sehr gesprächig, ich interessierte ihn wohl ebenso wenig wie er mich. Ich ließ den Blick schweifen – und blieb prompt an einer dunkelhaarigen Schönheit kleben, deren atemberaubende Kurven in einem verdammt heißen, engen und obendrein smaragdgrünen Seidenkleid steckten. Der Fummel saß dermaßen eng, sie konnte unmöglich auch nur ein Fitzelchen darunter tragen, es hätte sich unweigerlich abgezeichnet.

Sie stand in meiner Nähe und schien ebenfalls die Gäste zu beobachten.

»Wo ist eigentlich Bruno?«, fragte ich noch rasch und wie nebenbei den schweigsamen Sergio. Es erschien mir wirklich langsam angeraten, den Gastgeber zumindest mal vom Äußeren her abzuchecken.

»Keine Ahnung«, teilte mir Fischauge Sergio knapp und trocken mit.

Aha!

Ich bemerkte, wie die dunkelhaarige Schönheit zu uns herübersah. Sie schien nachdenklich mein Gesicht zu betrachten. Ich lächelte sie an. Mit meinem allerschönsten Lächeln, lange geübt in diversen Schauspielstunden und vor dem Spiegel. Sie lächelte zurück. Selbstverständlich lächelte sie zurück. Sie lächelten immer zurück …

Da trat Maren mit einem Glas in der Hand nahe, verdammt nahe an mich heran. So nahe, die neckischen Rüschchen an ihrem BH hätten mich an der

Nase gekitzelt, wäre die Trägerin nur rund dreißig Zentimeter größer gewesen.

Das war überhaupt das Problem mit Maren. Ich mag große Frauen. Die dunkle Schönheit war bestimmt um die einsachtzig. Okay, auf hohen Absätzen, aber immerhin. Maren war nicht nur zu klein, sie war auch weniger attraktiv als die *Lady in Grün.*

»Na, Patrick, gefällt dir die Party?«, fragte die kleine Maren mit dem großen Busen keck als Nächstes und reckte mir ihr aufreizendes Dekolleté noch mehr entgegen, falls das überhaupt möglich war. Ich stellte fest, dass mir ihr Parfüm auch nicht gefiel, zu süßlich und mädchenhaft, absolut unerotisch.

»Ganz nett hier«, ich versuchte wirklich höflich zu bleiben, trat aber trotzdem einen wahrnehmbaren Schritt zurück. Dabei starrte ich weiterhin wie gebannt zu der Dunkelhaarigen hinüber.

Maren musste meinem Blick gefolgt sein, jedenfalls fing sie plötzlich an, wie wild zu winken.

»Huhuuu, Dorothee, Liebste, hier kann sich jemand an dir gar nicht satt sehen …!«

Dumme Ziege, noch auffälliger geht es wohl nicht, was?

Ich rang mir trotzdem ein Lächeln ab, das ich Maren schenkte, obwohl sie es nicht wirklich verdient hatte. Allerdings wusste ich jetzt immerhin schon mal den Namen der Schönen: Dorothee.

Ich löste mich entschlossen aus Marens Gefahrenzone und trat näher an Dorothee heran.

Noch ehe ich den Mund aufmachen konnte, sagte

sie: »In der Küche ist das Büfett eröffnet.« Sie sah mir direkt in die Augen: »Ich sterbe vor Hunger.«

Ich konnte gar nicht anders, als ihren tiefen Blick heißhungrig zu erwidern – sie hatte mich vollkommen hypnotisiert. »Gehen wir, ich komme mit«, sagte ich.

Während wir unsere Teller füllten, zog sie mich in ein unverfängliches Gespräch. Ich gab ebenso unverfängliche Antworten. Dabei lag die ganze Zeit etwas Unausgesprochenes in der Luft, etwas, was einem die Sinne verwirrte und das Gehirn vernebelte. Mir war völlig klar, ich würde alles tun, um Dorothee heute Nacht noch herumzukriegen. Was ich aß, bekam ich dagegen kaum mit, aber es füllte den Magen und schmeckte, wenn ich mich richtig erinnere, ganz hervorragend. Was will man mehr?

Eine Viertelstunde später war sie es dann, die als Erste die weiterführende Initiative ergriff. Was nicht ungewöhnlich war, immerhin sind Frauen rhetorisch begabter, soll heißen, sie tun mit Worten, was wir Kerle mit verwegenen Blicken und einem schiefen Grinsen nur vage andeuten.

»Wollen wir tanzen?«, raunte sie mir ins Ohr.

Irgendjemand hatte nämlich inzwischen dümmliche Oldies aus den Sechzigern aufgelegt. Ziemlich schnulzig, aber natürlich gut zum Tanzen, vor allem, wenn man dabei in möglichst engen Körperkontakt treten wollte. Wie es schien, wollten die meisten Gäste genau das!

Auch draußen auf der Dachterrasse drehten sich bereits einige Pärchen eng umschlungen und knutschend im Kreis.

Dorothee schmiegte sich in meine Arme und lotste mich während des Tanzens sanft auf die Terrasse hinaus. Sie drängte sich noch näher an mich. Meine Erregung wuchs ins schier Unermessliche, mir war klar, sie musste meine Erektion deutlich spüren. Mein Schwanz spielte verrückt, anders kann ich es nicht ausdrücken. Er spürte deutlich den nackten Frauenkörper durch die glänzende Seide hindurch, wie also sollte er wohl reagieren? Dazu kamen noch die Fantasiebilder in meinem Kopf: Dorothee mit weit gespreizten Schenkeln auf einem Bett liegend, das Kleid über die Hüften hochgerollt. Ihre rasierte Muschi mit der lüstern aufragenden kleinen Schlange in ihrem Nest, seidig schimmernde Schenkel, feucht glänzend von ihrem Saft, der meinem Schwanz den Eintritt ins Paradies verschaffen und versüßen würde …

Plötzlich gingen drinnen alle Lichter an, Wunderkerzen sprühten, die Musik brach schlagartig ab, irgendjemand brüllte: »Wo ist Dorothee? Dorothee, Geburtstagskind …« Und alle fingen prompt an zu singen: »Happy Birthday to you, Happy Birthday to you, Happy Birthday, liebe Dorothee …«

Die Stunde der Wahrheit war gekommen.

SIE war die Gastgeberin – und sie wusste ganz bestimmt, dass sie mich nie eingeladen hatte.

Sie löste sich aus meinen Armen und ging ins Wohnzimmer. Von allen Seiten wurde sie umarmt und geküsst, musste Päckchen entgegennehmen und sich artig bedanken.

Ich lehnte mich mit einer Schulter an den Rahmen der Terrassentür und blieb in dieser Pose stehen. In meiner Situation konnte ich es mir nicht erlauben, verdattert oder gar verunsichert dreinzugucken. Ich spielte lieber die Rolle des unnahbaren Helden, der aus seiner äußerlichen Armut keinen Hehl macht. Nicht zu machen braucht, weil ihm das Herz der schönen Königstochter längst gehört. Denn er ist unwiderstehlich. Punkt.

Als der Rummel endlich etwas nachließ, ging ich wortlos auf sie zu.

Kapitel drei aus dem Handbuch für Party-Schnorrer: Wenn du auffliegst oder aufzufliegen drohst, denk daran – ein Mann hat so lange nicht verloren, solange er nicht sein Gesicht verliert!

Ich zog Dorothee in meine Arme. »Alles Gute, schöne Unbekannte«, raunte ich in ihr Ohr. »Ich würde dir gerne unter vier Augen gratulieren. Gibt es hier irgendwo ein ruhiges Plätzchen?«

Sie musste tatsächlich lachen, nahm mich bei der Hand und zog mich mit sich aus dem Raum. Wir wanderten durch ein anderes Zimmer, offenbar als Bibliothek und Arbeitsraum genutzt, und standen schließlich vor einer verschlossenen Tür.

»Mein Schlafzimmer«, sagte sie und sah mich von schräg unten an. *Ich schwöre, es war von schräg unten. Keine Ahnung, wie sie das machte, immerhin war sie fast so groß wie ich. Egal!*

»Genau hierher wollte ich von Anfang an«, versicherte ich, und das war schließlich nur die volle Wahrheit, nicht wahr?

Es ist doch so: Wenn die beiden Richtigen sich sehen, erkennen sie innerhalb von wenigen Sekunden, was Sache ist. Die Hormone reagieren sofort, die brauchen keinen Small Talk und keine gesellschaftlichen Konventionen.

Wir landeten eng umschlungen auf dem breiten Bett.

»Noch kannst du mich rauswerfen«, raunte ich heiser.

»Das hätte ich längst gekonnt, wenn ich es gewollt hätte.«

Mir wurde schlagartig klar: Ich hatte es mit einer besonders gefährlichen Sorte der Spezies Frau zu tun. Einer, die genau wusste, was sie wollte, und es sich auch nahm. Ohne Rücksicht auf Verluste.

Und jetzt wollte sie mich, aber ich floh trotzdem nicht. Meine Geilheit hatte mich voll im Griff, da war absolut nichts mehr zu machen.

Sie packte zuerst meinen Penis aus und nahm ihn in den Mund.

Ihre Zungenspitze kreiselte und leckte, bis die Eichel zu glühen begann in ihrer warmen Mundhöhle.

Ich schrie auf, als würde ich gefoltert. Es geschah unwillkürlich, die Lust hatte mich voll im Griff, ich wollte mehr, mehr, mehr!

»Was ist? Hast du etwa genug?«

»Nicht aufhören, bloß jetzt nicht aufhören, du lieber Himmel«, keuchte ich.

»Zieh dich aus!«, forderte sie.

Sie sah mir zu – das Lämpchen neben dem Bett verbreitete ein schwaches, rötliches Licht im Zimmer, das alles und jeden im Raum wie weichgezeichnet wirken ließ. Ihre Haut glänzte darin seidig und dunkel. Äußerst attraktiv und sexy. Ich wusste also, wie meine eigene Nacktheit jetzt auf sie wirken musste.

Stolz baute ich mich nach vollbrachter Arbeit vor dem Bett auf, wo sie lässig auf dem Rücken dalag und mich beobachtete. Sie sah beinahe so aus wie zuvor in meiner Fantasie – in ihrem bis zu den gespreizten Oberschenkeln hochgerutschten Seidenkleid. Darunter trug sie tatsächlich nichts, ich hatte mich also nicht getäuscht.

»Willst du dich nicht auch ausziehen?«

Sie sagte nichts, ihre Augen waren unverwandt auf meinen Ständer gerichtet, als wollte sie ihn hypnotisieren, mein bestes Stück.

»Willst du ihn? Nimm ihn dir, er gehört dir für heute Nacht! Du hast vielleicht nur diese eine Chance«, forderte ich sie heraus.

Das war natürlich ein Test. Ich wollte wissen, ob sie Humor besaß. Wenn sie schon zu der gefährlichen Sorte von Weib gehörte.

Sie lachte, zu ihrem und auch zu meinem Glück. Es klang tief, erregend sinnlich und spöttisch zugleich und zeigte sofortige Wirkung auf mich: Mein Schwanz begann zu beben und erhob sich erneut wie eine Pershing kurz vor dem Start.

Sie setzte sich auf und nahm ihn wieder in ihren

Mund. Die Zungenspitze begann erneut diesen äußerst erregenden Tanz auf der Eichel. Unwillkürlich streckte ich ihr die Hüften entgegen und schob ihr meinen Schwanz tief hinein in den Rachen. Am liebsten hätte ich damit ja ihren Gaumen gerieben, traute mich aber nicht. Es gab Frauen, die sich dabei schwallartig übergeben mussten oder sogar einen Erstickungsanfall bekamen. Soweit wollte ich nicht gehen, andererseits war es schwer, sich in einer solchen Situation als Mann zu beherrschen.

Der Instinkt forderte unaufhörlich: »Fick sie in die Kehle. Tief hinunter bis ans Zäpfchen, los, mach schon ...« – aber natürlich gab es irgendwo eine Grenze, auch wenn ich das in dem Augenblick bedauerte.

Sie keuchte, ihre dunklen Augen schienen leicht hervorzuquellen, aber sie entließ mich nicht aus ihrem Mund. Im Gegenteil umfasste sie jetzt auch noch mit Daumen und Zeigefinger einer Hand die Wurzel des Schafts und begann ihn dort sanft zu drücken und zu kneten.

Ich hob regelrecht ab, aber ein Rest von klarem Verstand war mir noch geblieben. Wenn ich jetzt nicht eine Pause einlegte, würde ich nicht mehr lange durchhalten, sondern tief in ihre Kehle hinunter abspritzen.

Nicht, dass daran grundsätzlich etwas auszusetzen gewesen wäre! Allerdings glaubte ich doch, ihr etwas mehr schuldig zu sein – Ladys first, nicht wahr?

»Ich will dich – jetzt!«, sagte ich laut, während ich mit beiden Händen in ihrem langen Haar herumwühlte. Es fühlte sich seidig an. Und übrigens duftete es nach frischen, grünen Äpfeln, ich hatte das während des Tanzens bereits deutlich gerochen. Und genossen. Ich mag grüne Äpfel, seit jeher schon.

Sie warf sich auf den Rücken, mit weit gespreizten Schenkeln. Die dünne Seide des Kleides hatte sich wie von selbst bis über die Brüste hochgerollt, und ich konnte den Anblick ihres nackten Körpers zum ersten Mal in voller Fülle genießen. Und ich konnte riechen, wie geil sie war auf mich.

Das breite Bett beherbergte eine Unmenge von Kissen in verschiedenen Größen. Ich schnappte mir eines davon und schob es unter Dorothees Pobacken.

Ihre Möse war nun höher gelagert als der übrige Körper, völlig meinen gierigen Blicken preisgegeben.

Mit beiden Händen drückte ich die Oberschenkel noch weiter auseinander, bis die glatt rasierte Muschi vor mir aufklaffte wie eine Auster und selbst ihr Innerstes noch offenbarte.

Die Kliti sprang hervor aus ihrem Nest und richtete sich stolz auf. Sie war deutlich geschwollen, fast meinte ich sehen zu können, wie sie bebte, aber das war wohl Einbildung.

Ich befeuchtete die Kuppen meines Zeigefingers und Daumens mit Speichel und nahm die Perle dazwischen, während ich gleichzeitig mit der anderen Hand die äußeren Schamlippen weit aufspreizte.

Hier bereits begann Dorothee unterdrückt zu keuchen, dann zu stöhnen. Ich massierte zuerst sanft die Kliti zwischen meinen Fingerkuppen. Sie wurde prompt spürbar nochmals größer dabei – also steigerte ich die Intensität allmählich und schob schließlich zusätzlich noch einen Finger in das darunter liegende Loch.

Dorothees ganzer Körper wurde von einem Beben ergriffen.

Ich nahm die Finger aus dem Spiel und beugte mich hinunter, um dafür die Zunge einzusetzen. Eine sehr nasse Zunge, reichlich eingespeichelt, als natürliches Gleitmittel. Meine Schöne sollte nicht etwa glauben, ich hätte ein Stück Sandpapier zwischen den Zähnen stecken.

Ich saugte, lutschte und leckte ihre Kliti, steckte dann die Zungenspitze in Dorothees überfließende Grotte und leckte auch hier mit Hingabe, als wollte ich ihren süßen Saft auslutschen.

Sie warf mittlerweile ihren Kopf in den Kissen hin und her und krallte sich mit beiden Händen an den Laken fest.

»Ich will deinen Schwanz!«, forderte sie schließlich stöhnend.

»Gleich«, versprach ich. Und legte ihr eine Hand mit leichtem Druck auf den Unterbauch, knapp über dem Venushügel. Dann züngelte ich sie wieder, härter dieses Mal, rein die Zunge und wieder raus und wieder rein, wobei ich den Druck mit der Hand gleichzeitig ebenfalls verstärkte und allmählich in eine Art Druckmassage übergehen ließ.

Ich wusste, dadurch entspannten sich sämtliche Muskeln im Beckenbereich, war die Blase gut gefüllt, fühlte sich das besonders lustvoll an.

Ich wusste ebenfalls, dass manche Frauen sich hierbei nicht mehr länger beherrschen konnten und erst einige Tröpfchen Urin absonderten, ehe sie unmittelbar darauf explosionsartig kamen.

Dorothee gehörte zu dieser Sorte, wie ich gleich darauf beglückt feststellen durfte.

Mein Schwanz war nun ebenfalls mehr als bereit, das Timing also genau richtig.

In dem Moment, in dem Dorothees Becken begann, sich spürbar unter meiner Hand zusammenzuziehen, schob ich mich zwischen ihre weit gespreizten Schenkel und versenkte mich langsam und genüsslich bis ans Heft in ihrem klaffenden, leise schmatzenden Loch.

Ich bin ziemlich gut gebaut und daran gewöhnt, dass die meisten Frauen in diesem Moment bereits kommen. Wenn sie vorher bereits wahnsinnig erregt waren, versteht sich. Sie fühlen sich durch meinen mächtigen Kolben wie in zwei Hälften gespalten, habe ich mir verraten lassen. Wenn ich langsam und zentimeterweise eindringe, flippen sie vor Ekstase regelrecht aus. Und – HOPPLA!

Dorothees Orgasmus hielt überdurchschnittlich lange an und verpasste meinem Kolben eine höchst willkommene Massage durch heftiges Zucken und Krampfen.

Einfach hinhalten, Patrick, sagte ich mir, *das hier ist fantastisch, genieß es, so was kriegst du nicht jeden Tag geboten. Dieses Mädchen hat dermaßen gut trainierte Muskeln da drinnen, es ist schier unglaublich.*

Ich brauchte tatsächlich kaum mehr etwas zu tun,

ich glaube, zwei oder drei Mal stieß ich am Ende hart in Dorothee hinein, aber das war's auch schon: Eine heiße, glühende Welle jagte buchstäblich durch meinen gesamten Körper, ich bekam sogar eine Gänsehaut, was irgendwie widersprüchlich klingt, ich weiß, aber ich schwöre, so war es.

Mein Schwanz entleerte sich abrupt, während Dorothees mittlerweile tropfende Möse noch immer zuckte und ihre Besitzerin einen unterdrückten Schrei ausstieß.

Hinterher verwandelte sie sich sofort wieder in die vollendete Gastgeberin.

»Die Leute werden sich wundern, wo ich stecke!«, sagte sie, stand auf, strich ihr Seidenkleid glatt und fuhr sich rasch mit beiden Händen durch die Mähne. Und schon wirkte sie wieder wie aus dem Ei gepellt, es war unglaublich.

»Lass dir ruhig Zeit! Du kannst auch hier drinnen bleiben, wenn du möchtest. In spätestens einer Stunde sind sicher alle verschwunden, dann spielen wir weiter, Süßer!« – sie beugte sich herunter zu mir und gab mir einen frechen Zungenkuss, der mich, wäre ich nicht gerade erst gekommen, sofort wieder angetörnt hätte. Jedenfalls versprach er mehr, für später.

»Klingt gut. Ich kenne ohnehin nicht so viele Leute auf deiner Party hier«, ich lachte mein heiseres Schauspielunterricht-Lachen.

»Haha, wen kennst du denn überhaupt?«

Natürlich, das hatte ja kommen müssen! Ladys wie

sie fragen nie direkt, die haben ihre verschlungenen Pfade zur Wahrheit …

»Tja«, sagte ich, »Bruno! Aber der scheint ja nicht hier zu sein.«

»Was Wunder. Ich kenne keinen Bruno, also kann ich ihn ja wohl schlecht eingeladen haben?«

Sie trickste und bluffte also weiter. Allerdings hatte ich ebenfalls nicht vor, klein beizugeben: »Ach, weißt du, Maren kennt ihn, und Sabina ebenfalls. Frag doch die beiden Täubchen nach ihm.«

Das Ablenkungsmanöver schlug voll ein.

»Hast du was mit den beiden? Oder mit einer« – sie zögerte kurz – »oder gehabt?«

»Ist das wirklich wichtig, Dorothee?«, fragte ich zurück. »In jedem Fall ist es Schnee von gestern. Und jetzt geh raus und sieh zu, wie du deine Gäste so bald wie möglich los wirst. Ich glaube, hier regt sich bereits wieder jemand.«

Sie kicherte und machte, dass sie aus dem Zimmer kam. Und ich legte mich gemütlich in die Kissen zurück und schlummerte ein Weilchen. Es war klar, ich würde meine Kräfte heute Nacht noch einige Male brauchen.

8

Verdammter Barkeeper! Du bist ein Mistkerl. Ein attraktiver Mistkerl zwar, zugegeben, aber dennoch ein ganz ausgekochter, ausgebuffter Mistkerl. Und durchgeknallt obendrein.

Wieso mutest du mir zu, diesen Schund zu lesen? Hast du gar keinen Respekt?

Oder eine noch interessantere Frage in dem Zusammenhang: Worauf willst du mich vorbereiten?

Du bezweckst doch etwas mit der ganzen Aktion, so viel ist klar! Wer gibt schon sein Tagebuch so einfach an eine neue Bekanntschaft weiter? Vor allem, wenn es sich um ein solches Machwerk handelt. Das ist doch nicht normal, zumindest in meinen Augen. Und ich vermute ganz schwer, du verbindest ganz spezielle Absichten damit …

Noella legte das »Machwerk« aufgeschlagen neben sich. Völlig unbeabsichtigt hatten sich einige Finger an ihrer rechten Hand selbständig gemacht und waren nach unten abgetaucht. Wo eine hungrige Muschi nach einem großen, harten Schwanz gierte, der sich aufreizend langsam Stück für Stück in sie schob. So wie eben noch gelesen.

Du Mistkerl!

Aber der Mistkerl, der diesen Zauberstab sein Eigen

nannte, schien ja etwas Besseres vorzuhaben heute Nacht …

Noella stöhnte gequält auf: Jetzt waren schon zwei Finger in ihrer feuchten Spalte verschwunden, aber immer noch gierte sie nach mehr.

Das hier ist nicht genug, nicht genug, nicht genug … Sie brauchte irgendetwas, einen Gegenstand, der diesen Hunger, dieses schreckliche Jucken stillte. Ansonsten würde sie unmöglich schlafen können in der Schwüle dieser Nacht.

Noella sprang auf und lief ins Badezimmer. Sie durchwühlte hastig ihre Schminksachen.

Lippenstift? – Zu klein, definitiv.

Tampon? Desgleichen …

Wimperntuschbehälter, Zahnbürste … nichts davon zu gebrauchen, verdammter Mist!

Liebste Claire, hätte ich bloß auf dich gehört und mir einen batteriebetriebenen Vibrator zugelegt. Ich dummes Huhn habe noch gegackert, als du den Vorschlag machtest!

»Ich und einen Vibrator? Also, bitte! Als ob ich das nötig hätte. Männer gibt es doch wie Sand am Meer, und überhaupt …«

Zähneknirschend wühlte Noella weiter in ihrem Reiseschminktäschchen herum. Plötzlich hielt sie ihre Haarbürste in der Hand.

Der Griff war rund und lang genug und immerhin einige Zentimeter dick im Durchmesser. Nicht wirklich dick genug, aber sicher hart genug.

Es musste genügen. Zumindest würde die Härte

nicht nachlassen, bis zum erlösenden Schluss nicht. Was nicht jeder Mann von sich behaupten konnte, nicht wahr? – Kein Wunder, dass Claire eine ganze Sammlung von Vibratoren besaß, immerhin war Huppi auf Viagra, durfte die Pille aber nicht immer schlucken wegen seines hohen Blutdrucks.

Auf Männer war eben auch nicht immer und hundertprozentig Verlass, immerhin ein kleiner Trost in dunkler, einsamer Nacht.

Noella fühlte sich dennoch irgendwie gedemütigt, als sie sich jetzt vor die Badewanne kniete und ihre heiße Stirn auf den Rand legte. Ihre Flanken bebten, ihr Körper schrie nach Sex, vor allem aber auch nach Zärtlichkeit. Letztere konnte die Haarbürste ihr garantiert nicht schenken.

Verdammter Mistkerl Patrick!

Du weißt doch sicher ganz genau, was du mit deinen pornografischen Aufzeichnungen bei deinen Leserinnen anrichtest!

Benutzt du diesen Trick öfter? Ist das des Rätsels Lösung? Öffnet der schmutzige Trick dir am Ende Tür und Tor und Mösen? Ist dies das verborgene Geheimnis?

Liegst du jetzt in deinem Bett und malst dir aus, wie ich es heute Nacht mit der eigenen Haarbürste treibe? Fühlst du wenigstens Mitleid, oder törnen dich diese oder ähnliche Gedanken bloß an?

Du hast kein Schamgefühl, so viel ist schon mal klar. Einerseits bewundere ich das, andererseits verabscheue ich es auch.

Sind alle Barkeeper so?

Oder gar alle Männer?

Ich will zumindest Letzteres nicht hoffen und glaube es auch nicht.

Verdammt, ich hätte wirklich auf Claire hören sollen, nicht nur in punkto Vibrator.

Noella wimmerte leise vor Zorn und gleichzeitiger Erregung, die nicht abflauen wollte. Ihr Körper stand in Flammen, wenn sie bloß an den »Mistkerl« dachte. Es war, als hätte er sie bereits im Griff, als besäße er sie bereits, obwohl im Grunde genommen noch gar nichts zwischen ihnen passiert war.

Er war ein Teufel, ein Magier, ein Verführer, ein Dreckskerl.

Ein Barkeeper! Claire hatte Recht gehabt, von solchen Männern ließ man sich tunlichst nicht umgarnen.

Noella stöhnte leise. Während sie mit einer Hand ihre äußeren Schamlippen spreizte, versenkte sie mit der anderen den Griff der Haarbürste trotzig in ihrer tropfnassen Spalte. Der nagende Hunger ihres Körpers musste gestillt werden, sonst würde er sie die ganze verdammte Nacht lang quälen und am Schlafen hindern.

Sie spürte, wie ihre Muskeln sich um den hölzernen Penisersatz legten, sich begierig an ihm festsaugten. Gleichzeitig fühlte sie, wie ihr die Tränen kamen. Einerseits vor Lust, aber auch vor Qual, denn diese Form der Lust stillte trotz allem nicht wirklich den unermesslichen Hunger, der durch ihr Becken tobte wie ein Orkan.

Sie vermisste die Wärme und den Geruch eines echten Schwanzes, eines lebenden Männerkörpers.

Des Körpers von Patrick.

Der Griff der Haarbürste war wahrlich kein Ersatz, auch wenn er hart genug war und sich sogar drehen ließ, tief drinnen in ihrer Muschi.

Herausziehen, wieder hineinschieben, drehen, vor, zurück, immer heftiger drehen und schieben und stoßen und … jaaah, ich komme!

Die Stärke der Muskelkontraktionen beförderte den unschuldigen Stiel ganz von selbst heraus, die Haarbürste fiel zu Boden.

Noella presste die heiße Stirn noch ein Weilchen gegen das kühlende Emaille der Badewanne. Sie schämte sich und wusste noch nicht einmal genau, warum. Immerhin hatte sie Selbstbefriedigung nie als etwas Schmutziges oder gar Verbotenes angesehen. Ganz im Gegenteil! Es gab eben diese Durststrecken im Leben. Jeder kannte sie – es existierten schließlich immer mehr Singles, vor allem in den Großstädten. Das war doch bekannt, galt mittlerweile als normal.

Sollten die etwa alle darauf warten, bis sich hin und wieder mal ein One-Night-Stand ergab? Ungefährlicher war Masturbation allemal, oftmals auch befriedigender. Auch dies eine Binsenwahrheit, die jeder kannte, aber keiner laut aussprach.

Warum fühle ich mich so … beschmutzt, so erniedrigt, so verärgert?!

Sie wartete, bis ihr Atem flacher wurde und die Zuckungen in ihrem Unterleib abebbten.

Was nicht so rasch abflaute, waren der Ärger und die Empörung darüber, wie dieser verdammte Kerl, ohne überhaupt anwesend zu sein, Macht über ihren Körper auszuüben schien. Sozusagen per Fernwirkung.

Und natürlich der Ärger über die eigene Verführbarkeit und Schwäche: Diese Form von Ärger in Verbindung mit dem diffusen Scham- und Schuldgefühl schmerzte ganz besonders. Das war es: Der Ärger gab den Pfeffer in die Suppe!!

Na warte, Barkeeper!

Das wirst du mir büßen eines schönen Tages. Wenn du in meinem Netz zappelst, versetze ich dir genüsslich den Todesstoß. Kerle wie du haben in der freien Wildbahn nichts zu suchen, sie richten nur Unheil an.

Noella duschte noch einmal ausgiebig. Der prasselnde Wasserstrahl wusch sie rein, schwemmte sogar diese quälenden und überflüssigen Gedanken weg, wie sie zufrieden merkte.

Minutenlang genoss sie den harten Strahl auf ihrer Haut. Anschließend rubbelte sie sich mit einem großen, flauschigen Badetuch trocken, bis ihr ganzer Körper prickelte.

Sie trug eine kühlende Bodylotion auf und fühlte sich plötzlich rundum zufrieden wie ein Baby, das die Mutter liebevoll gebadet und eingecremt hatte.

Nebenan im Zimmer stellte sie dann fest, dass es dort viel zu warm war. Eine feuchte Wärme, wie in den Tropen üblich.

Sie schaltete also die Klimaanlage wieder ein, obwohl sie bei deren Geräusch normalerweise nur schlecht schlafen konnte. Dann schloss sie die Balkontür und schaltete schließlich auch noch die Musik aus.

Plötzlich war sie hundemüde und wollte nur noch schlafen.

Morgen früh würde sie in diesem verdammten Tagebuch noch etwas herumschmökern, so viel war auch klar. Die Neugierde war zu groß, sie musste einfach wissen, wie die Dorothee-Episode weitergegangen war.

»Hey, Prinzessin! Nimm ihn dir, er gehört dir …« – vor Noellas Augen tanzte ein erigierter Schwanz frech herum, der zu allem Überfluss auch noch ausgerechnet in Patricks Stimme zu ihr sprach und sie lockte.

Es war ein bildschöner Schwanz, wohlgemerkt.

Glatt und ebenmäßig, wie aus Ton geformt oder in Marmor gemeißelt. Sie streckte die Hand danach aus, berührte ihn sanft. Er fühlte sich kühl und glatt an.

Sie spürte, wie ihr Becken sich krampfartig zusammenzog, sich entspannte und wieder verkrampfte, immer schneller den Rhythmus wechselte, während sie gleichzeitig versuchte, den riesigen Schwanz mit beiden Händen herunterzuzwingen zwischen ihre Schenkel.

Einmal schien er nachzugeben, er ließ sich willig leiten, aber kurz bevor sie ihn in ihre glutheiße Pussy schieben konnte, entglitt er ihr, er flutschte einfach aus ihren Händen, sosehr sie sich auch verzweifelt bemühte, ihn festzuhalten.

Wieder tanzte er vor ihren Augen herum, während ihr vor Enttäuschung die Tränen übers Gesicht liefen.

»Bitte!«, stammelte sie. »Warum tust du das? Warum verhext du mich? Nur um mich anschließend zu quälen?«

»Ich will dich ganz und gar, mit Haut und Haar!«, sprach der Schwanz mit Patricks Stimme. Dann senkte er sich herunter und glitt in die Mulde zwischen ihren nackten Brüsten. Das fühlte sich gut an, sie schöpfte wieder Hoffnung.

Wieder wollte sie ihn greifen, dieses Mal würde er ihr nicht entkommen – aber er glitt ihr erneut aus den Händen.

Er lachte heiser und spöttisch, während er wieder über ihrem nackten Körper schwebte wie eine Libelle. So nah und doch nicht wirklich greifbar.

»Dreh dich auf den Bauch!«, forderte er plötzlich. »Ich will deinen hübschen Hintern betrachten.«

Sie wälzte sich mühsam in den Kissen herum. Ihr Körper fühlte sich schwer an wie Blei und wollte dem Befehl aus dem Kopf nicht gehorchen. Schließlich gelang es ihr aber doch.

»Spreiz deine Hinterbacken mit beiden Händen. Und grätsche die Beine. Damit ich alles sehen kann, hörst du, alles!«

Auch diese Übung gelang ihr erst unter einigen Mühen, die Muskeln wollten zuerst nicht gehorchen, aber schließlich gelang es ihr doch, unter Aufbietung aller Kräfte.

In ihrer Muschi pochte es wie wild. Und dieses wilde, beinahe hämmernde Pochen war es schließlich, das ihr die Kraft gab, dem Befehl zu gehorchen.

Ihre Muschi brauchte einen Schwanz, dringend. Diesen Schwanz. Sie musste also tun, was er von ihr verlangte.

Sie konnte in dem Augenblick seine Gedanken lesen, ihr war klar, was er plante: Er wollte sie unterwerfen! Erst dann würde er sie verwöhnen.

Sie musste gehorchen, sie würde seine Sklavin sein, eine willige Sklavin, o ja.

Sie hatte keine Wahl … *Bitte, bitte, fick mich, leck mich, fick mich wieder, nimm dir, was du willst, aber fick mich, um Himmels willen!*

»Spreiz die Beine mitsamt Hinterbacken noch weiter!«, lautete der nächste Befehl.

Sie stöhnte so laut im Schlaf, dass sie beinahe davon erwachte. Aber dann riss das Pochen und Jucken in ihrer Muschi Noella erneut zurück in die feuchten Tiefen ihres Traums. Sie wollte nicht erwachen, ein Teil ihres Bewusstseins war sich darüber im Klaren, dass sie die Szene zerstörte, wenn sie erwachte. Sie musste mitspielen, dann würde sie Erlösung finden, vielleicht.

»Leg dir ein Kissen unter den Bauch und die Möse. Dann spreiz die Beine, bis es nicht mehr weiter geht, damit deine Pussy sich ins Kissen presst!«, gab Patricks Stimme die nächsten heiseren Anweisungen.

»Zieh die Pobacken auseinander, bis die Kliti vorne aufspringt und sich am Kissen reibt!«

Es fiel ihr zunehmend leichter, den Befehlen zu gehorchen. Ihr Körper schien kapiert zu haben, worum es ging.

Die ersten Lustschauer, die direkt zwischen ihre Schenkel und weiter bis ins Zentrum jagten, belohnten sie dafür.

Die Kliti rieb sich immer heftiger am Kissen, das allmählich feucht wurde von Noellas Säften.

»Reib dich, Schätzchen, ja, schneller, mehr! Ich werde dich gleich von hinten vögeln, dir meinen dicken Schwanz hineinschieben!« – wieder erklang Patricks heiseres, kehliges Lachen.

Dieser Teufel lachte so unverschämt sexy, es trieb ihr das Blut in die Wangen und gleichzeitig in die Muschi, in die Nippel und sonst wohin …

»Reiben, Prinzessin, schneller, mehr!«

Der heftige Orgasmus, der im nächsten Moment von der Kliti ausgehend durch ihren Unterleib jagte, weckte Noella endgültig auf. Sie zitterte am ganzen Körper und biss gleichzeitig in ihr Kopfkissen, um nicht laut aufzuschreien.

Mit pochendem Herzen und bebenden Schenkeln lag sie eine Weile da auf dem Bauch, das andere Kissen weiter unten noch immer zwischen die Oberschenkel geklemmt. Es fühlte sich vollkommen feucht an.

Irgendwann übermannte sie dann endlich wieder der Schlaf. Sie konnte sich gerade noch auf den Rücken zurückrollen und auf die trockene Bettseite robben, da fielen ihr auch bereits die Augen zu. Dieses Mal schlief sie traumlos, ihr Körper gab endlich Ruhe.

Als sie erwachte, schnappte sie sich als Erstes das *Episodenbuch* vom Nachtkästchen. Hastig blätterte sie bis zu der Stelle vor, an der sie die Lektüre unterbrochen hatte.

Es folgten wie erwartet noch einige Szenen jener Nacht in Dorothees Penthaus.

Nachdem diese ihre Gäste losgeworden war, kam sie zurück ins Schlafzimmer. Nackt dieses Mal.

Sie brachte verschiedene Massageöle mit und Duftkerzen und ließ sich von ihrem neuen Liebhaber ausgiebigst verwöhnen.

Ach ja, Champagner gab es auch. Und Erdbeeren und Trauben, die Reste vom Büfett. Dorothee kannte einige recht neckische Spielchen, die mit den süßen Früchtchen zu tun hatten, aber die Massageöle zog sie jeder anderen Behandlung vor.

Sie gab genaue Anweisungen, wie sie es haben wollte: tiefer, höher, und jetzt die Innenseiten der Schenkel, dann die Brüste, o ja, das ist gut so …

Nein, nein, sie massierte nicht etwa ihn – Patrick hatte der Lady zu Diensten zu sein. Natürlich. Schließlich war er es, der sich eingeschlichen hatte wie ein Dieb in der Nacht. Dafür hatte er Strafe verdient nach Meinung seiner Gastgeberin.

Er nahm es mit Humor: »Eine Runde Spezial-Erotik-Massage als verspätetes Geburtstagsgeschenk für die wunderschöne Dame des Hauses! Bitte sehr.«

Ausführlich erging er sich in der Beschreibung von Dorothees vollen Brüsten mit den übergroßen Nippeln, die sich unter seinen liebkosenden Händen aufrichteten und steinhart und gleichzeitig so empfindlich wurden: Einmal kam sie angeblich bereits, als er die Knospen abwechselnd in den Mund nahm und mit den Zähnen zärtlich daran knabberte.

Zur Belohnung durfte er sich anschließend auf den Rücken legen. Dorothee ließ sich auf ihn herab und ritt ihn wie einen Hengst. Zuerst feurig, dann langsam und aufreizend und anschließend erneut in wildem Galopp.

Dabei konnte er zeigen, was in punkto Durchhaltevermögen in ihm steckte.

Angeblich war Dorothee höchst beeindruckt von seinen Stehkünsten. Sie zeigte es, indem sie ihre Lust laut herausschrie.

Sie kam noch zwei Mal, ehe er für dieses Mal sein Pulver verschoss. Bis zur nächsten Runde.

An Schlaf war nicht zu denken gewesen in jener Berliner Nacht anno 2000.

Nun ja.

Noella überflog diese Szenen mehr oder weniger nur, sie hatte nicht vor, sich von ihnen noch einmal in erotischen Bann ziehen zu lassen.

Sie stellte sich einfach vor, irgendein Fremder wäre da mit Dorothee zugange gewesen, dann las es sich wie eine durchschnittlich aufregende erotische Geschichte in irgendeinem x-beliebigen Männer-Magazin.

Aber dann stand da plötzlich dieser Absatz: »Und am nächsten Tag bekam ich zuerst einmal ein großartiges, wenn auch sehr verspätetes Frühstück – und anschließend einen großartigen neuen Job!

Jedenfalls war ich zu diesem Zeitpunkt davon überzeugt, doch ein wahrer Glückspilz zu sein. Nun denn, jeder kann sich mal irren, nicht wahr?«

Hastig blätterte Noella um und las weiter …

9

Beim Frühstück auf der Dachterrasse hatten sie ganz normale Gespräche geführt, zum ersten Mal in ihrer kurzen Bekanntschaft. Dabei waren die zufälligen Gemeinsamkeiten zur Sprache gekommen.

»Du bist tatsächlich Barkeeper von Beruf?«

Zuerst hatte Dorothee tatsächlich gelacht. Patrick war nicht beleidigt, aber er stimmte auch nicht in das Gelächter mit ein. Bis ihr endlich dämmerte, wie sehr es ihm Ernst war mit seiner Frage, ob sie nicht einen Job für ihn wüsste, da er sich in der Stadt noch nicht sehr gut auskenne. Wohin man denn ginge als Lady in Berlin, wenn man sich amüsieren wolle?

Gab es da einen Insider-Geheimtipp? Einen, den man nicht in den Broschüren am Touristen-Informationsschalter bekam?

»Ich besitze selbst eine Bar und einen angesagten Nachtclub!«, verriet Dorothee an dieser Stelle. »Ob du es glaubst oder nicht, Süßer! Einen wie dich habe ich gesucht für die Bar. Ich wollte schon eine Annonce aufgeben. Aber das ist nun ja nicht mehr nötig.«

»Ich will allerdings nur über den Sommer bleiben«, verriet Patrick ihr der Fairness halber.

»Aha! Und wo willst du anschließend hin? Konkrete Pläne?«

»San Francisco.«

Das war Patrick nur so herausgerutscht, aber im selben Moment fand er die Idee selbst ebenfalls klasse. Er sagte sich, hier habe sein Unterbewusstsein gesprochen. Und das wusste ja immer zuerst und besser Bescheid als der Kopf.

San Francisco also …

»Aha!«, wiederholte Dorothee. »Jetzt ist aber erst mal definitiv Sommer in Berlin angesagt, nicht wahr?«

Anschließend hatte sie aus dem Kühlschrank in der Küche eine weitere Flasche Champagner hervorgezaubert.

Zum gebührenden Vertragsabschluss …

Noella blätterte weiter. Was sie jetzt nur noch interessierte, war das Ende dieser Episode. Denn ein solches musste es gegeben haben …

Allein schon durch ein wenig Herumschmökern in den *Episoden* – an der Uni nannte man das *Querlesen* – verstand sie bereits die innere Logik oder auch den Spannungsbogen, wenn man so wollte, der sich durch Patricks Aufzeichnungen zog wie ein roter Faden.

Verrückter oder heftiger Beginn einer Affäre – je nachdem. Aber eines von beiden auf alle Fälle. (Mal heftiger, mal verrückter, im besten Fall auch eine Kombination von beidem.)

Ultimativer Höhepunkt.

Abflauen der Leidenschaft oder/und gleichzeitiges

Auftreten eines Ereignisses, das direkt überleitet in das unvermeidliche ...

Ende der Affäre

Berlin, Anfang August 2000

Die Sache mit Dorothee beginnt bereits schwierig zu werden. Aber was habe ich auch erwartet?

So ist es doch immer: Nach einer Weile beginnen sie alle Eifersucht zu zeigen. Ausnahmen bestätigen die Regel!

Sie überwachen dich immer häufiger und gezielter mit Argusaugen: Wo guckst du hin, wer guckt wie und wie häufig zurück, wem schenkst du ein Lächeln und warum, von wem und wie intensiv wird es erwidert ...

Du musst ständig dein Handy auf »Ton aus« stellen. Oder es am besten gleich verstecken: Sie checken gnadenlos jede SMS, die du kürzlich gesendet oder empfangen hast. Pech für dich, wenn du vergisst oder keine Zeit hast, sie sofort zu löschen.

Noch größeres Pech, falls die SMS hereinpfeift in Anwesenheit der Dame: »Wer war das? Ach, lies doch mal vor, worum geht es denn? Geschäftlich oder privat?«

Es spielt keine Rolle, ob der Sex gut ist oder grottenschlecht: Ist er schlecht, wird dir unterstellt, du wärst woanders wohl besser und vor allem engagierter, angeregter, zärtlicher, besessener, interessierter.

Es ist immer die gleiche Leier. Ausnahmen? Siehe oben.

Ist der Sex aber gut, kommt es sogar noch schlimmer: »Du bist so gut in Übung, kannst sogar mehrere Male relativ kurz hintereinander – das bringen nur Kerle fertig, die häufigen Verkehr mit wechselnden Partnerinnen haben! TRAINING, verstehst du?« – du nickst bejahend, weil du ja nicht dumm bist. Das wird dir natürlich gleich leid tun ...

»Das ist wie bei den Sportlern. Das tägliche Training macht den Meister, sonst nichts. Das ist wissenschaftlich erwiesen. Du brauchst gar nicht so zu grinsen! Talent ist nur die eine Seite, denn ohne Training verkümmert es. Das hat neulich sogar in der *TAZ* gestanden. Und in der *BILD*, obwohl ich die ja eigentlich nicht lese. Aber mein Friseur hat sich darüber höchst amüsiert ausgelassen, dabei ist der schwul, hahaha!

Die *Cosmopolitan* hatte letzten Monat das Thema glatt auf dem Titelblatt an erster Stelle gelistet. Alle meine Freundinnen haben sich die Nummer nur deswegen gekauft. Genau wie ich.

Was hast DU schließlich zu dem Thema zu sagen, Patrick?«

»Ich? Aber Schatz, das hat doch mit mir – mit uns – ganz und gar nichts zu tun. Mit uns ist es deshalb – und nur deshalb – so gut, weil wir so super im täglichen Leben harmonieren. Wir verstehen uns, wir mögen uns, wir teilen dieselben Interessen, wir arbeiten zusammen ... das alles wirkt sich positiv auf unser Sexleben aus. Freu dich doch einfach darüber!«

Hilft es etwas, das Erklären und Beteuern und Dementieren und Plädieren an die Logik?

Schön wäre es, tut es aber natürlich nicht.

So läuft das nicht, wäre ja auch zu einfach, zu männlich-schlicht: Weiß ist Weiß, und Schwarz ist Schwarz. Sex ist Sex, und Liebe ist Liebe.

Eine Art Kreuzverhör folgt unmittelbar auf diesen Versuch einer halbwegs vernünftigen und damit nachvollziehbaren Erklärung.

»Seit wann warst du gleich noch einmal Single, ehe wir uns trafen?«

»Zwei Monate etwa. Vielleicht etwas kürzer, vielleicht etwas länger, was weiß ich. Die Zeit verging ja so schnell, außerdem fasste ich damals auch gerade den Beschluss, von Bayern nach Berlin zu ziehen, ich war ganz schön beschäftigt, weißt du.«

»Ach ja, womit denn?«

»Na, die Fremdsprache zu lernen zum Beispiel.« An dieser Stelle musst du lachen, weil du den Witz naturgemäß saukomisch findest.

Dorothee fand ihn alles andere als saukomisch: »Patrick! Ich finde das nicht witzig! Ich versuche, ein ernsthaftes Gespräch mit dir zu führen. Immerhin bin ich auch noch deine Chefin, schon vergessen?«

»Hör zu, Liebes. So lasse ich nicht mit mir umspringen, hörst du? Wenn du nicht zufrieden mit mir bist, in welcher Hinsicht auch immer, dann sag es einfach. Ich bin immer ehrlich mit dir gewesen, von Anfang an. Und ich erwarte dasselbe von dir. Wenn du also nicht zufrieden bist, kündige ich heute schon und kaufe das Ticket nach Frisco.«

Das wollte sie dann doch nicht, also lenkte sie ein.

Wir feierten die Versöhnung anschließend sofort und auch recht wild in ihrem Büro. Auf dem Schreibtisch.

Natürlich flatterten dabei alle Papiere zu Boden, aber das machte ihr in dem Moment nichts aus, wie sie behauptete.

Das spielte sich also vor einigen Tagen ab, seither bin ich auf der Hut. Aus Erfahrung weiß ich, es wird ein nächstes Mal geben, die Eifersucht und die anschließende Szene werden größere Ausmaße annehmen, die Versöhnung schon länger auf sich warten lassen und weniger intensiv ausfallen.

Die Spirale dreht sich bereits, und zwar beschleunigt in Richtung nach oben hin. Oder nach unten, je nachdem, wie man es persönlich sieht. In jedem Fall ist es jedoch die falsche Richtung. Immer! Ausnahmen – ACH WAS!!

Bin gespannt, wer zuerst abhebt. Dorothee oder ich.

Vielleicht sollte ich mein Flugticket doch schon mal kaufen.

Berlin, Ende August 2000

Überschrift: Die *Yasmin-Episode*

Also, es war wirklich nicht meine Schuld! Sie kam eines Nachts herein und steuerte direkt auf den einzigen freien Barhocker am Tresen zu. Eine Frau wie eine Rakete, ungelogen.

Um es vorwegzunehmen – ihr Name ist nicht wirklich Yasmin. Das ist nur der Tarnname, den ich ihr für meine Aufzeichnungen verpasst habe, außerdem passt er zu ihr.

Sie ist eine Frau Doktor. Der Kunstgeschichte. Nicht der Medizin. Vor allem aber ist sie die Direktorin eines bekannten öffentlichen Gebäudes in der Stadt. Deshalb auch der Tarnname. Und die diskrete Umschreibung »öffentliches Gebäude«.

Ich kann und will sie nicht – wie heißt es so schön? – kompromittieren.

In dieser Nacht wusste ich das allerdings zunächst noch nicht – das mit dem Titel und dem abgehobenen Job.

Ich sah nur den dunklen und glänzenden französischen Pagenkopf, der sie so verdammt sexy aussehen ließ.

Weiter sah ich die rot geschminkten und feucht glänzenden Lippen und die riesigen dunklen und ebenfalls glänzenden Augen mit den langen Wimpern.

Die Zigarettenspitze zwischen den halb geöffneten Lippen.

Die überlange Perlenkette, das kurze, schwarze Hängerkleidchen, die Netzstrümpfe, die superhohen und knallroten Pumps dazu.

Die zierliche Figur mit der schmalen Taille, die hoch angesetzten apfelförmigen Brüste in dem halbrunden Ausschnitt des Kleides.

Sie wirkte nicht billig oder gar vulgär, aber so verteufelt sexy und attraktiv und gleichzeitig gefährlich – ich schaute mich instinktiv rasch um, ob nicht Dorothee irgendwo auf Beobachtungsposten herumschlich.

Dann fiel mir zum Glück – oder Pech, je nach Sichtweise – wieder ein: Dorothee musste den heutigen Abend im Nachtclub verbringen. Sie hatte einen neuen Manager eingestellt und konnte ihn nicht völlig unvorbereitet einfach sich selbst überlassen.

Yasmin lächelte mich an.

Dann sagte sie: »Keine Sorge, die Chefin ist schwer beschäftigt, es geht schließlich ums Geschäft, und in dem Punkt kennt unsere liebe Dorothee kein Pardon. Aber das wissen Sie sicher ebenso gut wie ich, Patrick, nicht wahr?«

Ich zeigte kein Erstaunen, ich kapiere ja immer schnell.

»Sie sind eine Freundin von Dorothee? Was darf ich Ihnen bringen?«

»Einen Whisky auf Eis. Wir sind gute Zweck-Bekannte, sagen wir mal so. Dorothee und ich kennen einige wichtige Leute in dieser Stadt näher. Man trifft sich auf Vernissagen, Konzerten und Premierenabenden. Da wir beide keinen Gattinnen-Status vorweisen können, sondern eigene Visitenkarten besitzen, fehlen uns ab und an die passenden männlichen Begleiter. Da tut Frau sich dann schon mal notgedrungen zusammen.«

»Verstehe«, sagte ich und zwinkerte Yasmin zu.

Und es war ja auch leicht zu verstehen – erstens hatte sie es brillant auf den Punkt gebracht, und zweitens kennen Barkeeper sich berufsbedingt in solchen gesellschaftlichen Spielchen ebenfalls aus. Vor allem, wenn sie wie ich auch noch sehr gute Beobachter sind.

Und sehr gute Barkeeper sind immer sehr gute Beobachter.

Als ich den Whisky vor ihr abstellte, sagte Yasmin: »Dorothee hat einen Narren an Ihnen gefressen, Patrick. Aber das ist sicher ebenfalls kein Geheimnis für Sie. Wie auch immer, nachdem sie so von Ihnen geschwärmt hatte bei unserem letzten Treff, hat mich doch allmählich die Neugierde geplagt. Als sie mich dann gestern anrief und dazu einlud, heute Abend in den Nachtclub zu kommen und ihr Gesellschaft zu leisten, da ...« – Yasmin brach ab, sah mir tief in die Augen und lächelte bedeutungsvoll.

An der Stelle dämmerte mir zweierlei: Ich hatte es wieder einmal zu tun mit einer von der Sorte »Powerfrau« und »Ich nehme mir immer und überall, wonach mir gerade ist, und zwar ohne Rücksicht auf Verluste!«.

Und außerdem wäre es besser, zumindest dieses Mal tatsächlich die Finger von der Sache zu lassen. Ehe sie mir am Ende noch über den Kopf wuchs.

Eine Tigerin war schon schlimm genug. Kam jedoch eine zweite ins Spiel, wurden unweigerlich wechselseitig Maßnahmen zur Revierverteidigung ergriffen.

Oder mit anderen Worten: Eine schlich immer misstrauisch um die andere herum, je nachdem, welche von beiden gerade die fettere Beute im Revier sitzen hatte.

Heute Abend war ICH die fette Beute im Revier, so viel war absolut klar.

Und natürlich wusste ich auch: Die Beute bleibt die

Beute, da kann sie machen, was sie will. Die Beute zieht immer den Kürzeren, sprich: Sie wird verschlungen.

Von welcher der beiden Tigerinnen, das kann ihr dabei letztlich völlig egal sein.

Zunächst sah es so aus, als würde mir die Entscheidung gnädigerweise abgenommen. Aber so läuft das Leben natürlich nicht. Und so sind auch die Frauen nicht, ich hätte es besser wissen müssen.

Yasmin trank ihren Whisky zügig, während ich mich anderen Gästen widmen musste. Immerhin fühlte ich ihre Blicke stetig auf mir ruhen.

Ja, mir wurde heiß davon.

Ja, ich malte mir diverse Szenen aus, die heute Nacht noch ablaufen *könnten!* Immerhin verbrachte ich nicht alle Tage die Stunden nach der Arbeit in Dorothees Penthaus, wir lebten nicht zusammen, jedenfalls nicht wirklich. Heute würde sie außerdem noch mit dem neuen Nachtclub-Manager eine Kleinigkeit essen und trinken müssen, das gehörte sich so für eine gute Chefin.

Dorothee war durch und durch Geschäftsfrau, das vergaß sie auch höchst selten. Ich sei in dieser Hinsicht eine Ausnahme gewesen, sagte sie mal. Mich hätte sie sich »gegönnt«, obwohl sie normalerweise Geschäftliches und Privates strikt trenne …

Ja, ich dachte darüber nach, während ich Cocktails mixte und Drinks einschenkte, wie ich aus der günstigen Gelegenheit heute Nacht eine reale Gegebenheit machen könnte.

Na und?

Welcher Mann sagt schon: »Nein, danke!«, wenn es ihm angeboten wird?

Yasmin leerte ihr Glas, ich wollte ihr gerade meinerseits einen neuen Drink anbieten, da beugte sie sich über den Tresen zu mir herüber. Ich dachte noch, sie wollte mir vertraulich etwas zuflüstern, da spürte ich, wie ihre Zungenspitze in meine Ohrmuschel glitt.

Unwillkürlich zuckte ich zusammen, das Gefühl war hoch erotisch und erregend zugleich, gesteigert noch durch das Überraschungsmoment – ich wusste augenblicklich: Jetzt hatte sie mich endgültig an der Angel.

»Ich muss rüber in den Nachtclub, Freunde sollte man niemals enttäuschen. Und ich hab's versprochen. Komm doch morgen Vormittag so gegen elf Uhr in mein Büro. Da sind wir ungestört, die wichtigen Termine finden alle erst am Nachmittag statt.«

Und damit war Yasmin auch schon weg. Neben ihrem leeren Glas lag ein Zwanzig-Euro-Schein. Und darunter eine Visitenkarte.

Am nächsten Tag im Büro – lieber Himmel, das war kein Büro, das war eher eine Kunsthalle – trug sie ein weißes, schlichtes Kleid, etwas dezenten Goldschmuck dazu und nur wenig Make-up.

Sie sah einfach umwerfend aus. Eine kühle, elegante Lady, der selbst die Sommerschwüle scheinbar nichts anhaben konnte.

Eine Sekretärin führte mich zu ihr und zog sich anschließend sofort diskret zurück.

Yasmin stand an einem der hohen Fenster, im Gegenlicht, als ich auf sie zutrat.

Unter dem weißen Kleid konnte ich deutlich die Umrisse ihres makellosen Körpers ausmachen. Sie wusste dies natürlich, Frauen wissen so etwas immer.

Und ich wusste, all dies war kein Zufall, weder die Farbe der Kleidung noch die Platzierung im Gegenlicht. Die Szene war gestellt und hieß: *Patricks Verführung*.

»Hallo, Patrick! Schönen guten Morgen. Was für ein herrlicher Tag! Ich habe mir gedacht, wir könnten ein wenig im Park spazieren gehen.«

»Guten Morgen, Yasmin! Ich hatte gehofft, wir hätten im Büro ein Stündchen für uns ganz alleine.«

Sie legte den Kopf in den Nacken und lachte heiser. »Hast du schon mal gewisse Spielchen in der Öffentlichkeit gespielt?«

»Wie bitte? Ich ... äh ... ich glaube nicht. Es sei denn, ich hätte eben etwas falsch verstanden.« Natürlich lachte ich jetzt auch. Wenn auch nur, weil sie so offensichtlich amüsiert wirkte.

»Du hast schon ganz richtig verstanden. Ich treibe es gerne in der Öffentlichkeit, weißt du? Es erregt mich über alle Maßen. Die Gefahr, dabei aufzufliegen, erwischt zu werden, macht die Sache doppelt reizvoll. Vor allem in meiner Position. Stell dir bloß mal die Schlagzeilen am nächsten Tag in der Presse vor, wenn das passieren sollte.«

Sie löste sich jetzt von dem Fensterrahmen und damit aus dem Gegenlicht und trat auf mich zu. Sie sah mir in die Augen.

»Ich habe gleich gewusst, du bist der richtige Mann und Partner für diese Art von Abenteuer. Als Dorothee mir neulich erzählte, wie du dich einfach auf ihrer Geburtstagsparty eingeschmuggelt hast, da wusste ich Bescheid! Ein Mann, der so etwas derart cool und kaltschnäuzig durchzieht, der macht noch ganz andere Sachen. Auf einen wie dich habe ich gewartet, seitdem ich diese Fantasie zum ersten Mal ausgesponnen habe.«

An dieser Stelle musste ich plötzlich an Oskar und die Gattin des Bürgermeisters in meiner kleinen Heimatstadt denken. Und daran, wie ich genau diese kleine Geschichte immer als *Wichsfantasie-Vorlage* benutzt hatte, wenn ich auf meinem Bett liegend mir selbst Erleichterung verschafft hatte.

Ich legte meine Hand leicht um Yasmins nackten Oberarm: »Gehen wir!«, sagte ich. »Schade um jede Minute, die wir hier drinnen vergeuden.«

An dieser Stelle unterbrach Noella kurz die Lektüre. Ihr Magen knurrte plötzlich und wollte anscheinend dringend mit etwas Essbarem gefüllt werden.

Sie warf einen Blick auf das Display ihres Handys: Es war bereits Mittag, Ortszeit Key West.

Zu Hause in München demnach also gerade Zeit zum Frühstücken, für Noella seit jeher die wichtigste Mahlzeit des Tages überhaupt. Den Mensa-Mampf mittags ersparte sie sich meistens.

Ihr Körper tickte also noch im alten Rhythmus, deshalb war ihr auch das Aufstehen so wenig verlockend erschienen, aha! Wie auch immer – sie würde jetzt jedenfalls noch rasch die nächsten paar Seiten von Patricks *Episodenbuch* verschlingen. Die Neugierde war sogar stärker als das Hungergefühl. Außerdem gab es im *RAMADA* einen recht ordentlichen Coffee-Shop mit American Breakfast rund um die Uhr. Den würde sie anschließend – nach »Patricks Verführung« – direkt aufsuchen. Ihr Magen würde nicht mehr allzu lange darben müssen.

Nach dem Frühstück oder eher Lunch würde sie dann zusehen, wie sie am besten und schnellstens zu ihrem Leihwagen käme. Sie hatte den roten Jeep Mustang nahe der *Crocodile-Bar* am Abend zuvor hoffentlich legal geparkt. Dieser Umstand war ihr eben wieder eingefallen. Patrick hatte sie ja nicht mehr fahren lassen in der Nacht. Womit er natürlich ausnahmsweise mal eine gute Tat vollbracht hatte.

Sobald sie den Jeep wieder in ihren Besitz gebracht hatte, war unbedingt Strand angesagt, immerhin wollte sie so ganz nebenbei auch noch etwas Urlaub genießen.

Wer hätte auch ahnen können, wie heiß gleich die ersten Recherchen zu ihrer geplanten Abschlussarbeit ausfallen würden?

Nun, Claire vielleicht, das ausgebuffte Biest, die hörte ja öfter mal das Gras wachsen, wenn es um gewisse Lieblingsthemen ging. Selbst in Sachen Barkeeper waren ihre Bemerkungen nebst Vorwarnungen treffend gewesen, fast schon unheimlich treffend.

Woher weiß Clairchen das bloß alles, fragte sich Noella wieder einmal. Es war ihr tatsächlich ein Rätsel, wie die Freundin neben dem Studium noch die Zeit fand, Männer- und Lebenserfahrungen zu sammeln, von denen sie selbst nur träumen konnte.

Wie auch immer: Später würde sie der Freundin jedenfalls eine lange E-Mail schreiben. Claire würde sich köstlich amüsieren über die Patrick-Geschichte, so viel war klar.

Und schon versank Noella wieder in der Yasmin-Episode.

10

Wir standen an der Bürotür. Ich dicht hinter ihr, damit ich die harte Beule in meiner Hose an ihrem hübschen, birnenförmigen Po reiben konnte.

»Falls du einen Slip tragen solltest, ziehst du ihn jetzt besser schon mal aus«, raunte ich in Yasmins Nacken.

Während sie wortlos meiner Anregung nachkam – das hauchdünne Seidenteil ließ sie dabei einfach zu Boden segeln –, schnappte ich mir aus der großen Blumenvase auf ihrem schicken Schreibtisch einen Stängel. Dessen unteres, unschön tropfendes Ende brach ich ab.

Die Blüte war genau richtig für meine Zwecke, eine schlichte, weiße Margerite: Sie würde keine Flecken von Blütenstaub auf dem schneeweißen Kleid meiner Gespielin hinterlassen.

Yasmin wollte das Kleid eben wieder über ihre nackten Hüften herunterstreifen, da griff ich beherzt ein.

Ich hielt den Stoff fest und konnte nun zuerst einmal in Ruhe den wirklich wohlgerundeten Po mit dem kleinen Grübchen darüber besichtigen.

Ich fahre nämlich schon immer besonders auf die weiblichen Hinterbacken ab, und diese hier bildeten ein besonders appetitanregendes Pärchen.

Die Haut schimmerte zart und seidig, der dunkle Spalt lockte mich dermaßen, ich musste einfach schon mal nachsehen, was er in seiner Mitte verbarg.

Mit einer Hand spreizte ich die Backen, gerade so viel, bis ich das enge Loch dazwischen erspähen konnte.

»He, du Frechdachs, was machst du da?«, gurrte Yasmin. Es klang keineswegs so, als wollte sie meinen Tatendrang bremsen, also machte ich weiter.

»Nimm die Knie ein wenig weiter auseinander, und du wirst schon sehen!«

Ich knabberte ein bisschen von hinten an ihren Ohrläppchen, ließ meine Zungenspitze dabei auch in die Muschel gleiten, wie sie selbst es in der Nacht zuvor in der Bar bei mir getan hatte. Immerhin war ich schon immer ein wissbegieriges Kerlchen gewesen, hatte jede sich bietende Möglichkeit zur Fortbildung und zum sofortigen Ausprobieren des neu Gelernten genutzt. Learning by doing, wie die Amerikaner sagen.

Yasmins Knie waren unterdessen tatsächlich weit genug gespreizt, das dunkle Venus-Dreieck weiter oben zwischen den Schenkeln tat sich dadurch einladend auf.

Das konnte ich zwar momentan nicht sehen, weil ich ja hinter ihr stand, aber ich wusste es aus Erfahrung. Schließlich hatte ich schon öfter mal im Stehen und von hinten gevögelt. Sogar schon einmal in einem anderen Büro, wie mir gerade eben wieder einfällt. Aber das ist eine andere heiße Geschichte.

Ich führte den Blumenstängel zunächst nur ein wenig in der Lücke zwischen den Oberschenkeln spazieren.

Von hinten am Po beginnend, schob ich ihn langsam nach vorne durch. Mit der Blüte voraus. Diese liebkoste dabei die gesamte glatt rasierte Muschi. Ich sorgte dafür, dass kein Millimeterchen ausgelassen wurde.

Und der Stängel glitt dabei direkt an der feuchten Spalte entlang und sorgte dort für zusätzliche Stimulation.

Yasmin schien das Ganze auch sehr zu gefallen, sie spreizte die Beine sogar noch weiter. Wodurch die schneeweiße Margerite Zugang zu den innersten Geheimnissen der weiblichen Blüte bekam, um es einmal poetisch auszudrücken.

Oder mit anderen Worten: Der Blütenkopf strich über die klaffenden äußeren Schamlippen, stimulierte dann die Klitoris und stupste schließlich auch noch gegen den Eingang dieses anderen dunklen Lochs – in dem ich hoffentlich bald schon meinen eigenen, längst steinharten Stängel versenken würde.

Yasmin stöhnte leise, als ich jetzt versuchte, den Blütenkopf in sie einzuführen.

Es gelang mir auch ein Stück weit, aber dann brach der Stängel in der Hand ab.

Immerhin blieb der Blütenkopf, wo er gerade war, nämlich halb in Yasmins Möse versenkt. Ein gutes Stück des Stiels ragte nun ebenfalls aus ihrer klitschnassen Pussy heraus.

Die andere Hälfte des Blumenstängels war in meiner Hand verblieben. Und damit machte ich mich nun noch an dem rückwärtigen Loch zu schaffen.

Ich spreizte erneut die einladenden Arschbacken und schob den grünen Stängel kühn dazwischen.

Zuerst reizte ich damit den Eingang zum dunklen Geheimnis nur ein bisschen von außen, dann allerdings schob ich den Stiel beherzt hinein, nur ein bisschen zunächst, um zu sehen und zu hören, was passierte.

Yasminchen schnurrte tatsächlich behaglich wie eine Katze. Ich zog den Stiel langsam wieder heraus, versenkte ihn noch einmal und drehte ihn dabei ein bisschen, zog ihn erneut heraus, ehe ich ihn zu Boden fallen ließ.

Dieses Mal griff ich mit der nun freien Hand von hinten zwischen die Schenkel. Feucht war es dort. Es tropfte beinahe wie im Regenwald, um nochmals einen poetischen Vergleich zu benutzen.

Mein Daumen fuhr zwischen die fleischigen Lippen und teilte sie erneut, wie zuvor schon der Blütenkopf.

Ich fand die erigierte Perle in ihrem Nest und liebkoste sie zärtlich. Sie dankte es mir, indem sie noch einmal anzuschwellen schien.

Unmittelbar darunter fühlte ich jetzt auch den Margeritenkopf, wie er da zerzaust und schlapp vor Feuchtigkeit hing, halb drinnen, halb draußen.

Die unschuldige Blüte war längst völlig durchtränkt von Yasmins Säften. Also ließ ich meinen Daumen die glitschigen Überreste sanft entfernen, wobei er natürlich auch unversehens tiefer hineingeriet in den dunklen, feuchten Schlund.

Währenddessen schnurrte Yasminchen immer lauter, ihr Atem ging heftiger, und sie drängte ihr nacktes Gesäß fordernd gegen die stetig härter werdende Ausbuchtung in meiner sommerlichen Leinenhose.

War dies die Aufforderung zum Tanz?

Ich hatte mittlerweile wirklich nicht übel Lust, hier und sofort zur Sache zu schreiten, aber sie schien es zu erraten und brach das neckische Spielchen in dem Moment auch schon ab.

»Nicht hier!«

»Nur ein kleines bisschen, bitte, bitte.«

»Nein!«

»Ich stecke ihn nur ganz kurz einen Moment rein. Ich will dich spüren, du bist so unglaublich nass. Was glaubst du denn, wie mich das anmacht?«, raunte ich heiser.

Und wirklich konnte ich mir in diesem Moment beim besten Willen nicht vorstellen, noch länger warten zu müssen. Meine Eier würden im nächsten Moment einfach platzen von dem Überdruck …

»Wir gehen in den Park, sei kein Spielverderber. Im Büro vögeln, das kann jeder Spießer!«

Ich hatte ihn inzwischen aber trotzdem rausgeholt und rammte ihn ihr wortlos von hinten einfach zwischen die Schenkel.

Die Eichel drängte sich dabei wie von selbst zur triefenden Pforte vor, ich brauchte gar nichts weiter zu tun. *Er* fand den Weg von ganz alleine.

Yasmin hörte einen Moment zu mosern auf und hielt dankenswerterweise tatsächlich die Klappe.

Also trieb ich ihn hinein.

Nur ein Stück weit, damit sie wirklich Appetit bekam auf mehr. Vielleicht ließ sie sich dann doch noch davon überzeugen, die Sache gleich hier im schönen und geräumigen Büro durchzuziehen. Der riesige, aufgeräumt aussehende Schreibtisch mit seiner hübschen Marmorplatte bot sich doch geradezu an.

Nach Abenteuer im Park stand mir der Sinn dagegen eher weniger, um ehrlich zu sein.

Der Park und die Öffentlichkeit war *ihre* Fantasie, nicht meine.

Aber natürlich hatte ich die weibliche Durchsetzungsfähigkeit mal wieder unterschätzt.

Mein Schwanz flutschte aus der glitschnassen Möse heraus – einfach, weil deren Besitzerin es so wollte. Dabei kam ich gerade eben so richtig schön in Fahrt.

Yasmin drehte sich zu mir herum. Sie presste ihre geöffneten Lippen auf meinen Mund. Ich spürte ihre Zunge an meinen Zähnen und gewährte gehorsam Einlass.

Sie küsste wirklich gut, das musste selbst ich ihr lassen. Ich hätte es nicht besser gekonnt.

Das war der schöne Part, der unschöne war, dass sie dabei gleichzeitig meinen Schwanz zurück in den Stall steckte und diesen dann auch noch sorgfältig verschloss.

Okay, sie bemühte sich immerhin um einige Trostpflaster: ihre schlanken, kühlen Finger betasteten dabei den Schaft ausgiebigst von oben bis unten.

Auch die Haube vorne drauf durfte sich freuen: Yasmin wusste durchaus, wie man mit Hilfe einer kreisenden Fingerspitze die Eichel zum Glühen brachte.

Prompt spürte ich den ersten Lusttropfen hervorquellen und schnurrte nun meinerseits vor Vergnügen.

»Gefällt dir das, Tiger?« Yasmin kicherte anzüglich. »Gleich gibt es mehr davon, aber draußen, unter freiem Himmel!«

Und damit sperrte sie den Tiger endgültig wieder in seinen Käfig ein.

»Komm!«, sagte sie anschließend und strich ihr weißes Kleid glatt.

Natürlich fügte ich mich. Was blieb mir auch anderes übrig?

Sie ging vor mir her, als wäre ich ein normaler Besucher, dem sie eben einen Rundgang durch die heiligen Hallen gewährte.

Aber ich wusste: Ihr Saft lief jetzt gerade an den Innenseiten der Oberschenkel herunter. Und ihre Muschi schrie nach meinem Schwanz!

Und über beide Tatsachen freute ich mich diebisch.

Gleichzeitig allerdings drehte sich in meinem Kopf auch das Ideenkarussell: Ich musste mir rasch eine andere Variante einfallen lassen und Yasminchen damit ködern. Denn in den Park wollte ich mit ihr wirklich nicht!

Erstens herrschte draußen eine ziemliche Hitze.

Und zweitens verspürte ich überhaupt keine Lust

darauf, womöglich tatsächlich beim Sex im Freien erwischt zu werden und eine Anzeige wegen Erregung öffentlichen Ärgernisses zu riskieren.

Wäre es Nacht, dunkel und einigermaßen menschenleer da draußen und das Risiko dadurch vergleichsweise kalkulierbar gewesen – okay!

So aber – Yasmin musste total verrückt sein. In ihrer Position konnte sie sich mit Sicherheit einen derart pikanten Skandal nicht leisten.

Frau Direktorin trieb es wild mit fremdem Mann im gut besuchten Park. Und das auch noch während ihrer Arbeitszeit, den hart malochenden Steuerzahler wird's freuen. Mit großer Schlagzeile in der Schmuddelpresse!

Das wär noch was!

Ich trat hinter ihr aus dem Büro heraus und entdeckte plötzlich die Möglichkeit, nach der ich gesucht hatte.

Schräg gegenüber stand eine Lifttür einladend offen, und nach unten mussten wir sowieso, wenn wir das Gebäude verlassen wollten.

Ich zog Yasmin rasch an der Hand in den Aufzug und drückte auf irgendeinen Knopf. Die Türen schlossen sich geräuschlos.

»Hast du schon mal hier drinnen …?« Ich grinste sie verwegen an und griff gleichzeitig provozierend nach dem Reißverschluss an meinem Hosenstall.

»Du bist verrückt!«, raunte sie, aber ihre Augen verrieten sie durch ihren fast schon fiebrigen Glanz.

»Das hier ist sogar mir zu gefährlich«, sagte Yasmin

dann. »Auf einem Stockwerk findet heute eine Art Mini-Konferenz statt. Einige Stadträte und sogar ein Minister sind anwesend. Und eine Gruppe von Schulkindern ist auch irgendwo samt Lehrkörper unterwegs. Das neue Unterrichtsjahr hat gerade begonnen, und da …«

»Aber das ist doch gerade die Würze dabei! Wir könnten gut und gern erwischt werden. Leichter sogar als im Park. Macht dich das denn gar nicht an? Jetzt bin ich aber schon enttäuscht, Frau Doktor!«

Der Aufzug war modern und arbeitete beinahe geräuschlos. Schon standen wir wieder, in Gott weiß welchem Stockwerk, und die Türen glitten lautlos auseinander.

Ich drückte hinter Yasmins Schulter erneut auf einen der Knöpfe, die Türen schlossen sich gehorsam.

Abfahrt …

Ich presste sie mit meinem ganzen Körper an die Wand. Und spürte dabei deutlich, wie sie zu zittern begann.

Angst, Erregung, Lust? Eine Mischung von allem?

Aber dann zog sie selbst den Reißverschluss an meiner Hose mit einem heftigen Ruck nach unten. Ihr Atem ging plötzlich pfeifend, ihre Wangen waren gerötet.

Da wusste ich: Ich war am Ziel. Jetzt oder nie.

Ich musste bloß darauf achten, mich so weit in der Gewalt zu behalten, dass ich im Bedarfsfall die Stopp-Taste drücken konnte. Wir würden dann bei geschlossenen Türen im Lift stecken, und mir sollte genügend

Zeit bleiben, die Sache zu einem guten Abschluss zu bringen.

Yasmin wog jetzt meinen Schwanz in der Hand, ich zog ihr gleichzeitig das Kleid nach oben, dann steckte sie sich auch schon meinen ungeduldigen Kolben tief in die klitschnasse Möse.

Plötzlich schien auch sie es eilig zu haben. Der Gedanke, im eigenen Haus erwischt zu werden, behagte ihr wohl doch nicht so ganz, obwohl die Geilheit letztlich über die Bedenken gesiegt hatte.

Ich freute mich, denn nun zogen wir am selben Strang. Außerdem würde sie mich nicht bremsen, wenn ich jeden Moment den »wilden Bullen« spielte. Zeit hatten wir schließlich so gut wie keine. Die Geilheit musste genügen.

Dank der Vorarbeit, die ich noch im Büro der gnädigen Frau geleistet hatte, erlaubte ich mir nun ein ungestümes Vorpreschen.

Ich hatte nicht die geringste Absicht, mich etwa noch ein Weilchen zu beherrschen oder sonst irgendwelche Rücksichten zu nehmen.

Einer Frau, die Gelüste hegte wie Sex in der Öffentlichkeit, der ging es nicht um die zeitraubenden Variationen, die das Kamasutra anpries.

Die stand weder besonders auf Slow Sex noch darauf, mit ihrem Partner während des Aktes auch seelisch zu verschmelzen.

Was eine wie Yasmin brauchte, zumindest gelegentlich, war die harte Lanze, im wahrsten Sinne des Wortes.

Vermutlich hatte sie in punkto Sex bereits so ziemlich alles hinter sich, was sich in der Großstadt einem normalen Frauendasein eben so bot.

Ich stieß sie also mit aller Härte, und das war auch für mich eine nette Abwechslung. Normalerweise bin ich nicht so, ich habe schließlich in meinem Job gelernt, was das Wort »Dienstleistung« bedeutet.

Einmal keine Rücksicht nehmen zu müssen, bloß der eigenen Geilheit den freien Lauf zu lassen, auch nicht an Liebe zu denken oder irgendwelche Folgen, nicht an die Zukunft, nur an diese wenigen Minuten und an mich selbst, bis der Schwanz fast platzt und das Gehirn vorübergehend die Arbeit einstellt: Also, das hat schon was!

Wenn das Blut in den Ohren rauscht und vor den Augen dunkelrote Nebel wabern – in einem solchen Moment kann ich absolut nachvollziehen, warum so viele, auch verheiratete Männer ab und an eine Prostituierte aufsuchen.

Oder ein Luxus-Callgirl, falls sie sich ein wenig mehr leisten wollen und können.

Wie in einer Bar orderst du mit fester Stimme genau das, wonach dir gerade am meisten ist. Du zahlst dafür ja auch unmittelbar und in harter Währung. Mit deinem sauer verdienten Geld. Da darf's auch mal ein bisschen mehr sein, nicht wahr?

Bist du mit der Leistung nicht gleich zufrieden, schiebst du das Glas zurück: »Davon noch einen Schuss mehr hinein, bitte schön. Noch ist mir das Gesöff zu schwach.«

Und es wird nachgefüllt, darauf kannst du dich verlassen. Immerhin bist du der Kunde, und man will schließlich, dass du mal wieder vorbeikommst.

Am Ende zahlst du dann die volle Zeche, auch so viel ist klar. Kopfschmerzen und Katzenjammer am nächsten Tag mit eingerechnet. Du kennst schließlich die Bedingungen und das Risiko. *So what?*

Du brauchst das nicht immer, aber ab und an überkommt es dich eben. Und das Verlangen quält dich so lange, bis du ihm endlich mal wieder nachgibst.

So einfach und simpel ist es tatsächlich.

Normalerweise reagiere ich wirklich auf jedes Seufzen meiner jeweiligen Partnerin, aber mit Yasmin im Lift vergaß ich mich vollkommen.

Ich vergaß mich so sehr, dass ich auch nicht bemerkte, wie der Lift wieder einmal anhielt und die Türen sich öffneten. Weil ich nichts mehr hören und sehen konnte.

Ich spürte nur noch meinen zuckenden Schwanz in ihrer unglaublich heißen Möse, die ihn gleich zu Asche verbrennen würde. Eine Art Hitzewelle jagte durch meine Lenden, während alles an und in mir vibrierte. Es erschien mir, als bekäme ich kleine elektrische Schläge verpasst, ungelogen.

Ihr Hinterkopf wummerte, während ich Yasmin stieß, in regelmäßigen Abständen hart gegen die Aluminiumwände des Aufzugs.

Ihre Hände waren dabei gleichzeitig um meine Hinterbacken gekrallt, ich konnte durch den Stoff der Hose hindurch spüren, wie sich ihre langen, spitzen Nägel immer tiefer in mein Fleisch bohrten.

Den Schmerz nahm ich nur am Rande wahr. Außerdem schien er die Lust sogar noch anzuheizen, also protestierte ich auch nicht (die Blutspuren fand ich erst später in meinem Apartment in der Hose).

Yasmin nahm ebenfalls keine Rücksicht auf Verluste mehr, das war mir jetzt schlagartig klar, warum sollte sie auch? Gleiches Recht für alle.

Wir waren beide dermaßen in Fahrt, es gab kein Zurück. Wenn sie in diesem Moment erneut von mir verlangt hätte, mit ihr in den Park zu gehen, ich wäre ihr auch dorthin gefolgt.

Ob ich es allerdings fertiggebracht hätte, meinen Schwanz vorher aus ihrer Möse zu ziehen, bezweifle ich selbst im Nachhinein noch.

Ich umklammerte und stieß sie auf dem Höhepunkt wenn möglich noch heftiger und schob dabei auch noch zwei Finger in ihren Anus. Letzteres bemerkte ich kaum, es geschah aus einem Reflex heraus.

Während ich mein Sperma in sie schleuderte, verspürte ich einfach das dringende Bedürfnis, jedes ihrer verfügbaren Löcher zu stopfen.

Mein Schwanz in ihrer Möse, die Zunge in ihrem Mund, die Finger in ihrem Hintern …

Für die beiden Ohrmuscheln blieben mir somit leider keine Werkzeuge mehr übrig.

Sie war übrigens bereits kurz vor mir gekommen. Ihre Muskelzuckungen da drinnen beim Orgasmus rissen mich endgültig mit.

Als Nächstes bemerkte ich dann ihren Gesichtsausdruck mit den überrascht geweiteten Augen. Auch hörte ich ein leises Kichern hinter meinem Rücken und drückte daraufhin geistesgegenwärtig einen Knopf auf dem Schaltpult.

Die Aufzugtüren schlossen sich, das spürte ich an einem leisen Lufthauch, der meinen Hinterkopf streifte, und schon entschwebten wir nach oben in ein höheres Stockwerk.

»Himmel, da waren zwei Gören, ein Mädel und ein Junge, vielleicht vierzehn oder fünfzehn Jahre alt!«, stammelte Yasmin, nun doch leicht entsetzt.

Sie befreite sich von mir, schob sich das Kleid nach unten und fuhr sich hektisch durch die Haare.

»Haben sie dich erkannt?«

Sie krauste die Stirn und zuckte dann die Schultern. »Nein, das glaube ich nicht. Außerdem waren die selbst am Knutschen, also, was soll's, die Teenies halten die Klappe. Vielleicht hatten die sogar dasselbe vor wie wir. Die Gören sind ja so was von frühreif heutzutage.«

Ich habe keine Ahnung, ob sie diese kleine Geschichte bloß erzählte, um unserem kleinen Mittagsfick im Nachhinein noch den Touch des verruchten Abenteuers zu verpassen. Ist auch egal: Es war geil, und abenteuerlich genug war es auch, für mich wenigstens.

Und als ich später nach Hause kam, wurde es noch einen Tick abenteuerlicher …

Dorothee wartete vor dem Apartmenthaus, in dem ich wohnte, in ihrem Auto auf mich. Als sie mich kommen sah, stieg sie aus und kam mir langsam ein paar Schritte entgegen.

Das war noch nie passiert, seit unserer Bekanntschaft, aber ich brauchte mich nur kurz zu wundern, denn selbst ihr Gesichtsausdruck sprach Bände.

Ich sage bloß: Frauen und ihr siebter Sinn in Sachen männlicher Untreue!

Sie riechen es einfach, da kannst du machen, was du willst.

Dorothee hatte es auch besonders einfach an diesem schwülen End-Augusttag: Ungeduscht, wie ich war, roch sie sowohl den Sex als auch Yasmins Parfüm sofort auf meiner verschwitzten Haut.

Nun denn, der Sommer war ohnehin fast zu Ende.

Es war Zeit für mich, meine Zelte abzubrechen und mir für den Winter eine besser dotierte Anstellung zu suchen. Mit Uniform und Manager und allem Drum und Dran eben.

Ein seriöses Haus, das später in den Arbeitspapieren für gute Referenzen sorgen würde.

11

An dieser Stelle nun wollte Noella die Lektüre eigentlich endgültig abbrechen, und zwar für immer.

Sie brauchte sich das wirklich nicht länger zuzumuten, diese erotischen Eskapaden eines mittelmäßigen Barkeepers, die er selbst bescheiden *Episoden* nannte.

Ha, was bildete sich dieser Patrick überhaupt ein?

Hielt er sich für einen zweiten Casanova von Gottes Gnaden?

Ein Kerl, der es nicht einmal fertigbrachte, einer Frau, die ihm gefiel, eine normale Margarita zu mixen.

Gabrielle hatte er Zucker hineingeschüttet, und ihr selbst viel zu viel Tequila!!

Wäre das nicht passiert und sie also nüchtern geblieben, dann läge sie jetzt längst in der Sonne am Strand und würde ein gutes Buch lesen statt dieses Schunds hier.

Niemals hätte sie sich von ihm ins Motel fahren und dieses seltsame Tagebuch in die Hände drücken lassen dürfen. Der Kerl war eine männliche Kurtisane, Claire traf wirklich stets den Nagel auf den Kopf mit ihren Typisierungen.

Nun, zumindest würde einer wie er einen witzigen

und damit gelungenen Einstieg in die geplante Abschlussarbeit liefern!

Der Barkeeper und sein Job: Tipps, Tricks und Fallen.

Der Barkeeper und die Frauen: Casanova lässt grüßen

Der Barkeeper und die große Welt: Arbeitsmöglichkeiten weltweit

So weit war Noella durchaus zufrieden mit ihrer Ausbeute. Später würde sie die »Episoden« an den Besitzer zurückgeben und sich aus dem Staub machen. Sie wollte gar nicht erst riskieren, noch mal auf seine blauen Augen und die charmante Art abzufahren.

So unschuldig, wie er dreinblickte, so faustdick hatte er es offenbar hinter den Ohren!

Seine Chance auf einen netten One-Night-Stand mit ihr hatte er letzte Nacht gehabt und leichtfertig vertan.

Sein Pech!

Dummerweise fiel ihr Auge dann doch noch auf den nächsten Text-Passus, und der las sich recht interessant.

Na schön, diese paar Seiten noch!

Ich kann ja schon mal rausgehen an die Pool-Bar, einen Kaffee bestellen und rasch das Geschreibsel hier überfliegen. Und dabei gleichzeitig gucken, was für ein Typ hier wohl bedient. Recherche an breiter Front, sozusagen.

Der Kerl in der rund gebauten, weiß gekalkten und strohgedeckten Bar am Swimmingpool war seinerseits gebaut wie ein Schrank. Muskelpakete »all over«.

Keine Haare auf dem glänzenden Schädel, dafür Piercings in Nase und Zunge sowie auffallende Tätowierungen auf den muskulösen Armen.

Dunkle Samtaugen mit langen Wimpern darüber wie ein Latino. Durchaus attraktive Augen, die den Gesamteindruck schlagartig um hundert Prozent verbesserten. Sie verliehen dem Schrank etwas Liebes, Knuddeliges. Marke Seehundbaby.

Der Rest des Schranks steckte in einer Art Trainingsanzug mit ärmelloser Weste. Beides blütenweiß und damit appetitlich anzusehen. Ein weiteres Plus.

Der Kerl selbst war braungebrannt, aber das waren in Florida ja alle zwischen acht und achtzig.

Er sah gut aus, auf eine männliche Art, was von seinen Schlafzimmeraugen gleichzeitig wieder hintertrieben wurde. Ein Gorilla mit Kinderseele und weisen, sprechenden Augen. Claire hätte ihn vermutlich als »niedlich« bezeichnet.

Ansonsten hieß er Rob und war tatsächlich richtig nett.

»Hey, Babe«, begrüßte er Noella leutselig, als wären sie schon seit der Penne miteinander bekannt. »Hab gedacht, du bist heute Morgen schon ganz früh ausgeflogen, dein roter Jeep stand gar nicht auf dem Parkplatz.«

Noella sagte sich, es wäre besser, erst gar keine Spur von Überraschung zu zeigen. Klar war das gesamte Personal im RAMADA neugierig, war doch normal: Da kam dieses Girl aus Germany »on her own« hier an, war also alleine reisend unterwegs. Im offenen

Jeep noch dazu, mit wehenden langen, dunklen Haaren.

Die übrigen Gäste waren alle Pärchen, meistens mittleren Alters. Die gaben nicht viel her als Gesprächsstoff.

Ebenso wenig das Wetter, die Sonne schien halt wie alle Tage. Bis auf die paar Ausnahmen im Jahr, wenn es mal kurz und heftig schüttete oder gar ein kleiner Hurrikan über die Keys hinwegraste. Aber sonst?

»Gibt es hier irgendwo einen Taxistand? Ich musste den Mustang letzte Nacht unten im Ort stehen lassen, zu viele Margaritas!« Noella schenkte dem sexy Schrank ein strahlendes Lächeln. Immerhin hoffte sie in dem Fall auf seine Hilfe.

Sichtlich entgeistert schüttelte er den Kopf: »Hier fährt doch jeder einen eigenen Wagen, of course. In Amerika geht auch niemand zu Fuß, falls dir das noch nicht aufgefallen ist, Babe. Aber ich bringe dich gern zu deinem Jeep, kein Problem. In einer halben Stunde ist meine Schicht hier um. Ich heiße übrigens Rob!«

Mit einer Pranke deutete er auf das unübersehbare Namensschild an seiner Fleece-Weste, die andere hielt er Noella mit der Handfläche nach oben hin, sie sollte wohl einschlagen.

»Okay, Rob. Das Angebot nehme ich gerne an. Thank you very much.«

Sie legte ihre schmale Hand in seine große, die warm und angenehm trocken war und sofort fest zupackte.

»Autsch, du zerquetschst mir ja die Finger!«, protestierte sie. Woraufhin Rob den Griff zuerst lockerte und ihre Hand dann umdrehte. Er beugte sich vor und drückte auch schon blitzschnell seine Lippen auf die Innenfläche. Anschließend lutschte er noch jede Fingerspitze einzeln ab, wie ein Eis am Stiel, ehe Noella sich ihm entwinden konnte.

»Kann ich einen Kaffee haben, bitte? Stark, heiß und schwarz, nur wenig Zucker«, bestellte sie.

Himmel, Claire, du Teufelsweib! Mit wie vielen Barkeepern hast du es wohl in deinen diversen Single-Urlauben der letzten Jahre getrieben? Jetzt wird mir langsam klar – du hast aus Erfahrung geplaudert, was? Die Typen in solchen Ferien-Ressorts scheinen sich allesamt für unwiderstehlich zu halten. Und vermutlich haben sie damit auch noch in den meisten Fällen Erfolg. Ich bin ja so naiv! Darauf hätte ich wirklich selbst kommen können. Wird Zeit, meine Recherchen auf schickere Bars in großen Städten wie New York oder San Francisco zu verlegen.

Rob stellte den Kaffee vor sie hin. Besonders stark sah das Gebräu nicht aus, aber daran musste man sich in den USA gewöhnen.

»Hast du einen Boyfriend, Babe?«

Aha, jetzt ging das Spiel also in die zweite Runde! War ja auch nur eine Frage der Zeit gewesen, nicht wahr?

Und plötzlich ritt Noella der Teufel. »Nein, im Moment nicht. Und du? Ein Girlfriend?«

»Bin schon seit Monaten wieder zu haben, Babe! Zuerst war's mir ganz lieb so, brauchte Zeit für mich selbst. Und zum Drüberwegkommen. Aber mittlerweile könnte ich wieder schwach werden. Wenn die Richtige vorbeikommt.«

»Die Richtige, soso. Wie müsste die denn sein, die Richtige?«

»Wie du müsste sie sein, Babe, wie du!« Rob lächelte. Ein irgendwie wunderschönes, verhaltenes Lächeln, das ihm Würde und einen intelligenten, wachen Gesichtsausdruck verlieh.

Unwillkürlich fühlte Noella sich berührt: *Himmel, der ist süß! Sieht aus, als hätte er tatsächlich so viel Herz, wie diese Samtaugen versprechen. Nicht wirklich mein Typ, aber ich habe nicht schlecht Lust, ihm zu erlauben, mich zu vernaschen. Ich hab verdammt Lust auf Sex! Patrick kommt nicht in Frage, wenigstens nicht so bald. Der braucht eine Lektion, und außerdem ist es gut für ihn, wenn er zappeln muss. Aber Robbie hier … bei dem fühl ich mich merkwürdig sicher. Ich muss ihm bloß klarmachen, dass es nichts für die Ewigkeit oder so wird. Ich darf ihm nicht das Herz brechen.*

»Sag mal, Rob, ich hab noch nicht gefrühstückt …« – *besser mal kurz das Thema wechseln, außerdem stimmt es, mein Magen knurrt schon wieder zu aufdringlich.*

»Null problemo, Babe! Ich ruf einfach drüben im Coffeeshop an und bestell dir Eier, Schinken und Chips. Die bringen das Frühstück auch hier raus an den Pool. Wie willst du deine Eier denn?«

In weniger als zehn Minuten machte Noella sich heißhungrig über einen Berg Rührei her. Frischer Orangensaft gehörte zum Lieferumfang, und der Kaffee wurde auch gleich unaufgefordert nachgeschenkt, wie üblich im Amiland.

Sie fühlte ihre Lebensgeister umgehend zurückkehren und griff, während Rob sich um andere Gäste kümmerte, nach dem *Episodenbuch.*

Ende September 2000

Allgemeine Gedanken zum Ende der »Dorothee-Yasmin-Berlin«-Episode!

Morgen verlasse ich Berlin in Richtung New York. Habe einen günstigen Flug bekommen und daher kurzfristig meine Pläne mit San Francisco noch zurückgestellt.

Ein Job im Big Apple für eine Weile? Warum nicht – oder eher: natürlich, Superidee, Junge!

Jeder Barkeeper sollte wenigstens einmal in seinem Leben in der City gearbeitet haben, die nie schläft. Das zeugt von Durchhaltevermögen und Cleverness. Außerdem ist es spannend und aufregend. Berlin ist schon okay, aber ich habe hier irgendwie nicht das richtige Feeling entwickelt. Ob es daran liegt, dass ich in Bayern geboren und aufgewachsen bin? Grins …

Jedenfalls habe ich eines gelernt: Viele Berliner Frauen sind knallhart, im Geschäftsleben und beim Sex ebenfalls. Nicht so ganz mein Fall, ich mag es anschmiegsamer und mädchenhafter, eben auf die sanfte Tour. Bayerisch-barock – so nenne ich das.

Hart hat im Grunde genommen nur einer zu sein, und das ist mein Schwanz!

Und nun zum Thema Eifersucht, wieder einmal.

Ich merke, ich bin damit noch nicht durch in meinen schriftlichen Aufzeichnungen aus dem Leben eines Barkeepers. Immer wieder muss ich darauf zurückkommen, fallen mir neue, vorher nicht genannte Punkte und Fakten dazu ein.

Dorothee hat gar nicht erst lange gefackelt, sondern gleich reagiert und hart durchgegriffen.

Okay, im Grunde genommen ist nichts dagegen einzuwenden. Ich hatte in ihrem Fall schließlich Dreck am Stecken.

Sie hätte bloß nicht übersehen sollen, dass mich ihre ganze Art – sowohl als Chefin, als auch privat – überhaupt erst dazu getrieben hat, mich anderweitig ködern zu lassen.

In der Bar hat sie mich behandelt wie einen Lakaien. Und beim Sex im Prinzip nicht viel anders.

Nein, ich habe nichts dagegen, im Bett gefesselt oder auch mal härter angefasst zu werden. Solange man sich einig ist als Paar und vor allem auch mal die Rollen wechselt.

Ich liebe es, einen hübschen Frauenkörper mit duftenden Ölen zu massieren, mit Zunge und Lippen zu erforschen, bis sie überfließt vor Lust und diesen moschusartigen Duft absondert – aber bitte schön! Ist es denn zuviel verlangt, wenn ich mal in derselben Weise verwöhnt werden möchte??

He, Herzensprinzessin!

Sollte dir eines schönen Tages dieses Büchlein ausgehändigt werden als besondere Auszeichnung, dann lies das Folgende unbedingt und jetzt sofort ganz besonders sorgfältig durch! Bitte, bitte …

Denn auch, wenn es wie eine Allerweltsnachricht klingen mag: Männer lieben Oralsex, wenn er gut ist. Und wenn er an ihnen voller Hingabe angewendet wird.

Merke: Nicht jeder Oralsex ist automatisch auch gut, eher im Gegenteil. Ich aber hoffe, du bist eine Könnerin auf diesem Gebiet oder hast das Talent und den guten Willen, eine zu werden.

Sachte Kreiselbewegungen mit der Zunge auf der Haube meines besten Stücks erwecken es umgehend zum Leben und verhelfen ihm zu einer Standfestigkeit, von der du später profitieren wirst, Süße!

Liebevolles Lecken der Eichel törnt den ganzen Patrick ungeheuer an.

Nach einer Weile solltest du deine zärtliche Aufmerksamkeit dann ein wenig verlagern: auf die Unterseite des Lümmels nämlich. Wo so eine Art länglicher Wulst verläuft.

Wenn du den jetzt mit deiner hübschen Katzenzunge ebenfalls zärtlich leckst und auch noch leicht drückst, dann wird der kleine Patrick sogar noch größer und härter werden, versprochen.

Anschließend darfst du dann gerne den ganzen Schaft so tief wie möglich in den Mund nehmen.

Und dabei saugen, Prinzessin. Nicht blasen! Auch wenn man es so nennt. Keine Ahnung übrigens, warum.

Saugen, Süße, saugen!!

Ruhig kräftig rangehen, vielleicht auch noch mit den Fingerchen einer Hand das Ende des Schaftes drücken. Oder besser – das Stück des Schwanzes, welches in deinem süßen Mund keinen Platz mehr findet, sosehr du dich auch bemühst. Du sollst ja nicht ersticken, Prinzessin, sondern ebenfalls Freude am Spiel haben, nicht wahr?

So ein harter Schaft braucht und hält schon eine Portion Druck aus, also keine Angst.

Wenn du Gefühl und Intuition hast – und die hast du sicher, Herzensprinzessin, der Beweis dafür ist, dass ich dir dieses intime Büchlein überhaupt ausgehändigt habe –, also, wenn du beides hast, wirst du schon spüren, wie weit du gehen sollst bei der Druckanwendung.

Auch die Hodensäcke solltest du nicht vergessen, Liebchen! Ein bisschen Streicheln und Lecken auch hier zwischendurch – und du wirst aus Patrick den glücklichsten, verliebtest schnurrenden Kater der Welt machen.

Die Belohnung wirst du in Kürze bekommen, dann nämlich, wenn ich ihn dir endlich reinschiebe.

Wir werden beide zittern und schwitzen vor Lust und vor Verlangen, wenn es endlich so richtig losgeht.

Merke: Alles, was du mir vorher freiwillig gibst, wird dir hinterher mit lustvollen Zinseszinsen wieder ausbezahlt.

Ist das ein Deal, oder nicht?

Dorothee hat das alles nicht kapieren wollen oder können. Ihre Geschäftsmethoden waren einfach zu brutal, zu eigennützig, zu ausbeuterisch-kapitalistisch. Soll natürlich nur ein hinkender Vergleich sein, trifft die Sache aber ziemlich gut. Für mich wenigstens.

Und wie es im Geschäftsleben eben so geht: Eines Tages bekommt der Ausgebeutete ein besseres oder vermeintlich besseres Angebot unterbreitet, das er dann auch annimmt. Es kann ja nur besser werden, denkt er …

Okay, ganz zu Beginn mit Yasmin (und unmittelbar nach dem Ende der Geschichte mit Dorothee) sah es auch danach aus. Immerhin hatten die Frau Doktor und ich beruflich keinerlei Berührungspunkte, und die mischte sich da auch nicht ein.

Auf der anderen Seite aber verfügte sie dank ihrer Stellung über reichlich Kontakte in vielen Bereichen. Weshalb ich auch sofort einen tollen neuen Job in einer wirklich schicken Insider-Bar in Berlin bekam.

Anfangs ging auch alles gut. Sie wartete in ihrer großen, modern-gemütlichen Wohnung auf mich. Und zwar praktischerweise gleich im Bett.

Erst am Wochenende kreuzte sie dann auch in der Bar auf, und schon begann der Ärger.

Auch Yasmin konnte es nicht lassen: Sie folgte meinen Augen, wohin die sich auch wenden mochten. Sie registrierte jedes noch so kleine Lächeln, das einer anderen Frau galt.

Himmel, was für eine Plage! Du fühlst dich ständig unter Druck, und das, obwohl du dich doch auf den Job konzentrieren und nebenbei noch locker-lässig rüberkommen sollst. Schließlich kommen die Gäste gerade in diese Bar, um sich hier vom Alltag zu erholen. Und vom eigenen Beziehungsstress zu Hause. Die wollen gar nicht wissen, ob das arme Barkeeper-Schweinchen auch Ärger mit der eifersüchtigen Freundin hat.

Klar, wenn Madame umgekehrt ein Lächeln oder Blicke von männlichen Bewunderern erntet, darfst du dir hinterher nicht mal die kleinste Bemerkung erlauben.

Sonst heißt es gleich und ziemlich spitz: »Du bist doch nicht etwa eifersüchtig, mein Lieber! Hör mal, das kann ich gar nicht ab, ich hatte schließlich schon Stress genug im Büro!«

Ja, ja, alles klar.

Und jetzt lies wieder ganz besonders aufmerksam, Herzensprinzessin, ich bitte dich!

Eifersucht geht dem Partner nicht nur tierisch auf die Nerven und zerrüttet auf Dauer jede Beziehung.

Tatsächlich treibt sie den anderen überhaupt erst in die Arme eines anderen Menschen!

Es handelt sich quasi um eine sich selbst erfüllende Prophezeiung. Wir alle kennen den Ausdruck heutzutage als gute Hobby-Psychologen, nicht wahr? *Self-fulfilling-Prophecy.*

Das, was du am meisten fürchtest, tritt garantiert ein, sobald du krampfhaft versuchst, dem Ereignis zu entgehen. Oder gar dagegen anzukämpfen.

Ehrlich!

Du kannst es nur verhindern, indem du locker bleibst, am besten gar nicht daran denkst, sondern dich im Gegenteil auf das Positive konzentrierst. In der Beziehung etwa: *Wir sind ein tolles Paar, er und ich. Wir haben den besten Sex der Welt! Er liebt es, wenn ich ihm einen blase … sauge … und lecke, wir haben jede Menge Spaß zusammen. Im Bett und außerhalb. Ich kontrolliere ihn nicht, und er kontrolliert mich nicht! Ich stecke meine Nase nicht in seinen Job, und er seine nicht in meinen.*

Okay, wir reden miteinander über alles, was uns bewegt. Aber keiner kritisiert dabei den anderen. Oder weiß alles besser und macht ständig klugscheißerische Bemerkungen.

Wir respektieren und lieben uns gegenseitig!

Er hat also – ebenso wie ich – nicht den geringsten Grund zum Fremdgehen.

Also wird er es auch nicht tun. Wenn er es doch täte, wäre er mich gar nicht wert und damit auch nicht der Richtige.

Letzteres gilt umgekehrt natürlich genauso.

Ja, Prinzessin, so ist das doch, oder?

Dorothee und Yasmin hatten das beide nicht drauf. Selbst wenn sie der Typ »Herzensprinzessin« gewesen wären, hätten sie es sich selbst kaputt gemacht.

Mit Yasmin bin ich eines Nachts sogar tatsächlich in den Park gegangen für ein Nümmerchen, weil sie es so unbedingt wollte.

Es war auch ganz nett. Obwohl wir hinterher auf einer Bank einen einsamen Stadtstreicher hocken sahen, der sich ungeniert den Schwanz ausgepackt hatte und vor unseren Augen wie wild abschubberte.

Er hatte uns natürlich beobachtet, wie wir es da an einem Baumstamm trieben.

Yasmin mit dem Rock hoch über den Hüften, sich mit den Händen am Baum abstemmend, und ich von hinten in sie rammelnd wie ein Irrer (selbst im Dunkeln wollte ich es rasch erledigen).

Betrunken war er auch noch, der Penner. Klar, um diese Nachtzeit. Seine Hemmschwelle war also extrem niedrig.

Kurz bevor er in hohem Bogen abspritzte, grölte er uns noch unflätig zu, doch »weiterzubumsen«. Er wollte seine lebende Wichsvorlage schließlich nicht vorzeitig verlieren.

Wir machten, dass wir wegkamen. Allerdings war Yasmin nur kurzfristig ein wenig genervt. Sie bekam bald Appetit auf noch mehr Abenteuer in der Richtung, und das allein wäre für mich schon der Grund gewesen, über kurz oder lang das Handtuch zu werfen.

Die aufkeimende Eifersucht aber war dann schließlich der Endpunkt, ich zog die Notbremse.

Dorothee und Yasmin sind tolle Frauen, auf ihre Art. Aber eben auch viel zu dominant, jedenfalls für mich.

Es gibt allerdings wenige Männer, die es mit dieser Sorte Frau auf Dauer aushalten würden, Herzensprinzessin.

Das wirst du sicher verstehen. Und auch, dass du niemals solche Allüren an den Tag legen darfst, wenn du meine Herzensprinzessin sein und bleiben willst.

12

Rob fuhr einen schwarzen Pick-up. Der Anblick erinnerte Noella natürlich sofort an Patricks Gabrielle-Episode.

Gleichzeitig sagte sie sich: *Gut so, jetzt kriege ich also auch mein kleines Abenteuer, und sogar in demselben Wagentyp. Ich nenne das ausgleichende Gerechtigkeit! Vielleicht sollte ich meinerseits ein Episodenbuch anlegen, dann können wir ja später tauschen, mein Freund!*

Sie war sauer, anders konnte man es nicht nennen. Insgeheim lechzte sie sogar nach Rache, wie ihr eben schlagartig klar wurde.

Der verfluchte Patrick und seine Sex-Eskapaden hatten sie auf die Palme gebracht. Mehr, als sie sich während der heißen Lektüre hatte eingestehen wollen.

Und dann auch noch der absolute Gipfel: Ratschläge und Lehranweisungen zum gekonnten Oralsex. Der Typ hatte sie doch nicht alle!

Übersteigertes Selbstbewusstsein, das war es, das hatte er.

Man könnte es auch Arroganz nennen, wenn er andererseits in Natura nicht so einen charmanten und umgänglichen Eindruck machen würde.

Und ich hasse es, ihn mir beim Sex mit einer anderen

Frau vorzustellen. Was bildet er sich eigentlich ein? Dass ich geil werde beim Lesen seiner gesammelten Intimbeichten? Ha! Auch wenn es so ist, ich lasse mich eher vierteilen, als es ihm zu zeigen. Falls das sein Ziel gewesen sein sollte, wird er jedenfalls nichts davon haben. Ich knalle ihm später den Schund auf die Bartheke und mache mich anschließend sofort vom Acker. Patrick-Schätzchen wird sich noch wundern!

»Ich wohne in einer Art Blockhaus, direkt am Wasser. Mit eigenem Bootssteg. Wenn du schwimmen willst, da ist es ideal«, sagte Rob und hielt ihr die Wagentür auf.

Er sah ihr in die Augen mit seinem bettelnden Seehundbaby-Blick, und unwillkürlich nickte Noella. Und lächelte sogar.

Während Rob fuhr, schwiegen sie beide.

Noella ertappte sich dabei, wie sie dachte: *Ich will, will, will ihn! Ich kenne ihn irgendwie schon so gut durch die Lektüre. Ich weiß viel zu viel über ihn, das ist es. Die Gedanken kehren immer wieder zu ihm zurück, auch wenn ich es gar nicht will. Der innere Film lässt sich nicht abstellen, verdammt!*

Sie ärgerte sich maßlos über sich selbst, als ihr bewusst wurde, welche Gedanken sie da hegte. Also versuchte sie, sich zusammenzureißen.

Sie sah zu Rob am Steuer hinüber, betrachtete sein Profil, das wirklich nett war, ließ die Augen über seine muskulösen Arme schweifen, dann tiefer.

Sie malte sich aus, wie sein Schwanz wohl aussehen

mochte, wenn er erst aus der Hose aufragte, von ihr selbst eigenhändig befreit.

Sicher war er kräftig und lang, wie sein Besitzer.

Sie konnte es förmlich sehen, das Gehänge da zwischen den muskulösen Oberschenkeln. Und wie er sich mehr und mehr aufrichtete, die Haube glänzend, mit dem Spalt in der Mitte, aus dem bereits deutlich ein Tropfen hervorquoll.

Das Fantasiebild machte ihr prompt Appetit, sie spürte, wie sich eine lustvolle, feuchte Wärme zwischen ihren eigenen Schenkeln ausbreitete.

»Du bist verdammt hübsch, Babe!«, sagte Rob in diesem Augenblick und zwinkerte ihr kurz zu, ehe er seine Augen wieder fest auf die Straße richtete.

»Hätte nicht zu hoffen gewagt, dich mit nach Hause nehmen zu können. Das ist ein besonderer Tag heute für mich.«

Noella lachte geschmeichelt. »Danke, Rob. Dasselbe gilt auch für mich. Ich hätte nicht gedacht, heute so eine nette Einladung zu kriegen. Wo ich doch niemanden hier kenne!«

Na ja, fast niemanden.

Er legte eine warme, große Hand auf ihr linkes Knie. Sie schob sie nicht weg, natürlich nicht. Wozu auch.

Ihr war klar, was sie wollte, und auch was er wollte. Natürlich musste er anklopfen, er war schließlich ein netter Junge. Höchstens ihr Alter und längst nicht so durchtrieben wie der um einiges ältere und damit automatisch erfahrenere Patrick. Natürlich nicht. In zehn Jahren wahrscheinlich schon, aber das zählte jetzt nicht.

»Hör mal, Rob! Dir ist schon klar, dass ich sozusagen bloß auf der Durchreise bin, ja? Ich habe Pläne und Ziele, die ich weder ändern noch aufschieben werde, okay?«

Er nickte gehorsam, wie sie es von ihm erwartete, seufzte leise und sagte dann: »Okay, Babe, verstanden. Danke für die Warnung.«

Und damit schob er seine warme, angenehm trockene Hand unter ihren kurzen Rock und anschließend auch schon in den winzigen Bikinislip hinein.

Er drosselte das Tempo des Pick-ups, weil seine Konzentration nun natürlich geteilt war.

Noella spürte einen Finger zwischen ihre Schamlippen gleiten und mit sanftem Druck über die Kliti streifen, die sofort reagierte und sich aufrichtete.

Ein wohliger Schauer durchzuckte sie von Kopf bis Fuß. Sie merkte, wie sich die feinen Härchen am ganzen Körper aufrichteten. Instinktiv spreizte sie die Schenkel ein wenig mehr. So konnte die Muschel sich stärker öffnen und erleichterte dem Finger dadurch den Zugang.

Er betastete und rieb die Perle eine kleine Weile. Sie richtete sich dabei immer mehr auf und begann zu pulsieren. Der Rest der Möse war mittlerweile nicht mehr nur feucht, sondern nass.

Ein Daumen glitt plötzlich – scheinbar ganz unbeabsichtigt und wie nebenbei – in die warme und glitschige Höhle hinein, während der Finger immer noch die bebende Klitoris rieb. Immer heftiger rieb, wobei der Daumen aus der Grotte herausflutschte und gleich darauf erneut eindrang.

Noella wand sich auf ihrem Sitz, die Lust kam in immer heftigeren Wellen und ließ ihre Schenkel beben und zittern. Die Brustwarzen schmerzten beinahe, so hart waren sie mittlerweile. Sie bohrten sich durch die dünne Baumwolle des weißen T-Shirts hindurch und rieben sich bei jedem tiefen Atemzug an dem engen Teil. Dazu kamen noch die Vibrationen des fahrenden Wagens von unten.

Noella legte den Kopf zurück an die Nackenstütze und schloss die Augen. Sie überließ sich der warmen Männerhand in ihrem Schoß und der Lust, die diese dort entfachte.

Jetzt schoben sich bereits zwei Finger in ihr feuchtes, warmes Fleisch vor, der Muskelring am Eingang gab spürbar und willig dem Druck nach.

»Lass das Becken ganz locker, Honey!«, bat Rob mit sanfter Stimme. »Entspann dich total, dann kann ich viel mehr für dich tun. Ich will, dass es dir bereits zum ersten Mal kommt, bevor wir überhaupt da sind. Wenn wir bloß diesen einen Nachmittag haben, möchte ich wenigstens alles versuchen, damit du ihn niemals vergisst, Süße.«

Die sanfte, ruhige Stimme und die ganze Art, wie Rob zärtlich zu ihr sprach, ließen Noella tatsächlich immer tiefer in einer schläfrigen, aber zugleich auch äußerst lustvollen Form von Trance versinken.

Es mochte eine milde Form von Hypnose sein, aber

Rob war sich dessen sicher nicht bewusst. Seine Zärtlichkeit kam aus dem Herzen und erreichte Noellas innerstes Wesen, das sich daraufhin vollkommen entspannte, bis an die Grenze des Schlafes.

Dabei war sie durchaus wach, zumindest war es ihr Körper. Er registrierte jedes kleinste Steinchen, über das der Pick-up holperte. Und verbuchte jede dieser Mini-Vibrationen sofort auf dem Lustkonto als HABEN.

Der Kopf hingegen fühlte sich an wie in Watte gepackt. Alle störenden Gedanken waren abgeschaltet, nur diejenigen Nerven schienen zu arbeiten, die mit dem Lustzentrum direkt in Verbindung standen.

Immerhin kam Noella aber in ihrem selig-entrückten Zustand jetzt doch noch eine halbwegs klare Idee – eine gute Idee, wie sie fand. Ein geradezu verschämtes Kichern entschlüpfte ihr, aber endlich schritt sie zur Tat.

Sie griff beherzt hinüber. Richtung Fahrerseite.

Rob knurrte leise und erfreut, als die suchende Hand sich mit zuerst nur leichtem Druck auf die längst harte Ausbuchtung in seiner weiten Hose legte.

Der Schwanz beschrieb diesen wulstigen Halbbogen, von oben nach unten leicht gekrümmt. Darunter quollen die Hodensäcke links und rechts hervor.

So fühlte sich das immer an für eine Frauenhand, wenn der männliche Lustapparat schon erigiert, aber noch im Gefängnis eingesperrt und dadurch kompakt zusammengedrückt wurde.

Ein Lustpaket, das ein einziges Versprechen und eine unwiderstehliche Verlockung zugleich darstellte.

Noella registrierte im Bruchteil einer Sekunde das damit verbundene vertraute und in letzter Zeit vermisste Gefühl erwachender unsäglicher Begierde.

Verdammter Uni-Stress! Fast hätte ich darüber vergessen, wie gut sich das hier anfühlt. So ein strammer Kerl, mit seinem steinharten Schwanz. Wie konnte ich bloß so lange ohne auskommen?

Sie verstärkte den Druck ihrer Hand allmählich und betastete gleichzeitig mit zwei Fingern durch den Stoff der Hose hindurch den Schwanz. Von oben am Schaft beginnend bis ganz hinunter, wo er in einer sanften Kurve nach hinten abbog.

Himmel, ist der lang und dick!

Ihr Kopf registrierte automatisch die Information über Länge, Dicke und Härtegrad. Und jagte einen erregten Nervenimpuls bis hinunter in die eigene Möse, die jetzt noch gieriger pochte.

Bald hab ich dieses Prachtstück in mir, ich kann es kaum erwarten!

»Hol ihn raus, Babe! Mir platzt ja gleich die Hose ...«, bettelte Rob nun seinerseits. Seine Stimme klang heiser vor Erregung.

Sie fuhren mittlerweile mit ungefähr 25 Meilen auf dem Tacho durch die Gegend. Allerdings waren hier auch nur höchstens 35 erlaubt, also fiel es nicht weiter auf im ohnehin nur dünnen Straßenverkehr.

Noella zog den Reißverschluss an Robs Hose nach unten und griff hinein ins verbotene Land.

Er schmiegte sich in ihre Hand, als wäre er eigens dafür geschaffen worden. Vorsichtig zog sie ihn heraus. Aufrecht wie eine Lanze erhob er stolz den glänzenden Kopf. Und tatsächlich schimmerte vorne auf der Haube bereits der verräterische Tropfen.

Noella lehnte sich hinüber und steckte den Kopf in Robs Schoß. Sie leckte den Tropfen von der Eichel, wobei die Zungenspitze behutsam das kleine Loch ertastete und zärtlich ein wenig darin herumbohrte.

Anschließend leckte sie hingebungsvoll die ganze Haube, auf und ab und ringsherum. Immer mit Druck, aber auch genügend Speichel als Gleitmittel, wie sie es gelesen hatte an einer Stelle in den *Episoden.*

Zu irgendetwas war die Lektüre also doch gut gewesen, nun denn.

Wie es wohl wäre, ihn wissen zu lassen, auf welch fruchtbaren Boden seine Anregungen doch gefallen sind? Und gerade an einem anderen Mann ausprobiert werden?

Mir jedenfalls würde es größtes Vergnügen bereiten, ihm ebenfalls eine Tagebuchnotiz – Titel: Noellas Rob-Episode – zukommen zu lassen. Mit Widmung.

Für Patrick, mit heißestem Dank für all die wundervollen Ratschläge in Sachen Oral-Sex …

Rob knurrte mittlerweile vor Lust, dann keuchte er und drosselte das Fahrtempo immer mehr.

Sein Finger und der dazugehörige Daumen bemühten sich nach wie vor um Noellas Muschi. Aber die gierte unterdessen längst nach mehr, nach etwas Größerem, Dickerem, Heißerem.

Noella unterbrach für einen Moment das Eis-am-Stiel-Spielchen: »Ist es denn noch weit?«

Sie bemerkte plötzlich, welche schlangengleichen Verrenkungen sie auf dem Autositz vollbrachte. Um einerseits den hübschen Schwanz zu lutschen, und andererseits der Hand in ihrem Schoß den Zutritt weiter zu ermöglichen. Lange würde ihr Rücken das nicht mehr mitmachen. Ganz abgesehen davon war sie auch nicht angeschnallt.

»Nein, wir sind bald da. Aber ich will dich vorher kommen lassen, hier im Wagen, Babe.«

Wie zur Unterstreichung seiner Worte schob Rob ihr nun gleich drei Finger auf einmal in die Grotte. Die Muskeln an der Pforte gaben willig nach, schlossen sich dann aber sofort wieder mit einem leisen Schmatzgeräusch um die Eindringlinge. Die machten sich ihrerseits daran, die Höhle behutsam zu dehnen auf ihrer Forschungsreise.

Im nächsten Moment durfte Noella auch schon feststellen: Rob war höchst geschickt und wusste ganz genau, was er da eben tat.

Die Lustwellen, die jetzt erneut ihr Becken erhitzten, rissen sie mit sich fort. Ein lautes Stöhnen, das ihr unversehens entschlüpfte, war die erste direkte Folge.

Sie spürte, wie sämtliche Muskelstränge innen in der Vulva sich gleichzeitig zusammenzogen, während die Finger darinnen sich drehten und kreiselten und mit sanftem Druck immer weiter vorwärts drängten.

»Himmel, du bist gut im Fingerficken«, seufzte sie laut auf. Was ein zufriedenes Knurren auf der Fahrerseite hervorrief.

Noella bog ihr Hinterteil den drängenden Fingern entgegen, ihr ganzer Körper bäumte sich im Sitz auf.

Rob hatte sich weiter nach vorne übers Steuer geneigt, das er mit der Linken festhielt, während die Rechte nun immer schneller, tiefer und heftiger mit drei Fingern in die klatschnasse Muschi stieß.

Noella konnte sich jetzt beim besten Willen nicht mehr um Robs großen, harten Schwanz kümmern. Das tat ihr einerseits zwar leid, aber andererseits war der Drang, sich wieder zurückzulehnen und sich nur auf die eigene Lust zu konzentrieren, einfach übermächtig.

Außerdem schien es Rob genauso zu wollen …

»Ich will spüren, wie du auf meinen Fingern kommst«, raunte er mit dieser tiefen, heiseren Stimme, die so sexy und erregt klang und Noella einmal mehr einen zusätzlichen Schauer über den gesamten Rücken jagte.

»Später werde ich dich lecken und dir die Zunge ganz tief reinstecken. So lange und so heftig, bis du wieder kommst, da auf meiner Zunge. Ich werde deine Säfte trinken, wenn es dir kommt, Babe! Und anschließend werde ich dich mit meinem Johnny ficken, lange, langsam und tief. Bis du wieder und wieder abgehst, hörst du? Du wirst das Mitzählen aufgeben, Honey, das verspreche ich dir.«

Er zog die Finger einen Moment lang zurück, ließ sie aber mit den Spitzen gerade noch so im Muskelring am Eingang liegen. Dann begann er, mit der Kuppe des mittleren Fingers den Schließmuskel vorsichtig zu reizen.

Der wusste nicht, wie ihm geschah. Reflexartig wollte er sich entweder schließen oder öffnen. Aber irgendwie konnte er sich nicht für eine Richtung entscheiden, deshalb begann er zu pumpen.

Noella spürte als Nächstes, wie ihre gesamte Vulva zu vibrieren begann, zu pochen und sich schließlich rhythmisch zusammenzog.

Das Lustgefühl dabei war so ungeheuer stark, sie glaubte, ihr Becken müsste schon im nächsten Augenblick explodieren und in vielen kleinen Einzelteilen einfach auseinanderfliegen.

Gleichzeitig verspürte sie den starken Drang zu urinieren. Anscheinend reizten die Finger durch ihre sanfte Massage auch die Harnröhre.

Und weil sie sich außerdem vollkommen diesen immensen Lustgefühlen hingab, waren Noellas Muskeln im Beckenbereich allesamt entspannt und gelockert. Wodurch sich der Harndrang noch weniger kontrollieren ließ, wie sie eben entdeckte.

Einige heiße Tropfen benetzten bereits Robs sanft massierende Finger.

»Ja, Babe, das ist gut. Entspann dich, lass dich gehen, komm schon!«, feuerte er sie daraufhin noch zusätzlich an.

Sein aus dem Hosenlatz aufragender Schwanz zuckte heftig bei diesen Worten, als wollte er sie seinerseits unterstreichen. Er ragte mittlerweile – mit leuchtender Eichel wie eine Signalhaube – so weit auf, dass Noella sich bei dessen Anblick unwillkürlich fragte, ob die anderen Fahrer beim Überholen oder

Entgegenkommen ihn wohl ebenfalls entdecken konnten.

Allerdings blendete die nächste heiße Lustwelle im nächsten Moment jeden Gedanken schon wieder aus.

Noella bäumte sich erneut im Sitz auf und den Fingern entgegen, die nun noch tiefer in sie eindrangen.

Und dann war es plötzlich so weit, nichts mehr hätte die erlösende Explosion noch verzögern können.

Sie kam mit einem lauten Schrei, der kurz darauf in ein gepresstes Wimmern überging.

Gleichzeitig spürte sie, wie sie tatsächlich ejakulierte. Ein Schwall dampfender Flüssigkeit ergoss sich auf und in Robs große Hand. Er lachte ein warmes Lachen dazu. Es klang stolz und glücklich zugleich.

»Diesen Nachmittag wirst du so schnell nicht mehr vergessen, Babe!«, sagte er zufrieden. Es war eine Feststellung, keine Frage. Er war sich seiner Sache so sicher, wie ein Mann sich nur sicher sein konnte. Zu Recht.

Kurz darauf ruhten seine beiden Hände wieder auf dem Lenkrad, und er gab Gas.

Noella sah aus dem Wagenfenster und versuchte, ihre Gedanken zu sammeln und wieder zu Atem zu kommen.

Sie fuhren die ganze Zeit schon direkt am Meer entlang. Die Brandung war an diesem Tag stark, und weiße Schaumkrönchen schmückten die blauen und türkisgrünen Wellenberge.

Das Sonnenlicht war gleißend, aber das bemerkte

sie erst jetzt, nachdem der erste und gierigste Hunger des Körpers gestillt war.

Sie kramte in ihrer Strandtasche nach der Sonnenbrille, fand sie nach einem Weilchen und setzte sie auf.

Sie schwiegen beide, auch Rob schien keine Lust auf ein Gespräch zu haben. Er hatte eben seinen immer noch halbsteifen Schwanz wieder notdürftig verpackt, wobei er lächelnd sagte: »Er kann warten, Babe! Wir beide, er und ich, wollen nur eines, nämlich dich glücklich machen.«

Es mochte ja männliches Gerede, vielleicht sogar Potenzprotzerei sein, aber aus Robs Mund klang es wie die pure Wahrheit. Eine zärtliche und wunderschön klingende Wahrheit noch dazu.

Wozu also widersprechen oder auch nur ein Sterbenswörtchen darüber verlieren?

Einfach nur genießen, Noella.

Dies hier ist ein kleines, hübsches Urlaubsabenteuer. Das du dir, nebenbei bemerkt, durchaus verdient hast. Claire hat es dir ohnehin prophezeit. Und ans Herz gelegt. Sie fürchtete schon, du würdest auf Dauer austrocknen, so ganz ohne Sex.

Apropos Claire!

Ich muss ihr unbedingt so bald wie möglich eine lange E-Mail schreiben. Sie soll doch alles erfahren, was hier bis jetzt in der kurzen Zeit schon abgelaufen ist.

Selbstverständlich wird sie Barkeeper Patrick durch meine elektronische Post kennen lernen. Und Gabrielle, Dorothee und Yasmin auch.

Aus dem Gedächtnis werde ich versuchen, die Episoden nochmals niederzuschreiben. Das wird ein Spaß!

Dazu die gesammelten Sexlektionen zum Thema Oralverkehr, ich höre Claire schon herzhaft lachen, wenn sie meine kleine, boshafte Nacherzählung liest ...

Liebste Freundin, ich bezweifle zwar, dass gerade du noch etwas hinzulernen kannst, aber immerhin kann man ja nie wissen, nicht wahr? Mit diesen Worten werde ich den Abschnitt einleiten. Und dann fortfahren: ...

Bankdirektorchen Huppi wird's jedenfalls freuen, falls dem doch so sein sollte. Zwar wird er nicht wissen, wem er es letztendlich zu verdanken hat, aber was soll's. So ist es ja immer im Leben.

Schon Sigmund Freud soll behauptet haben, in jedem Liebeslager wären immer vier Leutchen zugange.

Nun, ich könnte dem noch ein kleines Wörtchen hinzufügen, nämlich – »mindestens«!

Es können nämlich auch mehr Leutchen sein. Über die Hintertür zumindest, siehe Patrick und Gespielinnen, dazu noch ich, sozusagen als Berichterstatterin an dich, liebste Claire – und schon sind wir bei ... ohjoiohjoi, das wird ja der wahrste Gruppensex.

Armes Huppilein, wenn du dies alles wüsstest.

Noella musste jetzt selbst lachen bei diesen Gedanken und handelte sich einen fragenden Seitenblick von Rob ein.

»Lachst du mich nun an oder aus, Babe?«

»Keins von beidem. Mir ist nur etwas eingefallen, das ist alles. Übrigens würde ich dich gern etwas fragen, Rob. Aber du darfst es nicht als Abwertung deiner Person verstehen. Es hat mit meiner geplanten Abschlussarbeit im Studium zu tun.«

»Du darfst mich alles fragen, Babe. Und du kannst sicher sein, ich werde dich nicht beschwindeln oder eine erfundene Story abliefern. Vertrau mir einfach, okay?«

»Gut, das klingt wie Musik in meinen Ohren. Im Übrigen ist die Frage gar nicht so kompliziert, wie sie vielleicht klingen mag.«

»Aha«, jetzt lachte er aus vollem Hals. »Schieß schon los, Mädchen, mach's nicht so spannend, das hört sich ja an wie in einem Fernsehquiz.«

»Gut, wie du willst. Also – wie ist es denn so, das Leben eines Barkeepers? Mit den Frauen, meine ich. Bekommst du viele eindeutige Angebote?«

»Hoho, das waren ja bereits zwei Fragen auf einmal, Süße!«

»Hab ich auch gerade gemerkt. Ist das ein Problem?«

»Im Prinzip nicht. Denn ich kann dir sowieso nur eine einzige Antwort geben.«

»Okay, und die lautet?«

»Ich habe keine Ahnung, Babe, ehrlich!«

»Ja, aber …«

»Ich habe diese Arbeit nur als Ferienjob angenommen. Normalerweise studiere ich Physik, Philosophie und Psychologie. Mit dem Ziel, eines Tages Lehrer zu werden. Hauptberuflich. Und nebenberuflich will ich Bücher schreiben. Jedenfalls bis ich der Schule Adieu sagen und nur noch als Schriftsteller existieren kann.«

»Ach, du lieber Himmel!« Dieser belustigt klingende Ausruf entschlüpfte Noella völlig spontan, ehe sie sich den Mund mit der Hand verschließen konnte.

Robs Ambitionen erinnerten sie allzu sehr an ihre eigenen, jedenfalls in gewisser Weise.

»He, was ist denn daran so komisch?«

»Nichts natürlich, ich bin nur überrascht, Rob, das ist alles.«

Sie griff wieder hinüber und legte ihre Hand auf seinen Oberschenkel. Deutlich konnte sie die harten Muskeln durch den dünnen Stoff der Hose hindurch fühlen. Und prompt reagierte auch ihr Lustzentrum bereits wieder. Es funkte eindeutig SOS und W-E-I-T-E-R-M-A-C-H-E-N.

»Wegen möglicher Frauengeschichten brauchst du dir im Übrigen bei mir keine Sorgen zu machen«, fuhr Rob in diesem Augenblick fort. »Ich bin ein verdammt treuer Hund, musst du wissen. Mit meiner Ex-Freundin war ich fünf Jahre zusammen. Exklusiv zusammen. Nach der Trennung war ich lange Zeit völlig abwesend, was Mädchen und Sex anbelangt. Hatte einfach irgendwie die Nase voll. Nicht mal zum Masturbieren hatte ich mehr Lust, glaub es oder nicht. Na ja, und jetzt bist du aufgetaucht. Trotzdem werde ich ein Kondom benutzen, keine Sorge, Babe! Falls es das ist, was dir eben auf der Seele lag bei deinem Fragenkatalog.«

Seine liebe und verständnisvolle Art führte prompt

dazu, dass Noella sich jetzt fast schämte. Und sich gleich darauf wieder ärgerte über sich selbst.

Wofür eigentlich schäme ich mich, zum Kuckuck?

Sie beeilte sich zu dementieren. »Darum ging es mir nun wirklich nicht. Ich will tatsächlich herausfinden, wie es so ist, das Barkeeper-Dasein. Eine Freundin von mir hat behauptet, die Jungs seien so eine Art männliche Kurtisane. Stets zu Diensten. Vor allem, wenn die Lady an der Bar mit Geldscheinen wedelt und nebenbei teure Drinks spendiert ... und mehr verspricht.«

»Und über so etwas schreibst du eine Arbeit? Für die Uni?« Rob grinste deutlich amüsiert und ungläubig zugleich. Und schon wieder fühlte Noella sich genötigt, die Sache richtigzustellen.

»Nur ein kleines Einstiegskapitel. Immerhin gehört der Barkeeper zum Thema Bar- und Nachtleben, Kulturgeschichte des gepflegten Trinkens etcetera doch auch dazu. Findest du nicht?«

Jetzt pfiff Rob leise durch die Zähne. »Interessanter Ansatz, muss ich zugeben.« Und schon schmunzelte er wieder. »Vielleicht eignet sich das Thema aber doch besser für einen erotischen Roman. Oder eine Sammlung von ›Dirty Storys‹.«

Aha, hier haben wir es schon wieder!

Wie kommt er denn darauf? Wo er doch angeblich gar nicht Bescheid weiß über das Treiben seiner Barkeeper-Kollegen. Und dann die Bemerkung mit dem Kondom eben ...

Na gut, dann werde ich meine Recherchen eben wei-

ter ausdehnen müssen, bis ich genügend Beweismaterial zur Verfügung habe, meine Herren!

Noella ließ ihre Hand von seinem Oberschenkel aus weiterwandern.

Olálá, da regt sich ja bereits schon wieder einer, wenn mich nicht alles täuscht, Monsieur! Turnen dich doch tatsächlich am Ende das Gerede und die dazugehörenden Fantasiebilder wieder heftig an, was?

»Wo wir gerade beim Thema sind …«, begann sie.

Rob trat auf die Bremse und schaltete den Motor ab. »Wir sind endlich da, Babe!«, sagte er. Dann beugte er sich herüber und küsste sie.

Wenn sie später an diesen Nachmittag in dem blauweißen Holzhäuschen am Meer zurückdachte, fiel ihr immer als Allererstes seine Haut wieder ein.

Sie fühlte sich wunderbar an, weich wie Samt, und Noella konnte kaum aufhören, sie ständig zu streicheln. Sein nackter Körper wirkte hinreißend unverbraucht und knackig-jung, einfach zum Anbeißen.

Beim Anblick des Kerls in voller Pracht und ohne Kleidung erkannte sie, dass sie bereits bei ihrer ersten Schätzung zweifelsfrei richtiggelegen hatte.

Er war sicher nicht älter als sie selbst. Vierundzwanzig. Höchstens. Fast noch ein Junge also. Während Frauen in dem Alter längst Frauen waren. Junge Frauen, aber eben keine Mädchen mehr.

Sie fühlte sich ihm in dem Moment glatt überlegen, weil erfahrener in vielen Lebenslagen. Oder auch einfach nur abgebrühter?

Nun, es war, wie so vieles im Leben, eine Frage des Blickwinkels.

Als Nächstes brachte die Erinnerung dann stets das köstliche Bild des voll erigierten Schwanzes zurück. Glatt, groß und dick, mit leuchtender Eichel. Unersättlich und unermüdlich im Einsatz an jenem Tag.

Sie sah dann irgendwann auch stets sich selbst auf ihm reiten, dabei auf und ab fliegen, mit wehenden Haaren.

Seine starken, großen Hände um ihre schlanke Taille gelegt. Später dann die Hand, die hinunterglitt zwischen ihre Beine. Dort die rosige Knospe fand und sie derart geschickt massierte, dass Noella bei jeder Erinnerung daran unweigerlich feucht wurde.

Rob war ebenso unersättlich gewesen wie sie selbst, ausgehungert nach einer längeren Zeit der freiwilligen Abstinenz.

Einmal wiedererwacht, konnte er sich hingegen kaum mehr bremsen. Sie war überrascht und gerührt von seinem Begehren und fühlte sich weiblich und unwiderstehlich wie schon lange nicht mehr.

In einer Verschnaufpause, während der sie nach draußen gegangen und vom Bootssteg aus ins Meer gesprungen waren, hatte Rob behauptet, er wäre noch nie zuvor so oft und so schnell hintereinander gekommen wie mit Noella.

Sie fragte ihn schließlich direkt nach seinem Alter.

Lachend sagte er: »Alt genug. Vierundzwanzig, seit Mai. Warum? Und du?«

»Vierundzwanzig, auch seit Mai!«, erklärte sie –

und fügte hinzu: »Ich kann's nicht glauben, wir könnten glatt Zwillinge sein.«

»Sind wir doch auch«, behauptete er und nahm sie da im Meer in die Arme. »Seelenzwillinge.« Dann verriet er ihr noch etwas: »Ich bin übrigens wirklich Zwilling. Im Sternzeichen. Und du?«

»Stier«, sagte sie und schmiegte ihren nackten Körper enger an ihn. »Ich hatte es mit dem Geborenwerden anscheinend ein bisschen eiliger.«

»Schade. Trotzdem sind wir Seelenzwillinge, ich weiß das einfach, wusste es sofort.«

Dann küsste er sie, und sie spürte, wie sein Schwanz erneut anschwoll.

Noellas Rob-Episode erwies sich also selbst später in der Erinnerung noch als großer Erfolg.

Als er sie am frühen Abend nach Key West hineinfuhr und an ihrem roten Jeep Mustang absetzte, hatte er plötzlich diesen traurigen Zug um die Augen.

»Das war's dann wohl, Babe, was? Kaum zu glauben, da begegne ich einem Mädel wie dir, alles ist zum Träumen wunderbar, mein Leben könnte endlich so richtig anfangen – und schon verschwindet sie wieder.«

»Sei nicht traurig über Dinge, die vergangen sind. Freue dich darüber, dass es sie gab«, rezitierte Noella ziemlich frei aus dem Gedächtnis heraus.

Anschließend drückte sie ihm einen raschen Kuss auf die glattrasierte Wange, erntete dafür einen letzten seelenvollen Blick aus treuen Seehundbaby-Augen, dann stieg sie auch schon aus.

Nachdem er abgefahren war, kramte sie in ihrer großen Strandtasche nach dem Autoschlüssel für den Jeep. Sie fand ihn eine ganze Weile nicht, weil sie in Gedanken noch abwesend war.

Lasse ich da eben den richtigen Mann einfach laufen?

Was, wenn er Recht gehabt hätte mit dem Seelenzwilling?

Plötzlich glitt wie von selbst das Episodenbuch in ihre suchende Hand, die immer noch nach dem Autoschlüssel kramte.

Verfluchter Patrick! Vielleicht hab ich wirklich gerade eben den richtigen Mann weggeschickt.

Ausgerechnet wegen einem wie dir!

Claire wird mir dafür den Kopf abreißen, wenn sie das erfährt.

Sie ließ das Episodenbuch so hastig los, als wäre es ein Stück glühender Kohle. Dafür fand sie jetzt endlich den Autoschlüssel und zog ihn erleichtert aus der Tasche. Aber schon kehrten ihre Gedanken zum vorherigen Thema zurück.

Was hatte dieser blauäugige Mistkerl bloß an sich? Außer, dass er älter und erfahrener war als Rob?

Antwort: nicht viel – und doch!

Er machte sie gleichzeitig wütend und rebellisch, und sie hätte ihm gerne einen Denkzettel dafür verpasst.

Einen Moment lang überlegte sie, ob sie nicht gleich jetzt im Jeep alles aufschreiben, den heutigen Nachmittag akribisch festhalten sollte. In sämtlichen offenherzigen Details, entsprechend seinem Muster.

In sein eigenes, in *Patricks Episodenbuch* hinein niedergeschrieben. Überschrift: *Noellas Rob-Episode.*

Aber dann ließ sie es doch sein.

Sie würde irgendwo eine Kleinigkeit essen, danach zur *Crocodile-Bar* fahren, ihm sein Pornoheftchen auf den Tresen knallen und wortlos wieder gehen.

Ja, das war sicher das Beste!

13

Sie betrat die *Crocodile-Bar* wesentlich später als vereinbart.

Zuvor nämlich hatte Noella sich ein leckeres Abendessen erlaubt. *Guter Sex macht bekanntlich Appetit.* In einem netten Fischrestaurant im ehemaligen höchst malerischen alten Hafenviertel fand sie ein freies Plätzchen.

Sie gönnte sich ein gegrilltes Thunfischsteak, dazu gemischten Salat, etwas Weißbrot und einen leichten, sehr erfrischenden Weißwein aus Italien.

Anschließend war sie zum Strand geschlendert und hatte sich einer Gruppe von Alt-Hippies zugesellt, die fröhlich den Sonnenuntergang zelebrierten, wie jeden Abend.

Die Hippies hatten Trommeln und Gitarren dabei, außerdem billigen Rotwein in großen Einliterflaschen.

Und Haschisch natürlich.

Die süßlichen Schwaden hingen in der Luft wie dicker, schwerer Nebel. Was niemanden weiter zu stören schien, auch keinen der vorbeischlendernden ausländischen Touristen.

Noella ließ sich im Sand nieder, einer der Hippies reichte ihr wortlos die nächste gerade kreisende Rotweinflasche.

Sie nahm einen Schluck, gab die Flasche dann weiter. Das anschließende Angebot eines Joints lehnte sie allerdings dankend ab. Sie war schließlich schon vom bloßen Einatmen der Marihuana-Schwaden high. Dieser zusätzliche kleine Kick im Anschluss an den Weingenuss genügte ihr vollauf.

Nachdem die Sonne dann irgendwann auch ihre Pflicht getan hatte und wieder einmal glutrot und wunderschön im Meer versunken war, stand Noella auf, klopfte sich den noch warmen Sand von den nackten Beinen und machte sich auf den Weg.

Es war an der Zeit …

Patrick hatte die gesamte Happy Hour hindurch versucht, den Eingang im Blickfeld zu behalten. Jetzt musste sie bald auftauchen, er war gespannt wie ein Flitzbogen.

Vielleicht war er ja doch zu früh zu weit gegangen?

Ihr sein Tagebuch auszuhändigen kam schließlich einem seelischen Striptease gleich, nicht wahr?

Hätte er die Prinzessin einfach in der Nacht zuvor mit zu sich hinaufgenommen und sie hätten sich geliebt – es wäre letzten Endes viel weniger intim gewesen.

Was war schon ein bloßer kleiner Liebesakt, ausgeübt von zwei Menschen, die sich kaum kannten? Fast nichts, richtig. Schon halb vergessen am nächsten Morgen.

Wie viele One-Night-Stands verliefen wohl jede Nacht so – insgesamt? Millionen? Vermutlich. Wie viele Babys wurden dabei gezeugt, nebenbei und aus Versehen?

Kinder, die ihre Väter nie kennen lernen würden.

Kinder, denen auch die Mütter später beim besten Willen nichts über den Gen-Spender würden erzählen können, mangels eigener Kenntnis.

Groß war er, blond und blauäugig, mein Sohn. Wie du! Sieh in den Spiegel ... Ich glaube, er war Deutscher, aber sicher bin ich mir nicht mehr. Es könnte auch Österreich oder die Schweiz gewesen sein. Jedenfalls sprach er Englisch mit diesem harten Akzent und dem rollenden R, wie es nur vielleicht die Russen oder Osteuropäer noch tun.

Anschließend würde die Mutter dann verstummen, im besten Fall vielleicht mit einem gewissen Glanz in den Augen und geröteten Wangen. Möglicherweise würde sie auch einen kleinen, wehmütigen Seufzer nicht unterdrücken können. Falls der Gen-Spender ein begnadeter und ausdauernder Liebhaber gewesen wäre in jener Nacht.

Daran würde sie sich am ehesten erinnern, an seinen Namen aber und andere für das Kind wichtige Umstände wohl eher nicht.

Immerhin war es in dieser lange zurückliegenden Nacht nicht um ein Kind gegangen. Kein Gedanke daran, eher im Gegenteil.

Nicht einmal um Liebe, auch wenn dies schade war für das Kind, das dabei dann doch gezeugt worden war, aus Versehen oder Leichtsinn oder beidem.

Es war um Sex gegangen. Und um Lust, pure Lust.

Das war alles. Kein Grund zur Traurigkeit, aber zur Wehmut schon.

Patrick hatte diese fast schon philosophischen Gedanken in letzter Zeit häufiger gehabt.

Für die Herzensprinzessin und für sich selbst wollte er nämlich dringend etwas anderes erreichen: Wärme, Vertrauen, tiefe Zuneigung, körperliche Anziehungskraft und – Liebe.

Wahre Liebe.

Alles andere würde nur zu einer weiteren Episode führen in seinem Episodenbuch.

Aber er brauchte und wollte keine weitere Episode mehr, wenn die Richtige erst einmal aufgetaucht wäre.

Und ausgerechnet die verspätete sich nun um Stunden …

Als sie hereinkam, war er kurzfristig anderweitig beschäftigt und verpasste den wichtigen Augenblick.

Gerade hatte Patrick noch eine frische Margarita vor einen Gast hingestellt, da jodelte sein Handy aufdringlich los.

Er sah eine Nummer auf dem Display aufleuchten und war sofort elektrisiert.

Das ist doch – Gabrielle?!!

Nun sieh mal einer an, hat sie sich doch noch entschlossen, den Kontakt nicht ganz abreißen zu lassen.

Das Handy hörte auf zu jodeln, sie hatte nur eine lange SMS geschickt. Aber immerhin.

Er las den Text sofort durch, momentan schienen

alle Gäste wieder frisch versorgt mit Alkohol und ließen ihn in Ruhe.

Er las die SMS nochmals, aber ganz klar wurde ihm nicht, was die schokoladenbraune Maid in Wirklichkeit wollte.

Auch wenn ihr Vorschlag verlockend klang, logisch schien er nicht zu sein. Zum einen hatte er hier seinen Job, und zum anderen … Gabrielle konnte doch nicht im Ernst annehmen, er würde ihr einfach so nach San Francisco nachreisen?

Vor allem nach dem Ding, das sie sich mit der geladenen Pistole geleistet hatte.

In diesem Augenblick irritierte ihn etwas, was er nur aus dem Augenwinkel heraus wahrnahm. Trotzdem setzte sein Herzschlag einen kurzen, köstlichen Moment lang einfach aus.

Als Nächstes hörte er sie fragen: »Wird man hier heute Abend eigentlich nicht bedient, Barkeeper?«

»Herzensprinzessin!«

Er baute sich ihr direkt gegenüber hinter dem Tresen auf – ihre Nasenspitzen konnten sich fast schon berühren. Noch ein wenig mehr vorbeugen, und er würde sie küssen …

Der harte Knall, mit dem sie seine kostbare Leihgabe auf die Holztheke donnerte, ließ ihn zurückzucken.

Der Knall klang provozierend genug, sie hatte es absichtlich getan, diese Erkenntnis folgte schlagartig.

Patrick amüsierte sich jetzt klammheimlich.

Wie ihre Augen funkeln! Die kleine Wildkatze ist sauer. Vermutlich eifersüchtig, trotz all meiner nicht ge-

rade dezenten Hinweise und Warnungen. Wie schön! Hab ich dich also an der Leine, meine Schöne. Wo du hingehörst.

»Ich wette, du hast die ganze Nacht geschmökert und morgens verschlafen. Ich kenne das, der Tag fühlt sich dann viel zu kurz an. Schwups, schon ist es Abend und man kommt zu spät zur Verabredung. Ich hoffe, die Lektüre hat sich wenigstens gelohnt. Hast du denn auch etwas gelernt dabei, Prinzessin?«

Die letzte Bemerkung hätte er sich wohl besser verkniffen, er wusste es selbst. Im nächsten Augenblick klatschte es auch schon laut und dummerweise auch noch direkt neben seinem empfindlichen Ohr. Ein unangenehm brennender Schmerz setzte ein, vom Wangenknochen bis hoch zum Auge.

Einige Männerstimmen gaben spöttische Kommentare zu dem Vorfall ab. Anschließend grölten sie noch los vor Lachen.

Sie hat mich geohrfeigt, vor allen Gästen!

»Du hast mir doch nicht eben etwa eine geknallt, Prinzessin? Vor all diesen Leuten, meinen Gästen?«

»Doch!«, bestätigte Noella ungerührt. »Und wenn du es nicht glauben willst oder kannst, so wiederhole ich es gerne. Auf dass du es dieses Mal auch ganz bestimmt deutlich mitbekommst, Barkeeper Patrick! Merk dir eines: Ich mag die Art, wie du mich von oben herab behandelst, nämlich ganz und gar nicht. Ich bin ebenso ein Gast hier wie alle anderen Anwesenden auch. Und genauso will ich auch bedient und respektiert werden, kapiert?«

Hinter ihr mischte sich jetzt eine dröhnende Männerstimme ein: »Genau, Lady! Völlig meine Meinung. Patrick, du entschuldigst dich sofort bei unserem reizenden Gast, und zwar in aller gebotenen Form. Und anschließend packst du deine paar Sachen zusammen, übergibst mir die Schlüssel und haust ab und lässt dich hier nicht wieder blicken, verstanden! Du bist gefeuert, mein Lieber.«

»Hi, Bill! Ich dachte, ihr wolltet noch einige Tage in New York bleiben, du und Sara? Oder täusche ich mich im Datum?«

Patrick kriegte es tatsächlich gebacken, völlig unbeeindruckt zu wirken. So, als hätte sein Boss eben wie jeder andere normale Gast nur einen Drink geordert.

»Wollten wir auch. Aber dann hat uns Gabrielle von unterwegs angerufen und gemeint, wir sollten besser mal in der Bar nach dem Rechten sehen. Unser neuer Barkeeper ließe im *Crocodile* die Puppen tanzen.«

An dieser Stelle konnte Noella nicht anders – als der Name der Schoko-Maus fiel, erinnerte sie sich an die zugehörige *Episode* samt Pistole und brach in schallendes Gelächter aus.

Die eine schießt auf dich, Süßer – und die andere ohrfeigt dich. Dein sagenhaftes Glück bei Frauen scheint derzeit arg begrenzt!

Dann fiel ihr auch noch der Refrain dieses uralten Gassenhauers ein. Heinz Rühmann hatte das Liedchen einst gesungen, wenn sie nicht alles täuschte.

Du hast Glück bei den Frau'n, Bel Ami … so viel Glück bei den Frau'n, Bel Ami …

Es lag sicher am italienischen Weißwein, dem anschließenden billigen Fusel-Rotwein und den Marihuanadämpfen, dem ganzen seltsamen Mischmasch eben – jedenfalls hörte sie sich selbst die Worte plötzlich laut trällern. Die anderen Gäste bekamen hoffentlich nicht allzu viel von dem Singsang mit, bei dem ringsherum herrschenden Lärmpegel.

Immerhin aber kamen Patrick und sein Boss in den vollen Genuss.

Letzterer verstand zwar sicher die deutschen Worte und damit den Sinn nicht, aber trotzdem verzog Bill das Gesicht zu einem schiefen Lächeln. Er begriff wohl instinktiv, dass sein eben gefeuerter Barkeeper auch noch gründlich hochgenommen wurde.

Patrick allerdings hatte sich weiterhin bemerkenswert gut im Griff, er fiel mit kräftiger Stimme in den Refrain ein und lachte sogar beim Singen: »*Du hast Glück bei den Frau'n, Bel Ami. Soviel Glück bei den Frau'n, Bel Ami …*« Nun ja!

14

Hör mal, ich konnte ja schließlich nicht ahnen, dass dein Boss plötzlich auftauchen würde. Es tut mir echt leid, die Sache mit dem Rauswurf. Und lachen wollte ich auch nicht an der Stelle, ehrlich. Singen sowieso nicht. Ich singe nämlich sonst nie in der Öffentlichkeit. Es ist mir einfach so passiert, die Worte lagen mir eben plötzlich auf der Zunge. Es muss wohl am Wein und an den Marihuanadämpfen gelegen haben. Schlechte Luft hier in Key West.«

»Aha! Und die Ohrfeige, Prinzessin? Die ist dir auch einfach so passiert?«

»Nein, die war volle Absicht!«

Noella steuerte den Jeep Mustang. Patrick hing neben ihr lässig auf dem Beifahrersitz und machte einen unerwartet vergnügten Eindruck, obwohl er – außer den eben geäußerten Kurzsätzen – nicht gerade gesprächig war. Vielleicht wollte er sie auf typisch männliche Art auch bloß abstrafen mit seinem vielsagenden Schweigen.

Dabei fühlte sie sich ohnehin unbehaglich genug wegen der ganzen Situation, die ihr nun doch mehr als peinlich war. Deswegen hatte sie ihm auch spontan angeboten, ihn nach Hause zu bringen. Immerhin war der Wagen, den er fuhr – respektive gefahren hatte –,

Eigentum von Bill gewesen. Der Kombi gehörte zum Inventar der Bar. Als Transporter für Einkäufe und gleichzeitig als fahrendes Reklameschild.

»Mach dir keine Sorgen, Prinzessin. Ich wollte sowieso bald abhauen hier. Lediglich in den heißesten Sommermonaten gönne ich mir jedes Jahr den Luxus eines leichteren Jobs in einer Klitsche wie dem *Crocodile.* Als Nächstes steht aber definitiv wieder eine Großstadt auf dem Programm. Was hältst du von San Francisco?«

Hoppla, das ist aber jetzt ein plötzlicher Themenwechsel!

Sie ignorierte die Frage zunächst, weil sie über seine Worte nachdenken musste.

Damals in Berlin, nach der Dorothee- und der Yasmin-Episode, da wollte er doch auch nach Frisco? Dann scheint es allerdings New York geworden zu sein ... Ich hätte doch noch ein wenig weiterlesen sollen, dann wäre ich jetzt umfassender im Bilde, verflixt.

»Besitzt du eigentlich eine offiziell gültige Arbeitserlaubnis für die Staaten?«, fragte sie zurück, um Zeit zu gewinnen.

»Eine Green Card? Schön wär's, aber nein. Außerdem habe ich auch kein Visum, mit dem ich länger als drei Monate bleiben könnte. Macht aber zunächst nichts, ich reise einfach alle drei Monate aus, nach Mexiko rüber. Manchmal leiste ich mir auch einen Flug nach Hause. Dann reise ich frisch wieder ein, meistens bereits mit der Aussicht auf einen neuen Job in der Tasche. Das Internet macht's möglich, Prinzessin.«

Er grinste da auf dem Beifahrersitz dermaßen siegessicher, als stünde ihm tatsächlich die ganze Welt offen. Und vermutlich war es auch so, überlegte sie weiter.

Es war ja auch nur logisch: In dem Job und bei seinem charismatischen Auftreten – nicht zu vergessen die Sprachkenntnisse – fand er natürlich überall Arbeit, wo er wollte. Berufserfahrung in seinem Metier konnte er auch jede Menge vorweisen.

»Sollen wir mit deinem schicken Leihwagen hier nach San Francisco rüberdüsen, oder wäre dir ein Flug von Miami aus lieber?«

»Natürlich ein Flug! Der Weg ist zu weit und der Wagen zu teuer, ich wollte ihn ja bloß für ein paar Ferientage haben, so zum Spaß!« Im nächsten Moment, als sie sein amüsiertes Grinsen aus dem Augenwinkel wahrnahm, wurde ihr schlagartig klar: *Verdammt, er hat mich reingelegt!*

Er hat mir eine Oder-Frage gestellt, und ich habe prompt wie ein naiver Kunde reagiert und einen geradezu klassischen Kuh-Handel abgeschlossen. Etwas gekauft, was ich eigentlich nicht brauche und auch nicht wirklich will.

Der Verkäufer hat die Entscheidung längst schon für uns beide getroffen, und jetzt bin ich die Dumme.

Ich habe den Flug gewählt. Na, prima!

Was zum Teufel soll ich denn überhaupt in San Francisco? Das stand zumindest jetzt noch nicht auf dem Plan.

»Braves Mädchen!«

Sein Grinsen war sogar noch breiter geworden, anscheinend amüsierte er sich gerade prächtig auf ihre Kosten.

»Die Fahrt würde mir ebenfalls zu lange dauern. In etwa zehn Tagen müsste ich normalerweise die Staaten mal wieder kurz verlassen. Sehen wir uns also vorher noch die Bars in Frisco an, Prinzessin. Vielleicht finde ich ja schon vor unserer Ausreise einen Job für die Wintermonate.«

Vor unserer Ausreise …? Der Herr hatte auch schon weiter reichende gemeinsame Pläne geschmiedet, soso!

Dummerweise stellte sie im nächsten Moment fest: D*ieser Gedanke gefällt mir gar nicht mal so schlecht.*

Es imponierte ihr erstens, weil er sie in seine Überlegungen mit einbezog.

Und zweitens, weil er nicht, wie die meisten der Männer, die sie jemals näher kennen gelernt hatte, so schrecklich zögerlich und damit langweilig war.

Er stellte nicht erst tausend Fragen und Wenn und Aber in den Raum, er traf eine Entscheidung. Für sich selbst, natürlich, aber trotzdem auch nicht zugleich *gegen* sie.

Natürlich konnte sie dagegen protestieren – für sich selbst –, und das wussten sie auch beide.

Er war ein raffinierter Hund, das musste man ihm lassen. Er wusste, wie Frauen tickten.

Sie würde gut auf sich aufpassen müssen.

Denk an Claires Worte! Noch weißt du nicht, welche Ziele einer wie er wirklich verfolgt.

Und noch etwas dämmerte Noella, allerdings nicht

ohne ein gewisses Schuldbewusstsein: Der lustvolle Nachmittag dieses Tages mit Rob gehörte bereits so sehr der Vergangenheit an, dass sie kaum mehr einen Gedanken daran verschwendete.

Und das, obwohl ihre Möse sich noch deutlich erinnerte, einschließlich des Gefühls eines leichten Wundseins zwischen den Schenkeln.

Rob war meine instinktive Reaktion auf die Lektüre der gesammelten Episoden: der süße Rob contra Hexen-Triumvirat – Gabrielle, Dorothee, Yasmin.

Himmel!

Ich war eifersüchtig und wollte meine ganz persönliche Rache haben. Das ist es, Noella, belüg dich nicht länger selbst.

Die Idee, die Rob-Episode sogar in das Tagebuch reinzuschreiben, war Teil des Gesamtplans, den dein Unterbewusstsein längst gefasst hatte. Du wolltest Patrick abstrafen, am Ende hat es nur zu einer Ohrfeige gereicht. Vorerst jedenfalls …

»Hier bitte scharf links abbiegen, und an der nächsten Ecke ist auch schon meine Wohnung«, sagte er.

Sie brachte den Jeep genau vor der Zuckerbäckervilla zum Stehen, stellte den Motor aber nicht aus.

»Wir sollten morgen die Nachmittagsmaschine in Miami erreichen. Das bedeutet frühes Aufstehen, Prinzessin, immerhin liegen einige Stunden Autofahrt vor dir. Da es dein Leihwagen ist, kann ich dich am Steuer nicht ablösen – wegen der Versicherung. Versuch einige Stunden zu schlafen, und lass dich im Ramada vom Weckdienst nicht später als acht rausholen.

Ich komme direkt auf den Parkplatz, dann können wir anschließend sofort starten.« Damit sprang er auch schon aus dem sanft schnurrenden Jeep. »Schlaf gut, Prinzessin.«

Pfeifend und beide Hände lässig in den Hosentaschen vergraben, marschierte er davon, ohne sich noch einmal umzudrehen.

Ein Weilchen blieb sie einfach still sitzen und starrte seinem sich entfernenden Knackarsch in den engen Jeans hinterher. Dann gab sie plötzlich scharf Gas und wendete mit quietschenden Reifen. Immerhin war es ihm gerade wieder einmal meisterhaft gelungen, sie zu verärgern und gleichzeitig seltsam zu erregen. Selbst wenn sie gewollt hätte, sie konnte jetzt nicht mehr zurück.

Wer A sagt ... Die Würfel waren anscheinend gefallen.

Im Hotelzimmer angekommen, ging sie anschließend nicht sofort zu Bett. Sie war viel zu aufgedreht von den Erlebnissen dieses Tages. Stattdessen holte sie ihren Laptop hervor und schrieb Claire einen langen Brief, den sie als E-Mail sofort heute Nacht noch rausjagen wollte.

Der Brief wurde lang, länger als ursprünglich geplant.

Sie beschrieb sämtliche Abenteuer mit ihren intimen Details. Von dem jungen Pärchen im Flugzeug über Patricks gewisse Episoden bis schließlich zum eigenen heißen Nachmittag mit Rob im Bootshaus.

Beim Schreiben meldete sich auch prompt die Lust intensiv zurück, und damit kam Robbie noch einmal zu seinem Recht, in ihrer Erinnerung zumindest. Damit war dann auch diese Episode wohl endgültig abgeschlossen.

Noella nahm die beiden Finger aus ihrer tropfenden und noch vom Orgasmus zuckenden Möse und tippte einen allerletzten Schlusssatz an Claire in die Tastatur.

Alles in allem hatte sie so zwei geschlagene Stunden lang vor dem Laptop gehockt. Ehe sie den Computer an das Telefon anstöpselte und die E-Mail innerhalb von Sekunden nach München rauschen ließ.

So, Clairchen, für deine morgendliche Amüsierlektüre ist hiermit wohl bestens gesorgt. Drück mir beide Daumen ganz fest, Süße! Ich weiß, du hast mich hinreichend gewarnt, drück sie mir trotzdem ...

Natürlich verschlief sie am nächsten Morgen, weil sie auch Patricks zweiten Rat, den Weckdienst zu aktivieren, ignoriert hatte.

Es reichte gerade noch für eine Mini-Katzenwäsche und die hastige Aktion, die Kleider zusammenzuknüllen und in die Reisetasche zu pfeffern, dann stürmte Noella in Jeans und T-Shirt ungeschminkt und kaum gekämmt – über Kopf zweimal ausgeschüttelt und mit den zehn gespreizten Fingern durch die Mähne gefahren – hinaus auf den Parkplatz. Wo ein penetrant ausgeschlafen wirkender und dazu noch blendend aussehender Patrick bereits pfeifend und lässig an den Jeep gelehnt auf sie wartete.

Sie ärgerte sich die ganze Zeit über ihn.

Während der langen Autofahrt nach Miami, auf der er meistens vor sich hin döste. Oder jedenfalls so tat.

Zwischendurch summten einige Male Textnachrichten auf seinem Handy herein, die er immer sofort mit längeren Texten beantwortete. Wobei er beim Eintippen oft auch noch amüsiert lächelte, was in Noella den Verdacht aufkommen ließ, die Nachrichten stammten von einer Frau.

Sie ärgerte sich zusätzlich, so sehr, dass sie sich ein paar Mal regelrecht auf die Zunge beißen musste, um nicht nachzuhaken wie eine eifersüchtige und misstrauische Ehefrau.

Auf dem Flughafen kümmerte er sich um alles, holte die Tickets vom Schalter ab und stellte sich schon mal in der Schlange vor dem Eincheckpult an: »Geh du dich frisch machen, Prinzessin. Dann fühlst du dich wohler. Man sieht dir an, dass du letzte Nacht entweder wenig geschlafen oder zu heftig geträumt hast.«

»Hahaha! Und danke für die Blumen!«, giftete sie, machte sich aber trotzdem und durchaus dankbar auf die Suche nach den Waschräumen.

Sie schminkte sich sorgfältig die Augen und puderte das Näschen, trug sexy schimmernden Lipgloss auf und bürstete die Haare, bis sie glänzend über die Schultern fielen.

Tatsächlich fühlte sie sich sofort wesentlich besser, als sie zum Schluss noch einmal kritisch das Ergebnis der Auffrischungsaktion begutachtete.

Dabei stellte sie überrascht fest: Ihre Augen strahlten ihr aus dem Spiegel so seltsam erregt entgegen.

Und jetzt, genau in diesem Moment, dämmerte ihr eine neue Erkenntnis: *Noella, du freust dich auf den Flug mit ihm. Endlich kannst du ganz entspannt neben ihm sitzen. Und hast auch noch beide Hände frei, zur Abwechslung …*

Sie lächelte in den Spiegel, ihr Gesicht lächelte zurück.

Das junge Paar vom letzten Flug hat sich auch gut amüsiert. Vielleicht sollte ich Patrick zumindest schon mal diese Episode aus meiner jüngsten Vergangenheit erzählen? Vielleicht heizt es ihn ja an …? Sie kicherte übermütig.

Beschwingten Schrittes eilte sie aus den Waschräumen zurück zu ihrem Reisebegleiter.

Aber auf dem Flug fragte er sie dann bloß nach ihrer Kindheit und ihrer Familie aus.

»Was heißt, du hast keine Mutter? Ist sie tot?«

Sie wollte nicht darüber reden, eigentlich.

»Klar habe ich eine Mutter. Ich kenne sie bloß nicht. Mein Vater hat mich mit Hilfe von diversen Kindermädchen und Haushälterinnen alleine aufgezogen.«

»Was ist passiert, Prinzessin? Komm schon, es interessiert mich wirklich.«

»Sie ist mit einem anderen Mann durchgebrannt, ich war noch keine zehn Monate alt.«

Er pfiff leise durch die Zähne. »Wie hat dein Vater reagiert? Hat er nicht um sie gekämpft?«

Nein, er hatte zu dem Zeitpunkt auch längst eine Freundin. Die beste Freundin meiner Mutter. Was für ein blödes Klischee, aber so ist es nun mal. Die beiden haben es miteinander im Nebenzimmer getrieben, während meine Mutter nach einer schweren Geburt im Kindbett lag und sich langsam erholte. Die Freundin sollte auf Mann und Baby achten. Und, na ja, irgendwie hat sie das ja auch gemacht. Auf ihre Art eben. Die Affäre war kurz und heftig, im Grunde genommen dauerte sie nur, bis meine Mutter uns deswegen verlassen hatte. Wenige Wochen danach war Schluss …

Laut sagte Noella: »Davon weiß ich nichts. Mit mir hat mein Vater nie darüber gesprochen. Und heute ist alles viel zu lange her. Ich will die Geschichte nicht aufwärmen, und er sicher auch nicht. Wir lassen beide die Vergangenheit ruhen und leben unser Leben. Er sorgt sich um mich und verwöhnt mich. Und ich liebe ihn mit all seinen Fehlern, weil er mein Vater ist.«

»Okay. Das akzeptiere ich natürlich alles. Ich hoffe nur, du leidest wegen dieser frühen schlimmen Erfahrung nicht unter Verlustängsten und damit verbundener Eifersucht, Prinzessin.«

»Nicht, dass ich wüsste!«, schnappte sie zurück.

Komm mir bloß nicht so, ich brauche keine weiteren Lektionen, mein Lieber!

»Gut so. Uns erwartet nämlich in San Francisco ein kleines Abenteuer. Ich hatte mir ein wenig Sorgen gemacht, ob ich dir das wirklich zumuten kann.«

Mit diesen Worten legte er seinen Kopf an ihre Schulter und döste wieder einmal einfach weg.

Die vertrauliche Geste rührte und berührte sie zwar einerseits, trotzdem hätte sie ihn zugleich wieder einmal erwürgen mögen. Sie hatte nicht einmal eine klitzekleine Chance gehabt, ihn ebenfalls auszufragen.

Sie fühlte zudem mit Schrecken, wie sie wie ein Fischlein in seinem Netz zappelte, und sah nicht die geringste Chance, sich daraus zu befreien.

Seine Locken kitzelten sie mittlerweile aufdringlich an der Wange, sie versuchte den Kopf zur Seite zu drehen, um sich dem zu entziehen. Er murmelte etwas im Schlaf, räkelte sich an ihrer Schulter und kuschelte sich dabei gemütlicher zurecht.

Der eine Arm legte sich sanft um sie, wobei eine Hand unter ihr knappes T-Shirt schlüpfte.

In der Eile heute Morgen hatte sie auf den BH verzichtet, das T-Shirt war ja blickdicht und ihr Busen klein und fest.

Seine Hand legte sich besitzergreifend um eine der Brüste. Der Daumen strich dabei über den Nippel, der augenblicklich hart wurde unter der Berührung.

Noella seufzte leise auf, aber Patrick schien tatsächlich friedlich weiterzuschlummern.

Das darf doch nicht wahr sein! Er kann das sozusagen im Schlaf?

Er erwachte erst wieder, als die Maschine zur Landung ansetzte.

»Oh!«, sagte er und tat so, als wäre er überrascht, seine Hand unter ihrem schwarzen T-Shirt vorzufinden.

Seine blauen Augen wirkten dunkler als gewöhnlich, wohl vom Schlaf. Die leicht verwuschelten Locken, die ihm tief in die Stirn fielen, sahen hinreißend aus.

Gibt es etwas, was ihn aus der Bahn werfen, ihm sein jungenhaftes Grinsen und sein attraktives Aussehen, seine gute Laune, sein Selbstbewusstsein und dieses verteufelt sexy wirkende Charisma rauben könnte?

Hat er schon einmal nachts geweint vor Liebeskummer und/oder erotischem Neid?

Kennt er das Gefühl von Eifersucht, das sich wie Feuer durch den Körper frisst, den Appetit und den Schlaf raubt, dafür Augenschatten und geisterhafte Blässe hinterlässt?

Halt, Noella, du gehst zu weit. Im eigenen Interesse, lass diese gefährlichen Gedankenspiele!

Er lächelte nicht, als er sich jetzt zu ihr beugte und ihr die Lippen fest auf den Mund presste. Seine Zunge schlüpfte in die warme Höhle und nahm sie in Besitz.

Er küsste wirklich gut, aber natürlich hatte sie auch gar nichts anderes erwartet.

Hinter seinem Rücken räusperte sich jetzt vernehmlich der offensichtlich schwule Steward. Es war allerhöchste Zeit, sich endlich zur Landung anzuschnallen, der Mann hatte ja Recht.

Noella bemerkte, als sie und Patrick schuldbewusst auseinanderfuhren, den Blick, mit dem der blonde Flugbegleiter ihren Barkeeper bedachte.

Da wurde ihr noch etwas schlagartig klar: Sie würde, sollte aus ihr und Patrick je ein wirkliches Paar werden, nicht nur weibliche Nebenbuhler haben. Er hatte dieses gewisse Etwas, das sie alle scharenweise anzog.

Eine männliche Kurtisane – er hat zumindest das Zeug dazu.

Liebe Claire, ich bewundere hiermit noch einmal und immer mehr deinen Scharfsinn und deine Erfahrung …

Während sie mit eiligen Fingern an ihrem Sicherheitsgurt herumnestelte, rief sie sich innerlich zur Ordnung:

Behalte deinen klaren Kopf und deine kühle Intelligenz, Mädchen. Was auch immer passieren mag in nächster Zeit, sag dir zwischendurch öfter mal vor, wozu du in der Hauptsache hierher gekommen bist. Damit du es nicht vergisst.

Nämlich zu einem kurzen Urlaub als Auszeit vom anstrengenden Uni-Betrieb. Erstens. Und zweitens, weil du für deine Abschlussarbeit recherchieren wolltest.

Beides steht dir zu, Urlaub und Recherche. Freu dich, weil du dir beides derzeit leisten kannst, und koste die freie, ungebundene Zeit nach Kräften aus.

Solange du deine wahren Beweggründe nicht verdrängst, bleibst du fest auf dem Boden der Tatsachen. Hoffentlich.

Wie sagt Clairchen außerdem immer so schön: Kondom drüber und rauf auf den Baum. Und am anderen Morgen den Süßen am besten noch vor dem Frühstück rausschmeißen. Dann gibt es keinen Ärger und keine Komplikationen, in welcher Hinsicht auch immer!

Patrick beendete an dieser Stelle ihr nervöses Hickhack mit dem Gurt, indem er sich herüberbeugte und das Ding mit einem deutlichen KLACK vor ihrem Bauch einrasten ließ.

»Wenn du mich nicht hättest!«, sagte er. Es klang zärtlich und ein klein wenig spöttisch zugleich.

Seine Zungenspitze glitt blitzschnell über ihre Lippen, die sich bereits wieder erwartungsvoll öffneten. Aber die freche Zunge schlüpfte nur kurz dazwischen und zog sich auch schon zurück. Seine Lippen pressten sich für eine köstliche Sekunde auf Noellas Mundwinkel, und dann war auch dieses kleine Intermezzo vorüber.

Trotzdem spürte sie, wie sie zitterte vor ungestilltem Verlangen nach dem verdammten Kerl. Und am liebsten hätte sie ihm wieder einmal eine schallende Ohrfeige verpasst. Als angemessene Strafe für dieses Gefühl des Mangels, das sie gar nicht mochte.

»Ach, weißt du, dann hätte ich eben einen anderen!«, warf sie ihm stattdessen kühl an den Kopf.

Immerhin können Worte mindestens ebenso verletzen, nicht wahr? – Allerdings warst du auch auf diesem Gebiet schon mal schlagfertiger, Noella-Mädchen!

Natürlich lachte er bloß, die Nase in ihren Haaren vergraben. Sein heißer Atem streifte ihr Ohr. Sie spürte genau, wie sicher er sich seiner Sache bereits war.

Na, warte, mein Lieber. Unterschätze mich bloß nicht!

Sie war jetzt nur noch gespannt, wie er die Sache mit

einer passenden Unterkunft für sie beide in der fremden Stadt lösen würde.

Bezüglich der Übernachtung war nämlich noch kein einziges Wort zwischen ihnen gefallen.

Der schwule Steward kam noch einmal durch den Gang und kontrollierte, ob alle Passagiere endlich vorschriftsmäßig angeschnallt waren.

Wieder streifte sein deutlich interessierter Blick Patrick, der allerdings davon nichts zu bemerken schien.

Plötzlich kam Noella eine Idee, die fast schon ein ausgewachsener Plan war – Überschrift: *Wie zähme ich einen geborenen Verführer?*

15

Es war bereits dunkel, als sie das Flughafengebäude verließen.

»Wir nehmen den Bus nach Downtown und lassen unser Gepäck besser vorerst am Busbahnhof in einem Schließfach zurück«, schlug Patrick vor. »Hast du in deiner Reisetasche etwas greifbar für den Abend? Du kannst aber auch so gehen, kein Problem. Wo ich dich hinführe, gibt es keinen Dresscode. Ich wollte dich nur warnen, wir gehen nämlich direkt aus, sonst wird es zu spät und wir bekommen kein vernünftiges Dinner mehr. Du weißt ja, wie es im Amiland zugeht. Dinner zwischen sechs und acht, dann Gute Nacht.« Er lachte über ihren Gesichtsausdruck, der ihm wohl verriet, wie irritiert sie seinen Worten nachlauschte.

Habe ich mich verhört? Er hat doch Sex gesagt, nicht sechs! Nimmt er mich schon wieder auf den Arm?! Oder will er mich testen oder provozieren oder alles auf einmal? Mistkerl!

»Anschließend führe ich dich dann in den Club«, fügte Patrick hinzu, als er sich beruhigt hatte.

»In welchen Club, wenn ich fragen darf?« Noella kniete bereits neben ihrer Reisetasche und wühlte in dem unordentlichen Kleiderhaufen herum. Sie fand ihren roten Samtblazer und zog ihn heraus.

Patrick lachte bei dem Anblick erneut, sagte aber nichts.

»Was ist so komisch?«, fragte sie argwöhnisch.

»Der Club heißt *RED*!«, sagte er. »Rot wie dein Blazer.«

»Na und?«

»Gar nichts. Wir werden uns amüsieren, da bin ich sicher.« Er half ihr in das Teil und legte dann den Arm um ihre Hüften. »Komm, Prinzessin! Auf ins nächste Abenteuer.«

»Halt! Woher kennst du diesen … diesen Club? Und was geht da vor? Ist es ein Nachtclub?«

»Wie wär's, wenn du dich einfach überraschen ließest? Du bist es doch, die auf Recherche gehen wollte. Wenn du alles bereits vorher wüsstest, könntest du dir glatt die Mühe sparen, oder nicht?«

Seine Hand legte sich weiter unten um eine ihrer Pobacken. Besitzergreifend und warm. Anschließend fuhr die Hand keck die Spalte entlang, die sich unter der engen Jeans deutlich abzeichnete.

Noella wurde es heiß, sogar die Kopfhaut begann zu prickeln.

»Vamos!«, sagte sie mit fester Stimme. »Gehen wir.«

An das Abendessen in einem italienischen Lokal konnte sie sich noch viel später in sämtlichen Einzelheiten erinnern. Sie trank einige Gläser Rotwein zu ihren Spaghetti Frutti del Mare und geriet tatsächlich in ausgelassene Ferienstimmung. Sie lachten viel und schäkerten noch mehr.

Patrick zahlte, ganz Gentleman, am Ende die Rechnung und bat den Kellner, ihnen ein Taxi zu rufen. Die Fahrt durch das Lichtermeer von Downtown San Francisco dauerte höchstens zehn Minuten, und sie genoss jede einzelne davon.

Die Wärme und der Duft des männlichen Körpers an ihrer Seite berauschten sie zusätzlich, trotzdem war sie seltsam klar im Kopf. Sämtliche Nervenenden schienen auf Empfang gepolt.

»Club Red!«, sagte der Fahrer und trat auf die Bremse. »Macht dreizehn Dollar.«

Wieder zahlte Patrick. Er bestand darauf, was ihr gefiel. Nicht wegen des gesparten Geldes, sondern wegen Claires Bemerkung bezüglich der männlichen Kurtisane, denn hier lief etwas anders als von der Freundin angedeutet. Anschließend half er Noella aus der quietschgelben Limousine.

Ein schwarzer Türsteher in roter Fantasieuniform trat auf dem Bürgersteig vor ihnen zur Seite und drehte an einem goldenen Türknauf.

Ohne das geringste Geräusch öffnete sich der Eingang und gab den Blick frei auf rote Samtwände und eine ebenfalls mit rotem Samt ausgelegte Treppe, die steil nach unten führte und in einer Biegung verschwand. Man konnte von oben her nicht beurteilen, was hinter der Kurve liegen mochte.

»Welcome at Club Red!«, sagte der Türsteher mit sonorer Stimme. Er verzog keine Miene.

Patrick stieg als Erster die steilen Stufen hinunter. Noella folgte ihm auf dem Fuß.

Sie kamen in eine Art Vorraum, der quadratisch und ebenfalls völlig mit rotem Plüschsamt ausgelegt war. An allen vier Wänden hing jeweils ein riesiger goldgerahmter Spiegel, der von goldenen Lüstern mit elektrischen Kerzen wiederum jeweils links und rechts gesäumt war. Ansonsten war der Raum leer.

Noella verstand plötzlich, warum Patrick vorhin beim Anblick ihres roten Blazers lachen musste. Sie selbst hatte momentan das Gefühl, hier regelrecht verschluckt zu werden von der Umgebung. Man würde ihre Beine in den Jeans sehen, und irgendwo ein großes Stück darüber würde ihr Kopf schweben und die lange dunkle Mähne.

Die Ausstattung hier erinnerte sie außerdem fatal an den berühmten Roman-Polanski-Film *Tanz der Vampire.* Da war diese Szene auf dem Schlossball, und genauso kam sie sich im Moment vor.

Vielleicht sind Patrick und ich die einzigen Personen hier, die ein Spiegelbild besitzen. In dem Fall haben sie uns gleich, sie werden unser Blut trinken wie roten Wein …

Sie schüttelte sich und musste lachen über ihren Einfall.

Hinter Patrick betrat sie nun den nächsten Raum, in dem sich an der gegenüberliegenden Längsseite ein langgestreckter, bogenförmiger Bartresen befand. Ebenfalls mit rotem Samt beschlagen und mit goldenen Verzierungen bestückt.

Wieder hingen an den Wänden diese riesigen goldgerahmten Spiegel, die das Geschehen im Raum vielfach zurückwarfen und dem Besucher den Eindruck vermittelten, sich in einem wesentlich größeren Saal zu befinden.

Dabei war der Raum in Wirklichkeit gar nicht so groß. Er wirkte auch nicht kitschig überladen, trotz des vielen roten Plüschsamts, das Ganze machte eher einen schrägen und gewollt verwegenen Eindruck. Der Vergleich mit einer Filmszene drängte sich automatisch auf. Das Ambiente war auf- und anregend zugleich, es hatte was, man fragte sich unwillkürlich, wo das Geheimnis versteckt wäre. Im nächsten Raum vielleicht?

Denn ganz sicher wurde hier ein frivoles kleines Geheimnis gehütet, es lag sozusagen in der Luft. Noella konnte es förmlich wittern.

Gut gekleidete, groß gewachsene Menschen standen mit Gläsern in der Hand herum und unterhielten sich gedämpft. Sie sahen alle gut aus und machten einen souveränen, abgeklärten Eindruck. Sie schienen sich wohl zu fühlen im *RED.*

Die meisten waren von schwarzer Hautfarbe. Die wenigen Weißen unter den Gästen fielen sofort auf. Weil sie in der farbigen Umgebung seltsam bleich wirkten.

»Was hältst du von einem schönen, kühlen Heineken?«, raunte Patrick an Noellas Ohr, sein heißer Atem streifte die empfindliche Muschel, und ein Schauer jagte ihr prompt über den Rücken hinunter.

»Gute Idee.«

Er winkte dem ebenfalls schwarzen Barkeeper und

hielt zwei Finger hoch. Das reichte bereits, der Mann nickte.

Mit den grünen Flaschen in der Hand schoben sie sich an der Bar vorbei, hinter der ein schmaler Gang tiefer in die Katakomben zu führen schien.

Sie gelangten in einen weiteren roten Plüschsamtraum.

Diesmal befanden sich an den Wänden ringsum unter den Spiegeln allerdings eine Reihe von roten Samtstühlen mit goldfarbenen Lehnen und ebensolchen Beinen. Die meisten davon waren bereits besetzt.

Jetzt erst bemerkte Noella am anderen Ende des Saals das Bühnenpodest, auf dem tatsächlich eine altmodische riesige Badewanne auf Schwanenfüßen – vergoldeten natürlich – ruhte.

Die Wanne war gut gefüllt: Schaumkronen türmten sich wie Miniatur-Schneeberge darin auf.

Als Nächstes nahm sie den schwarzen und anscheinend völlig nackten, sexy schimmernden Frauenkörper wahr inmitten der sahneweißen Haufen.

Patrick starrte ebenfalls sichtlich fasziniert auf das Schauspiel, ein überraschtes Lächeln um die Lippen.

Und da wusste sie es plötzlich: *Gabrielle!*

Die nackte, schwarze Schönheit in der Wanne war Gabrielle. Die Pistolenbraut. Patricks jüngste *Episode.*

Sie funkelte ihn von der Seite her wütend an. Er drehte den Kopf, fing ihren Blick auf und lächelte noch breiter: »Ich wusste nicht genau, was uns hier erwartet. Sie hatte mir gestern Abend eine SMS geschickt. Der Job in der *Crocodile-Bar* wäre nichts für mich, sie wüsste hier in Frisco was wesentlich Besseres und Aufregenderes.«

»Und wieso hast du mich dann mit hierher geschleppt? Mich hat sie mit der Einladung sicher nicht gemeint!«

Er zuckte die Schultern. »Aus keinem bestimmten Grund. Außer dem, dass ich dir bei deinen Recherchen helfen wollte. Sie erwähnte und beschrieb das *RED* heute untertags näher in weiteren Kurztexten. Sie kamen herein, während wir im Auto saßen, erinnerst du dich? Einige Punkte fragte ich noch selbst ab. Am Ende war ich sicher, der Club würde dich interessieren.«

»Papperlapapp! Halt mich nicht für blöd, Mann!«

»Na, schön, Prinzessin, wenn du es genau wissen willst … ich dachte, ihr solltet euch vielleicht kennen lernen, Gabrielle und du. Immerhin habt ihr beide vorsätzlich eine vorzügliche Teamleistung erbracht, um mich aus dem Job in Key West zu bugsieren.«

»Hey, das war reiner Zufall! Ich kenne sie doch gar nicht!«

»Nein?« – er grinste so hintergründig, da fiel Noella erneut die zugehörige *Episode* ein. In gewisser Weise *kannte* sie Gabrielle tatsächlich.

Verfluchter Mistkerl! Es gelingt dir doch immer wieder, mich aufs Glatteis zu führen. Du wolltest vor allem wissen, ob ich genau die Stelle auch brav gelesen habe. Und jetzt weißt du es. Wasser auf deine Mühlen, Asche auf mein Haupt. Ich war gespannt wie ein Flitzbogen auf die Story und außerdem eifersüchtig. Ich habe diese Episode als Erstes verschlungen. Das weißt du jetzt also auch.

In diesem Moment begann Gabrielle zu singen.

Noella war augenblicklich und gegen ihren Willen fasziniert. Das Mädchen besaß eine kraftvolle, sehr schöne Stimme, das erotische Timbre darin war atemberaubend. Sie sang die Worte des Textes auf eine hinreißende Weise, die einem sofort tief unter die Haut ging.

Es wurde augenblicklich ganz still im Raum. Das Publikum lauschte hingerissen.

In dem Song ging es um ein Liebespaar, das in einer Badewanne Oralsex hatte.

Das Geschehen wurde aus dem Blickwinkel des Mädchens beschrieben. Gabrielle stöhnte zwischen den Textstellen so gekonnt und gefühlvoll, man bekam beim Zuhören unwillkürlich selbst Lust.

Noella bemerkte als Nächstes, wie Patrick sich von hinten immer dichter an sie drängte. Und dann spürte sie auch schon seinen gewaltigen Ständer.

Sie war nun vollends hin und her gerissen zwischen Verlangen, Faszination, Ärger und Ablehnung.

Dies hier ist verrückt und zugleich geil. Ich will ihn, ich muss ihn in mir haben, er könnte von mir aus sofort hier loslegen, mitten unter den anderen Gästen. Aber ich will nicht, dass er mich nimmt, während er zugleich diese schwarze Hexe anstarrt, ich bin …

»Jetzt bist du eifersüchtig«, flüsterte er in diesem Moment an ihrem Hals. »Ich kann spüren, wie angespannt dein ganzer Körper ist. Du willst weglaufen und gleichzeitig dableiben. Du willst dich mir hingeben, und gleichzeitig würdest du mich jetzt am liebsten wieder ohrfeigen. Oder gleich umbringen. Stimmt doch, Prinzessin, oder?«

Sie besaß nicht mehr die Kraft, ihn wegzustoßen. Im Gegenteil. Noella bemerkte, wie ihr Hinterteil sich wie ferngesteuert an der Beule in seiner Jeans rieb.

Er umfing sie hingegen von hinten mit beiden Armen, presste sie noch enger an seinen warmen, festen Körper.

Eine Hand verschwand unter ihrem T-Shirt und beschäftigte sich dieses Mal wesentlich ungenierter und ausgiebiger als im Flugzeug mit den festen, runden Brüsten.

Augenblicklich erstarrten beide Nippel zu steinharten Knöpfen. Noella entschlüpfte ein Stöhnen, das aber unterging, weil auch Gabrielle im Schaumbad nochmals einen deutlichen Zahn zulegte. Ihr Stöhnen klang zunehmend echt und steigerte sich immer mehr …

Und dann sah Noella – in der Wanne befand sich plötzlich tatsächlich auch ein baumlanger und offensichtlich splitternackter schwarzer Mann.

Wie der da hineingekommen war, hatte sie nicht mitbekommen, sie war zu sehr auf sich selbst und Patrick konzentriert gewesen.

Einen Moment lang ragte ein großer, dicker und voll erigierter schwarzer Penis aus dem Schaumgebirge heraus, ehe sich Gabrielles Kopf darüber neigte und ihn in den Mund nahm.

Jedenfalls sah es so aus: Das Raffinierte und zusätzlich Erregende an der Szene bestand darin, dass das Publikum im Unklaren darüber gelassen wurde, was tatsächlich inmitten des Schaumgebirges geschah. Tat sie es wirklich – oder war es nur, als ob ...

Aber im Grunde war selbst dies nicht wichtig, es war so oder so ungeheuer erregend. Viel erregender als ALLES ganz genau zu sehen, wie in diesen billigen Pornofilmchen nachts im Fernsehen.

Während Gabrielles dunkler Kopf sich im Schaum sanft zu wiegen schien, begann ihr Partner zu singen.

Er sang seine Lust heraus, beschrieb in Einzelheiten, was seine Süße da mit ihm gerade anstellte, feuerte sie noch an, stöhnte immer lauter und ungehemmter und bäumte sich zwischendurch auf.

So bekam das Publikum gleichzeitig seine breite, glatt rasierte Brust und die muskulösen Arme zu sehen, ehe sie erneut im Schaumbad untertauchten.

Von Gabrielle sah man zwischendurch die festen und doch fleischigen Brüste, die das Wasser zu peitschen schienen. Auch ihre Hinterbacken tauchten hier und da auf, groß, breit und schwer, aber zugleich von geradezu filigraner Schönheit. Die milchschokoladenfarbene Haut schimmerte sanft im Schein des gedämpften, rotstichigen Lichtes auf der Bühne.

Das Paar in der Wanne rief bei Noella eine Art Vision hervor: Die beiden erinnerten sie an wilde, wunderschöne Pferde, die sich kraftvoll und geschmeidig aufbäumten, während der Hengst seinen ellenlangen, riesigen Penis in die Vulva der Stute trieb.

Sie bemerkte, wie ihre Fantasiebilder zu dieser Vision immer üppiger und schamloser wurden, während ihr der Schweiß ausbrach und Patrick sich zugleich immer fordernder von hinten an ihr rieb. Sein heißer Atem streifte ihren Hals und den Nacken, selbst durch die langen Haare hindurch spürte sie ihn deutlich.

Ihre harten Brustnippel brannten mittlerweile wie Feuer, die Hitze breitete sich rasch im ganzen Körper aus. Ihre Möse begann zu tropfen. »Ich halte das nicht mehr aus!«, sagte sie laut. Es war ihr egal, denn sämtliche Augen- und Ohrenpaare waren ohnehin auf das Geschehen auf der Bühne fixiert, niemand außer Patrick konnte sie hören.

»Komm!« Sein Atem streifte dieses Mal ihre Wange, seine Stimme klang rau. Er zog sie an der Hand hinter sich her.

Sie schafften es irgendwie aus dem Gewirr verschiedener ineinander übergehender Räume hinaus auf eine Treppe, die zu einem Nebenausgang führen mochte. Jedenfalls führte sie nach oben.

Keine Menschenseele begegnete ihnen, das Stimmengewirr und die Musik drangen nur noch gedämpft bis hierher, sie waren allein. Auf dieser schmalen roten, samtbezogenen Treppe, die noch dazu ziemlich steil nach oben ging.

Noella nahm als Erste eine Stufe, dann die zweite, die dritte und vierte.

»Warte, Prinzessin, geh nicht weiter. Dreh dich zu mir um.«

Patrick begann, eine Stufe unter ihr stehend, Noellas Jeans über ihre Hüften herunterzuzerren. Er schien plötzlich noch viel ungeduldiger als sie selbst zu sein. Er wollte sie, jetzt und hier. Und das wiederum befriedigte sie zutiefst.

»Husch«, sagte sie kichernd. »Wir haben Zeit.«

Natürlich war sie ein wenig betrunken.

Nicht nur von dem Wein zum Abendessen und dem Heineken gerade zuvor, sondern auch von der ganzen unwirklichen und doch so heißen Atmosphäre in diesem verrückten Club.

Patrick schien ihr gar nicht mehr zuzuhören. Er hatte ihr die Jeans bereits bis zu den Knöcheln heruntergerollt und brachte sie dazu, vollends herauszusteigen. Erst mit dem linken, dann mit dem rechten Fuß, während er sie mit seinem Körper abstützte, damit sie nicht etwa die Treppe herunterpurzelte. Danach streifte er ihr mit einem einzigen entschlossenen Ruck den vollkommen feuchten Tanga-Slip ab.

Sie sah ihm wie hypnotisiert dabei zu, wie er langsam seine eigene Jeans aufknöpfte. Schließlich holte er seinen Schwanz heraus, und tatsächlich besaß er den schönsten, den sie je gesehen hatte. Glatt, kerzengerade, dick und lang genug, ragte er fast bis zur Höhe des Bauchnabels auf.

Selbst die Hodensäcke darunter boten einen hübschen, appetitlichen Anblick. Sie wirkten prall und prächtig gefüllt, als handelte es sich um weiche Lederbeutel mit reichlichem und kostbarem Inhalt.

Es gefiel ihr alles sehr. Sie spürte, wie klebrige

Feuchtigkeit an den Innenseiten ihrer Schenkel hinabzulaufen begann. Gleichzeitig streckte sie gierig die Hand nach dem verlockenden Schaft aus.

Sie bekam ihn auch zu fassen, er zuckte freudig in ihrer Hand, und sie begann zuerst soft, dann zunehmend kräftiger mit der Massage. Wobei sie auch die Bällchen darunter nicht vergaß, allerdings ging sie hier vorsichtiger und wesentlich sanfter zu Werke.

Im selben Augenblick fing Patrick im Gegenzug an, die vorspringende Knospe zwischen ihren gespreizten Schenkeln zu reiben. Die Lust kam schnell und steigerte sich von Sekunde zu Sekunde.

Sie trieben sich gegenseitig viel zu schnell in Richtung Explosionspunkt, wie sie beide plötzlich und zum Glück auch noch gleichzeitig bemerkten.

Sie hörten auf, sahen einander zärtlich in die Augen, ohne zu lächeln, und dann küssten sie sich. Patrick gebärdete sich wild und mitreißend, er biss ihr beinahe in die Lippen dabei, und er verschlang ihren Mund mit seinem.

Sie rieben sich gleichzeitig aneinander, sie konnte spüren und hören, wie sein harter Schwanz an ihren Bauch klatschte, immer wieder. Die Spitze stieß fast schon in ihr Nabelloch hinein, er wirkte mittlerweile so unkontrolliert, dass sie begriff: Er wollte nur noch einlochen, dringend und auf der Stelle, ganz gleich in welche Körperöffnung.

Da zog Noella ihn mit sich auf die samtigen Treppenstufen herunter. Sie konnte nicht liegen, aber sitzen mit weit offenen Schenkeln, das klappte. Sie konnte sich dabei selbst riechen, den Duft, der aus ihrer Möse aufstieg.

Patrick kniete jetzt vor ihr, ein wenig tiefer. Gerade im richtigen Abstand. Der erigierte Schaft erreichte mühelos den pochenden und weit klaffenden Eingang zwischen ihren gespreizten Beinen.

Endlich, endlich war er dann auf einmal in ihr, riesig und nass. Sie schloss die Augen und stöhnte auf vor Lust und tief empfundener Zärtlichkeit.

Ja, sie hatte eben noch seine Nässe an ihrer Handfläche gespürt, er war geradezu übergesprudelt, die Nässe drang vorne aus der kleinen Vertiefung auf der Eichel.

Er will mich wirklich! – dachte sie, und einen Augenblick lang triumphierte sie erneut.

Aber schon begann er wild und routiniert in sie hineinzustoßen, wobei er das Tempo zusehends steigerte. Er verlor rasch erneut die Kontrolle über sich, sie merkte es genau, und auch das gefiel ihr sehr.

»Ja, ja!«, feuerte sie ihn laut an.

Seine Hände gruben sich in das feste Fleisch ihrer Brüste, kneteten und rieben die zarte Haut, bis sie glühte.

»Ja? Das gefällt dir, willst du mehr?«, stöhnte er. Und wieder stieß er in sie hinein, kraftvoll und ausdauernd. Er begann zu wimmern wie ein kleiner Junge.

Sie wusste, weil sie es spürte in ihrer Muschi: Er wimmerte vor unendlicher, grenzenloser Lust. Und auch, weil er noch nicht kommen wollte, weil er sich verzweifelt wünschte, dies hier länger auszukosten.

Aber er hatte sich nicht mehr im Griff, er spürte die

Zuckungen in ihrer Vagina, spürte, wie sie sich da drinnen rhythmisch zusammenzog, und kapitulierte auch schon mit einem lauten Schrei vor dieser weiblichen Urgewalt.

Hab ich dich endlich, konnte sie gerade noch denken, dann blitzten auch schon helle Funken hinter ihren geschlossenen Augenlidern auf, als ob sie gerade eben in ein Blitzlichtgewitter geschaut hätte.

Eine Woge der Lust schlug über ihr zusammen, sie kapitulierte. Es gab keine Rettung, weder für sie noch für ihn. Dieser gleichzeitige Orgasmus war nicht aufzuhalten.

Er kauerte noch halb über Noella, hatte sich gerade aus ihr zurückgezogen, als Patrick plötzlich Gabrielles Stimme hinter sich hörte. Sie klang scharf und spöttisch, beinahe wie ein Pistolenschuss, er fuhr vor Schreck zusammen.

Sein Herz verkrampfte sich ... der Traum neulich, er hatte darin Sex mit Gabrielle auf einer Treppe in diesem düsteren Mietshaus gehabt, dessen durchgeknallter Bewohner plötzlich mit einer Flinte auf sie schoss – *ICH MUSS DIE HERZENSPRINZESSIN SCHÜTZEN!*

Patrick begrub Noella vollends unter seinem Körper, als er sich jetzt instinktiv über sie warf.

Sie konnte kaum mehr atmen, außerdem tat ihr der Rücken weh, weil sich der nächste Treppenabsatz in sie hineinbohrte.

»Na, ihr beiden Turteltäubchen«, sagte Gabrielle spöttisch. »Reichlich unbequem hier, findet ihr nicht?«

Patrick hob nun doch den Kopf und drehte ihn so, dass er sie einigermaßen sehen konnte.

Sie lächelte auf ihn herunter, ein irgendwie wehmütiges Lächeln, so kam es ihm wenigstens vor. Sie trug einen weißen Bademantel auf der dunklen Haut, darunter war sie nackt.

Sie griff in die Tasche des Flauschmantels und zog einen Schlüssel heraus.

»Hier, den könnt ihr für heute Nacht haben. Die Treppe da führt hoch in einen Raum für die Angestellten. Ein breites Bett und eine Dusche sind drin. Ebenso ein Kühlschrank mit Bier und Wasser. Ich schlafe heute bei Derrick. In den nächsten Tagen ziehe ich offiziell zu ihm. Solltest du dich entschließen, hier zu arbeiten, wirst du wohl sowieso vorübergehend in dem Raum wohnen, Sunnyboy.«

Sie warf den Schlüssel auf die Treppenstufe über ihren Köpfen. Patrick brauchte nur die Hand danach auszustrecken.

»Wer ist dieser Derrick?«, fragte er stattdessen. »Okay, dein Lover, sicher. Capito. Aber sonst?«

»Der Besitzer hier und der Sänger in der Badewanne. Ich hatte ihm von dir erzählt, wir brauchen im *RED* nämlich in Zukunft einen weißen Barkeeper. Dringend. Es kommen immer mehr weiße Gäste und zunehmend auch Deutsche. Seit Derrick im Internet eine eigene Homepage fährt. Übrigens, willst du mich nicht endlich deiner süßen Freundin vorstellen? Bevor du sie noch ganz erdrückst, die Ärmste!«

16

Sie erwachte als Erste am nächsten Morgen in dem fremden Zimmer. Als sie den Kopf zur Seite drehte, lag er friedlich schlummernd auf dem Rücken dicht neben ihr.

Der Anblick rührte sie.

Er hatte die Decke abgestrampelt und trug eine wunderhübsche Morgenlatte zur Schau. Seine rechte Faust hielt den erigierten Penis umklammert, als bräuchte der Unterstützung.

Aber dem war nicht so, Noella konnte dies deutlich erkennen.

Zuerst glaubte sie, Patrick wäre wach, aber der Schein trog. Seine Atemzüge klangen tief und regelmäßig, das Gesicht wirkte völlig entspannt und friedlich. Ein leises Lächeln umspielte die sinnlichen Lippen, unter den geschlossenen Augenlidern bewegten sich die Augäpfel. Patrick schlief nicht nur fest, er träumte.

Sein Gesicht wirkte engelsgleich in diesem köstlichen Augenblick.

Noella genoss den gesamten Anblick aus ganzem Herzen.

Der gefallene Engel. Unschuldige, engelsgleiche Züge – und dort unten treibt der Teufel der Wollust sein Unwesen.

Der Engel mit dem Ständer in der Faust ...

Sie musste kichern bei dem Einfall. Hätte sie jetzt eine Kamera zur Hand gehabt, sie hätte ihn fotografiert, am besten in Schwarzweiß. Und das Bild später unter diesem Titel als erotische Fotografie einem Verlag angeboten.

Sie legte sich wieder zurück, eng an Patrick gekuschelt und schickte ihrerseits eine Hand auf Wanderschaft, über seine Bauchdecke und weiter nach unten. Dabei dachte sie über ihren Plan nach.

Ich werde ihm erzählen, die Villa auf den Bahamas, im Außenbezirk von Nassau, gehöre einem alten Freund meines Vaters. Ich wäre in den letzten Jahren regelmäßig dort gewesen für einige Ferientage, wenn besagter alter Freund in seiner anderen Villa bei München weilte.

Bevor wir eintreffen, muss ich zudem heimlich Vincent anrufen und ihn an einem seiner freien Tage für einen Abend buchen. Er wird uns ein formvollendetes Liebesmenü kreieren.

Vincent, der Sternekoch aus dem Sterne-Luxushotel!

Er hängt an Paps wie an einem Vater, und an mir wie an einer jüngeren Schwester. Er wird mir die Bitte nicht abschlagen.

»Der schöne Vincent«, pflegt Paps ihn zu nennen, mit leisem, gutmütigem Spott in der Stimme.

Er sieht wirklich atemberaubend gut aus, mit seinen dunklen Samtaugen, den schwarzen Haaren und der olivfarbenen Haut. Zähne wie Perlen, ebenmäßig und weiß. Eine gerade, klassisch geformte Nase, für die je-

der römische Feldherr ihn dereinst persönlich erdolcht hätte.

Auch er besitzt diesen Charme, dieses gewisse Charisma.

Sie werden ebenbürtige Gegner sein, mein Barkeeper und der Sternekoch …

Wieder musste Noella kichern, neben ihr regte sich Patrick das erste Mal. Seine Hand entließ den Schaft, um diesen nun ihrer suchenden Hand zu überlassen. Und sie griff auch sofort freudig zu.

Ich muss ihn dazu bringen, noch heute oder morgen mit mir nach Nassau zu fliegen. Oder sobald wir eben Flüge bekommen. Nur für einige Tage. Von den Bahamas düse ich direkt nach Miami zurück und von da nach München heim, ich will die Abschlussarbeit so rasch wie möglich schreiben und abliefern. Dann bin ich frei, kann gehen, wohin ich will.

Aber vorher möchte ich sicherstellen, dass Patrick hier in San Francisco nicht wieder in die Netze dieser schwarzen Sirene gerät.

Sie ist ein erotischer Vulkan. Und sie war nicht begeistert über meinen Anblick, obwohl ihre Worte freundlich klangen.

Gabrielle wusste ganz genau, was sie tat, als sie Patrick den Job in Key West vermasselte … Na gut, ich habe dazu beigetragen, purer Zufall … jedenfalls will und werde ich ihr das Feld jetzt nicht kampflos überlassen.

Vincent muss mir helfen!

In diesem Augenblick erwachte Patrick vollends. Er

schlug die Augen auf, sah Noella an, lächelte voller Zärtlichkeit, nahm sie dann in die Arme und zog sie über sich.

Zwei Tage später saßen sie erneut in einem Flugzeug mit dem Ziel Nassau. Noella hatte die Flüge direkt im Internet gefunden und gebucht.

»Dieser Freund deines Vater, der Villenbesitzer, ist derzeit in Deutschland?«, fragte Patrick, als er ihr wieder einmal dabei helfen musste, den verflixten Gurt ordentlich zu schließen. Sie genoss es von Herzen, wenn er ihr dabei so nahe wie möglich kam. Und natürlich nutzte er auch dieses Mal die Chance für einen sehr intimen und langen Kuss.

Als sie wieder zu Atem gekommen war, nickte sie. »Ja, um diese Jahreszeit immer. Wegen der Hitze auf den Bahamas. Meist ist er von Dezember bis April dort, das ist alles.«

»Reicher, alter Knabe, was?«

»Tja«, bestätigte Noella vage. *Los jetzt, ergreif die Chance und bereite schon mal das Terrain für Vincent vor.*

»Übrigens birgt die Einladung auch noch eine kleine Überraschung für uns«, fügte sie hinzu. »Ich habe gestern im Internet-Café mit einem guten Freund telefoniert, den ich vor einiger Zeit auf den Bahamas traf. Er arbeitet in einem dieser Luxushotels. Als Küchenchef. Vincent ist äußerst erfolgreich in seinem Metier, ein wahrer Koch-Künstler. Außerdem sieht er rasend gut aus.«

»Ja, und?« Patrick beschäftigte sich mit seinem eigenen Gurt, sein Gesichtsausdruck verriet nichts, aber die Stimme schon. Darin schwang leichter Unmut mit, unüberhörbar.

»Stell dir vor, er hat gerade einige freie Tage. Und er hat mir angeboten, an einem Abend in der Villa für uns zu kochen. Er ist ein wahrer Schatz, findest du nicht?«

Patrick räusperte sich, als stecke ihm ein Frosch in der Kehle, was vermutlich auch der Wahrheit entsprach.

Noella verbiss sich mit Mühe ein Lachen.

»Das muss doch nicht sein, lass den armen Kerl seine sicher knappe Freizeit genießen. Wir können auch ausgehen zum Dinner, oder ich koche für uns, das kann ich nämlich auch.«

»Mit fünf Sternen? Nee, Spaß beiseite, ich finde es toll, wenn du es kannst, ehrlich. Aber ich kann Vincent schlecht wieder ausladen. Er macht es wirklich gerne, er freut sich doch so, mich mal wieder zu sehen. Bist du etwa eifersüchtig, Barkeeper Patrick? Vielleicht solltest du mal wieder einen Blick in dein eigenes Episodenbuch werfen.«

Er sagte nichts mehr. Dafür kuschelte sie sich dieses Mal an seine Schulter und döste, zufrieden schnurrend, weg.

So weit lief alles nach Plan.

»Meine Güte, Schätzchen! Der ist ja absolut schnuckelig. Bist du sicher, er läuft ganz und gar unter hetero?«

Vincent lachte sie offen an. Sie standen in der geräumigen Küche der Villa. Alle Türen und Fenster waren weit geöffnet, vom tropischen Garten her wehten süße Düfte zu ihnen herein. Es war sehr warm, aber ein großer Deckenventilator machte den Aufenthalt in der gemütlichen Küche erträglich.

Noella hatte sich zu Vincent gesellt, während Patrick draußen noch den fantastischen Garten bestaunte.

Sie hingegen wollte dem Freund wieder einmal bei der Arbeit auf die schönen Hände gucken. Sie lernte jedes Mal etwas dabei, er war einfach ein begnadeter Koch. Er komponierte ständig neue Gerichte, wie ein Musiker eine Sinfonie.

»Wieso darf er nicht wissen, wem die Villa hier wirklich gehört, Süße? Findest du solche Spielchen nicht albern?«

»Für den Anfang ist es besser so, man muss als Frau heutzutage aufpassen, Vincent.«

Er trat näher an sie heran, legte ihr zwei Finger unters Kinn und hob es an, sie standen somit Auge in Auge.

Sogar aus dieser Nähe sah er einfach fantastisch aus. Außerdem roch er gut, Vincent roch immer gut, nach einem geschmackvollen und teuren Herrenduft. Sie hatte noch nie irgendwelche Küchengerüche an ihm feststellen können.

»Du führst doch was im Schilde, mein Mädchen, hm?«

»Klar. Ich werde dich verführen, ob du nun willst oder nicht, Vincent«, gurrte sie. »Weißt du, ich bin grade so in Stimmung, und du stehst schon lange auf meiner Liste. Einen tollen Mann wie dich *nicht* anzumachen käme einer sträflichen Unterlassungssünde gleich. Ich würde es schrecklich bereuen, später einmal auf dem Sterbebett, wenn ich es nicht zumindest ein einziges Mal versucht hätte.«

Der Schatten dort neben der Tür zur Veranda sieht doch verdächtig nach meinem schnuckeligen Barkeeper aus. Was er da wohl treibt? Lauschen etwa? Der böse Bub.

Vincent lachte zu ihren Worten leise und sinnlich, wie es seine Art war. Er war in jeder Hinsicht hinreißend, bloß leider sexuell so gar nicht auf Frauen gepolt. Obwohl er mit jeder Schönen flirtete, bis sein fester Partner, Dominik, manchmal fast raste vor Eifersucht.

Noella liebte es, mit Vincent so offen zu flirten. Es hatte ihr oft auch neidische Blicke von anderen nichtsahnenden Frauen eingetragen, außerdem mochte sie ihn sehr.

Er fuhr ihr jetzt mit dem Daumen einer Hand über die Lippen, ehe er sich vorbeugte und ihr einen zarten Kuss gab.

Dann trat er einen kleinen Schritt zurück, musterte sie in ihrem sonnengelben leichten Kleidchen von oben bis unten und meinte schließlich: »Du wirst immer schöner, mein Mädchen.«

Er streckte eine Hand aus und zog aus der Blumenvase auf dem großen Küchentisch eine voll erblühte Rose heraus.

Noella spürte mit Entzücken, wie er mit der Blüte zuerst sanft über ihr Gesicht strich, dann weiter über den Hals nach unten wanderte, bis dahin, wo die Brüste sich einladend wölbten im offenherzigen Ausschnitt.

Die Rose kitzelte sie auf der Haut. Noella lachte. Sie sorgte dafür, dass es sinnlich klang. Und lockend.

Im nächsten Moment schoss ein Schatten an ihr vorbei, und schon landete eine harte Faust in Vincents schönem Gesicht.

Der Sternekoch ging für Sekunden in die Knie, ehe er sich wieder aufraffen konnte. Während Noella Patrick in die Arme fiel und ihn davon abhielt, den Ärmsten gleich noch einmal zu Boden zu schicken.

»Meine Güte, Schätzchen! Ich glaube, dein Liebhaber rastet soeben aus. Anscheinend liebt er dich wirklich!« Vincent untersuchte bereits sein Gesicht in einem kleinen Handspiegel. Er seufzte, als er die Bescherung sah.

»O Gott! Wie soll ich das bloß wieder Dominik erklären. Der denkt sich doch sonst was hierzu aus, bei seiner schrecklichen Eifersucht.«

Einige Tage später auf dem Flughafen in Miami/Florida:

»Prinzessin, bitte! Werden wir uns wiedersehen?«

»Wenn du mir versprichst, nie wieder vor Eifersucht so auszurasten!«

Tja, mein Lieber! Gefangen in der eigenen Falle. Aber wenigstens bin ich mir jetzt meiner Sache schon viel sicherer. Claire wird schwere Geschütze auffahren müssen, will sie mich noch vor dir retten …

Patrick nickte und hob sogar drei Finger zum Schwur.

»Der arme Vincent muss immer noch mit einem blauen Auge herumlaufen. Als Andenken an das köstliche und überaus erfolgreiche Liebesmenü, das er für uns gezaubert hat.«

Himmel, das schuldbewusste Lächeln steht ihm hinreißend, es erreicht seine blauen Augen, dann mein Herz – und meine Möse auch. Ich werde vor unterdrückter Lust oder zu viel Masturbieren sterben in den nächsten Wochen ohne ihn …

Noella war endlich an der Reihe, der endlose US-Sicherheitscheck erwartete sie. Der Abschied war da. Morgen würde sie schon wieder in München sein, und Patrick irgendwo in Mexiko. Für einige Tage – und dann? San Francisco? Noch waren die Würfel nicht gefallen, er wartete auf ein Wort.

»Ich werde mich bemühen, okay? Prinzessin, bitte! Heißt dieses Filmende nun *Fortsetzung folgt?* Oder *The End?*«

Noella zog ein vorbereitetes Blatt Papier aus ihrer Jeanstasche, faltete es auseinander und hielt es hoch.

FORTSETZUNG FOLGT

Sie lächelten sich ein letztes Mal zu, dann drehte sie sich um und ging, um ihre Tasche mit dem Notebook darin auf das Förderband zum Durchleuchtungsapparat zu legen.

Vor dem Einsteigen in den Flieger schaltete sie noch einmal kurz den Laptop ein. Am Morgen war eine E-Mail von Claire eingetroffen, aber sie hatte eine letzte Runde wilden Sex mit Patrick der Lektüre vorgezogen und die Nachricht der Freundin lediglich in einer Datei rasch abgespeichert.

Liebstes Mäuschen,

meine Güte, Deine schmutzigen, kleinen Feriengeschichten haben mich so amüsiert!

Nur eine reine Seele wie Du kann es sich leisten, derart pornografisch zu schreiben, und doch nie ordinär oder peinlich zu wirken. Ich bin schon sehr gespannt auf Deinen mündlichen Bericht nach der Rückkehr aus den Staaten.

Bei mir hat sich auch viel getan …

Mit Huppi ist es vorbei! Mir gingen die albernen Spiele langsam auf die Nerven. Zum Schluss wollte er mich quasi als seine Leibärztin in eine Art »Ehe zu dritt« einschleusen.

Ich sollte zu ihm und Frederike in die Villa in Grünwald ziehen. Er wollte, dass ich dort Schottenröcke, flache Schuhe, streng hochgesteckte Haare und statt der Kontaktlinsen eine Brille trüge. So, wie seine Gattin sich eben eine Frau Doktor vorzustellen beliebt, die ihres Gemahls Prostata verarzten darf. Zum Totlachen.

Dann kam er noch auf die Idee, mich in der Küche in diesem Aufzug zu vernaschen, während Frederike nebenan im Wohnzimmer darauf wartete, bis wir endlich den Tee und Gebäck servieren würden.

Übrigens habe ich bereits einen mehr als passenden Ersatz gefunden. Er muss auch keine blaue Pille schlucken, bevor wir loslegen können. Und das tun wir derzeit immer und überall. Ungelogen. Deshalb muss ich jetzt auch Schluss machen, Süße.

FORTSETZUNG FOLGT (Versprochen. Bussi.)